W0295175

L'AGENCE COMBES ET COMPAGNIE

DU MÊME AUTEUR

Aux Presses de la Cité

Romans

L'Escadron (prix Claude Farrère)
La Dernière Rafale
Le Sang des colons (Grand Prix littéraire de Madagascar), *épuisé*
Les Chiens jaunes, *épuisé*
Adieu capitaine
Quand la Légion écrivait sa légende
Un sombre été à Chaluzac (Prix littéraire de la gendarmerie)
L'Enigme de Ravejouls
Les Frères Delgayroux
Les Corneilles de Toulonjac
L'Affaire Combes
Les Polonaises de Cransac
Le Nœud d'anguilles

Documents

La Grande Aventure du 1er REC
Spahis (prix Raymond Poincaré), *épuisé*
La Jeunesse et la Résistance. Réseau Orion
Bataillon Bigeard à Tu Lê
L'Opération Daguet (en collaboration avec Erwan Bergot)
La Légion en Indochine, album, *épuisé*
La Légion en Algérie, album, *épuisé*

A la Librairie Académique Perrin

Salan (biographie), *épuisé*

Alain Gandy

L'AGENCE COMBES ET COMPAGNIE

Roman

Production Jeannine Balland
Romans Terres de France

PRESSES DE LA CITÉ

Le Code de la propriété intellectuelle n'autorisant, aux termes de l'article L. 122-5, 2e et 3e a), d'une part, que les « copies ou reproductions strictement réservées à l'usage privé du copiste et non destinées à une utilisation collective » et, d'autre part, que les analyses et les courtes citations dans un but d'exemple et d'illustration, « toute représentation ou reproduction intégrale ou partielle faite sans le consentement de l'auteur ou de ses ayants droit ou ayants cause est illicite » (art. L. 122-4).
Cette représentation ou reproduction, par quelque procédé que ce soit, constituerait donc une contrefaçon, sanctionnée par les articles L. 335-2 et suivants du Code de la propriété intellectuelle.

© Presses de la Cité, 2004
ISBN 2-258-06186-5

« Il ne comprendrait jamais pourquoi c'étaient toujours les criminels endurcis qui faisaient plein usage de leurs droits, alors que les amateurs se croyaient toujours capables de vous battre à votre propre jeu. »

Ed McBain
Romance

PROLOGUE

La chaleur lourde de cette journée de mi-août était à peine tombée avec le soir. Les habitants de Villefranche-de-Rouergue avaient traîné leur carcasse rôtie à travers l'après-midi le plus torride de l'année. Maintenant que les contrevents, fermés en barrage contre les heures caniculaires, s'étaient entrouverts pour piéger une éventuelle fraîcheur, les cravates des bureaucrates et des commerçants avaient disparu. La douche avait rincé les torses poisseux de sueur. En tenue débraillée, les hommes avaient chipoté devant les plats bâclés par leurs épouses maussades ; elles ronchonnaient contre les travaux de ménage, les caprices criards des enfants énervés par la température et les fatigues que provoquait le moindre déplacement pédestre dans les rues étroites que ne balayait aucune brise.

Quant aux touristes, qui avaient stoïquement transpiré, dans leur short unisexe et leur chemisette fripée, tout au long de leur programme de visites de monuments recommandés par leur guide, ils arboraient toujours leurs culottes courtes et leurs maillots douteux. Avachis sur les fauteuils de plastique des rares terrasses de cafés qui n'étaient pas bouclés à onze heures du soir, ils asséchaient des verres et des verres de limonades de couleur, avec l'air égaré d'un Saharien qui s'étonne d'être arrivé au puits.

Mais Villefranche n'avait rien d'un désert d'Afrique. Aucun lointain cri de chacal, ni murmure annonciateur d'un vent de sable. A peine distinguait-on, composants imperceptibles du silence général, quelque refrain harassé, évadé d'une arrière-salle de bar à moitié vide, ou quelque zonzonnement de télévision encore allumée derrière une fenêtre ouverte.

Dans le bas de la ville, au bord d'un Aveyron paresseux, quelques garçons prétendument majeurs et prétendument artistes s'étaient rassemblés dans le jardin du syndicat d'initiative, autour d'un guitariste débutant qui n'arrivait pas à les persuader de son talent. Il possédait pourtant presque parfaitement la technique de l'accord glissant *mi-fa-do*, mais ses auditeurs lui reprochaient son absence de fluidité, qui nuisait au calme de leurs rêveries artificielles. Les rondes que le commissariat de police de Villefranche organisait en été sur des itinéraires urbains, au début et en fin de nuit, évitaient systématiquement les abords du syndicat d'initiative ; on risquait trop d'y rencontrer cette meute errante de hippies à demi nus, forte d'une douzaine de zombies mâles aux cheveux messianiques et de cinq ou six filles en voiles transparents aux comportements de Marie Madeleine.

Un autre quartier ignorait aussi, quoique pour

d'autres raisons, l'activité des défenseurs de l'ordre. Outre qu'il était situé à six cents mètres à peine du commissariat, il était convenu qu'il jouissait d'une protection supérieure puisqu'il ceinturait la collégiale Notre-Dame. Le porche monumental de celle-ci faisait partie intégrante d'une grande place à arcades où l'on eût presque pu courir un Palio, comme à Sienne. Deux venelles mal pavées menaient de ce portail souverain jusque derrière le chevet de l'édifice, épousant les saillies du transept. Au-delà, les deux venelles se rejoignaient en une placette qui se voilait derrière les platanes longeant le cours Saint-Jean. La vingtaine de maisons sans caractère qui bordaient cet ensemble n'était pas digne de voisiner avec la magnifique église, mais leurs habitants goûtaient fort le calme qui régnait habituellement sous leurs fenêtres.

Abritées du grand soleil par la hauteur du mur guerrier de la collégiale, les constructions sans style, qui recevaient la lumière de ces venelles et de cette place sans nom, avaient au cours des siècles pris l'aspect à la fois résigné et apaisant des gens d'Eglise qui les avaient occupées autrefois, clercs, sacristains ou chanoines. La séparation de l'Eglise et de l'Etat du petit père Combes, près de soixante-dix ans auparavant, avait presque totalement modifié les références sociales du quartier. Les nouveaux occupants, petits commerçants besogneux ou simples locataires, s'étaient à leur tour insérés dans le moule. Mis à part une femme seule au patronyme slavisant, qui passait pour fortunée et dont le physique et l'habillement tapageurs alimentaient les ragots, c'étaient tous gens sans histoire, bons voisins, prêts à s'entraider, compatissants mais discrets. Le soir, quand s'allumait l'unique ampoule chassieuse fixée haut sur le chevet de Notre-Dame, on se serait cru dans un village moyenâgeux, n'étaient quatre ou cinq véhicules mal parqués pour la nuit, aux carrosseries aussi humbles que leurs propriétaires. Les riverains s'endormaient tôt, sauf la Slave, qui écoutait de la musique toutes fenêtres ouvertes, et un forain charcutier, qui préparait sa cochonnaille pour les marchés du lendemain.

En ce début de nuit, les protégés de Notre-Dame n'avaient rien changé à leurs habitudes. Une croisée de l'appartement de madame Swalowska était ouverte mais obscure, à l'étage au-dessus de l'atelier du photographe.

Le garçon qui était assis sur le pavé, adossé aux pierres grises d'un pilier de l'église, écoutait sans beaucoup d'application les notes savantes d'un piano inspiré. Il se demandait vaguement si la femme, dont la réputation troublait ses rêves d'adolescent, s'endormait sans éteindre sa radio ou son phono. Il se demandait aussi dans quelle tenue elle se couchait, les soirs étouffants comme celui-ci. Madame Swalowska était une accorte beauté proche de la quarantaine, aux yeux violets mais « au regard démoniaque », disait la mère du garçon. « N'empêche, s'avouait-il, les sourires qu'elle distribuait à tout ce qui portait culotte et sa souplesse de liane ne laissaient personne indifférent. »

Pour s'éviter les images plus précises qui naissaient de ses supputations et de la musique passionnée venant de l'étage, il se mit debout et tourna les yeux vers le maigre troupeau de voitures endormies dans les recoins de la place. Depuis le début des vacances d'été, il les connaissait toutes en détail, propriétaires, marques, couleurs, cicatrices d'accidents. Fils unique et introverti d'un comptable du Trésor public, il passait le plus clair de sa jeunesse studieuse dans l'internat d'un collège de Rodez à nourrir ses complexes d'adolescent. Il se trouvait trop petit pour ses presque quinze ans, trop mal habillé par sa mère, qui avait le don de lui tricoter d'abominables pull-overs lie-de-vin, hiver après hiver. Ses condisciples ne lui inspiraient que deux sentiments, peur ou répulsion. Les seuls moments de béatitude qu'il connaissait étaient ces soirées de vacances qu'il passait dans son quartier de Notre-Dame, à Villefranche. Tous les jours, après le dîner, il attendait que ses parents soient montés se coucher pour sortir sans faire grincer la porte d'entrée et aller rêver dans l'obscurité, au pied de la collégiale, sous les fenêtres de madame Swalowska, au milieu des voitures amies.

Petite silhouette maigrichonne en short et veste de survêtement, il traîna nonchalamment ses baskets sur les pavés et s'arrêta derrière la camionnette Renault beige estampillée d'une banderole fraîchement repeinte : « Bouyssou, charcutier ». Une longue minute, le garçon essaya d'imaginer la vie trop réglée de leur voisin Bouyssou : marché de Rieupeyroux, marché de Villeneuve, marché de Villefranche, marché de Saint-Rémy, marché, marché, marché ! Quelle routine ! Pour fréquenter toujours les mêmes clients avec leurs mêmes petites manies, leurs mêmes récriminations, le saucisson trop salé, les saucisses trop grasses, le pâté trop ou pas assez cuit, le lard trop maigre ! Inconsciemment, ou peut-être parce que le piano, là-haut, avait changé de rythme, le garçon pensa au corps de madame Swalowska qui n'était ni trop gras ni trop maigre. Cette comparaison incongrue le fit rire malgré lui ; il se remit en marche vers la silhouette surbaissée du véhicule proche. Une voiture inconnue, qu'il eût parié n'avoir jamais vue là ! Il s'approcha de ce long demi-fuseau au nez plongeant, dont la carrosserie noire luisait faiblement sous la loupiote de l'église. Il voulut se pencher vers la vitre fermée pour tenter de voir à l'intérieur, quand deux mains puissantes et nerveuses le saisirent aux épaules, juste à la base du cou. Une voix souffla méchamment à son oreille :

— Qu'est-ce que tu veux voler dans cette voiture, petit morveux ?

Plié en deux, le visage collé à la portière, le garçon ne chercha même pas à se rebeller.

— Je ne voulais rien voler, couina-t-il, la bouche tordue contre le montant du pare-brise. C'était juste de la curiosité.

Le poids de l'agresseur contre son dos et la dureté des doigts qui le serraient à la nuque l'empêchaient de tourner la tête vers cette voix menaçante.

— La curiosité est un vilain défaut, jeune morpion, gronda l'autre en abattant une main sur son crâne.

Cette fois, le prisonnier eut peur de la correction qu'il allait recevoir. L'ambiance, l'absence de témoins, la brutalité et le ton de son tourmenteur, l'expérience née des brimades subies dans son collège, tout le prévenait d'un danger immédiat. Il n'eut pas le temps de lever les mains jusqu'au poing croché dans ses cheveux qui lui tirait la tête en arrière. Pas même le temps de cracher une protestation affolée. Les mots lui restèrent dans la gorge pendant que son visage s'écrasait sur le chrome du pare-brise. Une fois, deux fois, trois fois. Sanglant, lèvres ouvertes et dents brisées, nez éclaté et fracturé au ras des arcades sourcilières, le garçon s'écroula dans une inconscience comateuse.

— Petit crétin ! jura son exécuteur à voix basse.

Là-haut, chez madame Swalowska, le piano rêvassait sur l'adagio de la sonate en *do* mineur de Schubert.

1

— Je vais acheter le journal à la Maison de la presse, décida Joseph Combes en reposant le bol vide de son petit déjeuner. Je serai de retour dans dix minutes à peine.

En face de lui, sa femme, Claire, leva les yeux avec un sourire forcé. Maintenant qu'ils étaient revenus à Villefranche, qu'ils étaient installés depuis une semaine dans un bel appartement de la rue du Sergent-Bories, grâce à l'entregent du président du tribunal, Joseph pouvait lutter plus efficacement contre la nostalgie du service. Elle cherchait comment le persuader qu'il n'était pas infamant d'être à la retraite. Après tout, il avait cinquante-quatre ans, l'âge réglementaire, dans l'armée, de la mise à la retraite des adjudants-chefs, de gendarmerie comme des autres armes. Il ne resterait pas inactif, puisque l'administration militaire et les autorités civiles l'avaient autorisé, malgré la législation en vigueur, à ouvrir une agence de police privée. Elle-même avait été d'accord pour qu'ils revinssent s'établir à Villefranche-de-Rouergue. C'était là qu'ils avaient vécu leurs meilleures années. Là aussi que Joseph avait établi sa réputation, qui ne manquerait certainement pas de plaider en faveur de ses qualités d'enquêteur. Civil ou militaire, un limier reste toujours un limier ; le flair n'est pas l'apanage de l'uniforme ! Les enfants grandissaient normalement, même si les quatre ans passés à Rodez n'avaient pas été marqués par de brillants résultats scolaires. Robert avait quatorze ans, Thi-Ba douze. Claire espérait leur faire comprendre, d'ici à la rentrée des classes, que le retour au pays de leur petite enfance devait s'accompagner de quelques efforts, au moins pour contribuer à la quiétude de leur père.

— A mon avis, dit-elle avec un enjouement bien imité, tu devrais t'habiller de façon moins... officielle. Avec cette veste à martingale et ta cravate élégante, tu fais davantage entraîneur de chevaux de course que détective privé ! On dirait que tu regrettes ton képi !

Joseph grimaça.

— Veux-tu que j'enfile l'imperméable de Columbo ou que je porte le feutre noir de Mike Hammer ? J'aurais l'air d'un pingouin !

Elle le regarda se lever en secouant la tête. Apparemment, elle ne l'avait pas convaincu. S'il se mettait aussi à perdre son sens de l'humour ! Elle se leva devant lui, à le toucher, le regard sérieux :

— Ecoute-moi, Joseph, je t'en supplie. N'aie pas honte d'être à la retraite. N'aie pas honte d'avoir l'âge que tu as. Ne te crois pas devenu subitement inutile. Pour moi et nos enfants, tu es toujours indispensable. Et, surtout ici, à Villefranche, tu es le Joseph Combes que les gens ont appris à estimer. Alors, cesse de te sentir perdu. Réagis et tiens ta bougie droite !

Il était difficile de résister à Claire, mais son mari, cette fois, hocha la tête d'un air chagrin. Il refusait d'admettre que le syndrome du retraité était à l'origine de son mal-être.

— Ce qui m'inquiète, avoua-t-il, c'est que notre installation a dévoré toutes nos économies et que, peut-être bien, aucun client ne se laissera séduire par la belle plaque de cuivre que tu as fait coller sur la porte d'entrée.

— Tu as tort. Je suis certaine que le pourcentage de cocus est aussi élevé ici qu'ailleurs. Ce que tu regrettes, c'est que tu n'auras plus ta brigade à commander mais seulement moi, ton associée-secrétaire. Tu crains que ce ne soit pas aussi facile !

Il sourit enfin, face au regard sombre qui pétillait derrière la frange sauvage de cheveux bruns. En signe de paix, il tendit la joue pour un baiser d'encouragement.

— Pour moi, ce ne sera pas un problème, concéda-t-il. C'est pour toi que je me fais du souci. Le dressage des gendarmes est pénible. Tu vas souffrir pour apprendre à obéir.

Il réussit à refermer derrière lui la porte de la cuisine au moment où s'écrasait dessus la tartine beurrée lancée par Claire. Il l'entendit rire derrière le vantail.

Elle se précipita à la fenêtre et le regarda sortir sur le trottoir. Il avait retiré sa cravate et son veston de garde-chasse et elle trouva qu'il avait l'air plus guilleret en bras de chemise comme un estivant ordinaire. Ses cheveux ne grisonnaient pas encore. Son visage toujours poupin était à peine marqué par les rides de l'âge et les cicatrices de l'expérience. Elle remarqua aussi, pendant qu'il s'éloignait vers la place Bernard-Lhez et la Maison de la presse, que la boiterie causée par sa vieille blessure d'Indochine était à peine perceptible. Il se tenait droit pour ne pas perdre un centimètre de sa petite taille. Embusquée derrière le rideau, l'œil humide d'attendrissement, elle vit disparaître derrière l'entrée du parking celui qui était toujours l'homme qu'elle avait choisi quinze ans auparavant.

Et, parce qu'elle était incorrigible, elle se mit aussitôt à réfléchir aux moyens de rassurer Joseph sur le besoin qui pourrait inciter les Villefranchois à faire appel à un détective privé. Ne trouverait-elle pas une ancienne amie qui accepterait de jouer les épouses bafouées et viendrait demander des preuves de son malheur au maître de l'agence Combes et compagnie ?

Devant la maison à un étage qui était l'avant-dernière de la rue du Sergent-Bories avant le croisement avec le boulevard Charles-de-Gaulle, Gaston Mantagnac était campé depuis plusieurs minutes. Apparemment dans la plus grande indécision. Mains croisées derrière le dos, grand et de gabarit puissant, comme les anciens rugbymen du Sud-Ouest qui dépassent nettement leur poids de forme en atteignant la cinquantaine ; cette attitude hésitante était pour lui tout à fait anormale. Entrepreneur en construction qui s'était élevé en trente ans de travail du rang de gâche-mortier à celui d'un patron reconnu, employant plus d'une soixantaine d'ouvriers à temps plein sur trois ou quatre chantiers en ville, Gaston Mantagnac était devenu un « monsieur ». Il ne maniait plus la truelle, avait pignon sur rue au-delà du pont sur l'Aveyron, au bas de la côte enjambant le tunnel du chemin de fer. Depuis longtemps, sa femme, héritière d'une riche famille paysanne de Laguépie, l'avait convaincu de ne plus se vêtir chez *Le Gai Laboureur*, dont le style rustique n'était pas, disait-elle, « conforme à son standing ». Gaston s'habillait donc sur mesure chez un tailleur de Toulouse. Pantalon de lin beige à petits revers, polo Lacoste d'un blanc immaculé, chaussures de daim couleur sable (qui devaient être bigrement peu pratiques pour les visites des chantiers poussiéreux), il attirait les regards des passants. La plupart d'entre eux, depuis qu'il s'était présenté, sans succès, aux dernières élections municipales, connaissaient ce visage rougeaud, coupé par des sourcils noirs de jaloux, ce menton levé, autoritaire et brutal, cette tignasse sombre indisciplinée qui lui donnait l'air d'un carbonaro.

Indifférent aux coups d'œil étonnés de ceux qui osaient le saluer, Mantagnac hésitait encore à s'avancer jusqu'à la sonnette surmontant la plaque de cuivre étincelante.

RECHERCHES & ENQUÊTES
Agence COMBES et compagnie

Au cours de la semaine écoulée, l'entrepreneur avait lu dans *Le Courrier de Villefranche* l'article signalant le retour de l'ancien adjudant-chef de gendarmerie qui avait laissé de si bons souvenirs aux Villefranchois à la tête de la brigade locale. Après avoir rappelé quelques-uns des succès du gendarme, à Toulonjac, à Saint-Rémy, à Ravejouls ou dans l'affaire de l'enlèvement d'un pensionnaire de Saint-Joseph, le journaliste avait annoncé que « monsieur Combes, désormais civil, ouvrait en ville une agence de police privée à laquelle il ne manquerait pas d'apporter ses dons reconnus d'enquêteur habitué à la réussite ».

Ce matin-là, confronté à un problème familial, monsieur Mantagnac s'était décidé à faire appel à ce retraité dont on disait tant de bien. Il n'était retenu que par des doutes soudains sur la discrétion qu'il pouvait en attendre. Ce Combes, habitué à travailler avec l'effectif d'une meute de limiers, ne serait-il pas tenté de demander de l'aide à ses anciens subordonnés ou à ses amis de la police officielle, voire du tribunal ?

Il en était là quand un petit homme, dont le haut du crâne arrivait à peine à son menton, s'arrêta à côté de lui.

— Avez-vous sonné ? demanda l'arrivant d'une voix plutôt abrupte.

Le dandy de la construction toisa ce lutin en manches de chemise qui le dévisageait avec une attention gênante. Il allait répondre vertement à cet inconnu quand celui-ci cessa de froncer les sourcils, arbora un sourire qui se voulait aimable et s'inclina imperceptiblement :

— Pardonnez-moi. Je n'ai pas encore pris le pli. Je suis Joseph Combes et je n'ai pas pensé, en arrivant chez moi, que vous pouviez être un client. Si c'est le cas, vous serez le premier !

Désarçonné par cette amabilité subite, Mantagnac se balança d'un pied sur l'autre et sourit nerveusement. Il allait se présenter à son tour quand son interlocuteur leva la main :

— Attendez que nous soyons à l'intérieur. Ce que vous avez à me dire n'intéresse pas les promeneurs. Villefranche est pleine de gens indiscrets qui adorent les ragots. Je suis payé pour le savoir [1].

Cette réflexion répondait parfaitement au souci de l'entrepreneur. Sans plus hésiter, il suivit le maître des lieux, qui ouvrit la porte d'entrée avec sa clef et le guida dans un étroit vestibule peint en blanc jusqu'à un panneau de couleur sombre ouvert sur une grande pièce claire meublée de deux bureaux, de deux classeurs métalliques et de deux chaises rustiques. Devant les bureaux, sur un tapis vaguement oriental et nettement usé, un fauteuil de cuir apportait à ce décor austère et fonctionnel une note de confort presque troublante. A se demander si le choix d'un tel siège avait été fait pour mettre le client à l'aise ou pour l'immobiliser dans la profondeur du coussin.

Combes ferma soigneusement la porte du vestibule, désigna le fauteuil à son visiteur et s'installa derrière le plus petit bureau. Bras croisés sur le plateau nu, il se pencha vers son premier client potentiel, l'air satisfait. Même ce grand pendard élégant qui l'avait dominé d'une tête était obligé, depuis que le fauteuil l'avait

1. Voir, du même auteur, dans la même collection, *L'Affaire Combes*.

englouti, de lever les yeux vers lui. Combes était complexé par sa taille.

— Maintenant, dit-il, je vous écoute.

— Je m'appelle Gaston Mantagnac et je suis entrepreneur en ville depuis plus de trente ans...

Les coudes posés sur les bras du fauteuil, les doigts joints sous le menton, le visiteur semblait presque à l'aise. Presque seulement. L'expérience affûtée de Combes lui faisait remarquer que les yeux de son vis-à-vis ne cherchaient pas son regard mais s'évadaient vers le décor austère de la pièce. Joseph Combes ne tirait aucune conclusion de la gêne manifestée par ce futur client qui tenait tant à faire état de sa position de bourgeois parvenu à force de travail, de sérieux et d'honnêteté. C'était la réaction normale des braves gens sans histoire qui avaient soudain affaire à la justice ou aux représentants de l'ordre.

Celui-ci avait en tout cas préparé avec soin son topo de présentation. Il signala au passage son échec aux dernières élections municipales, qu'il imputait à sa virginité politique rebelle aux trafics des appareils. Il insista sur l'aisance financière de son épouse, Albertine, héritière de la famille Paradol, qui avait pignon sur rue à Laguépie. Pour finir, il signala assez légèrement qu'il avait un fils, âgé de dix-neuf ans, qui devait en octobre s'inscrire à la faculté de droit, à Toulouse.

Quand il eut précisé que ce garçon se prénommait Pierre, il se tut, apparemment désarçonné par le manque d'intérêt de ce détective qui ne l'avait pas interrompu une seule fois, qui n'avait pris aucune note et qui s'était contenté de le fixer d'un regard trop lucide.

Satisfait de son comportement de sphinx, Combes mit quelques secondes à prendre conscience qu'il n'était pas en face d'un suspect à interroger mais d'un client. Il n'était plus un enquêteur chargé de défendre la loi, mais un simple technicien au service du public pour le règlement d'affaires secondaires. Pour la première fois depuis sa mise à la retraite, il envisagea son avenir avec un manque total d'enthousiasme. Il soupira. Il décida d'expédier ce Mantagnac qui allait sans doute lui demander de surveiller son Albertine infidèle ou de contrôler les fréquentations de son fils. Rien de tout ça n'était digne de son passé de gendarme.

— Cher monsieur Mantagnac, dit-il, je vous remercie de toutes les précisions que vous m'avez données sur vous-même, votre situation et votre famille. Mais vous n'avez rien précisé de ce que vous attendez de moi. Je doute fort de pouvoir vous être utile.

L'entrepreneur parut subitement plus désolé qu'interdit. Il leva les deux mains et tenta de se redresser dans son fauteuil-piège. Cette fois, il accrocha le regard de cet interlocuteur si timoré qu'il refusait son premier client.

— Je ne voulais pas grand-chose, admit-il. Après avoir lu dans la presse votre panégyrique, j'avais cru que vous pourriez m'aider à retrouver ma voiture, qui m'a été volée hier soir.

Combes éclata de rire. Enorme ! Avoir résolu de si nombreuses énigmes posées par des crimes de sang et en être réduit à retrouver une voiture volée ! Quelle dégringolade ! Voilà ce qu'il en coûtait d'avoir cédé aux suggestions de Claire et aux conseils de ses anciens patrons ; ils avaient voulu lui inventer de quoi meubler sa retraite ! Le ridicule ne tuait-il plus les gens de plus de cinquante-quatre ans ? Les sourcils levés du sieur Mantagnac le ramenèrent à un maintien plus digne de lui. Après tout, cet homme venu le consulter en confiance ne méritait pas d'être traité de façon si cavalière.

— Excusez-moi, dit-il d'un ton contrit. Une idée folle m'a traversé l'esprit. Voyons, pourquoi n'allez-vous pas tout simplement porter plainte au commissariat ? Je vous assure que la police est tout à fait capable de retrouver votre voiture. Et peut-être même d'arrêter les voleurs.

C'était une phrase normale. Sans sous-entendus. La simple réaction d'un homme de bon sens. Dite sans réflexion, tant ce qu'elle recommandait était devenu un des premiers réflexes du citoyen. « Portez plainte ! Pour un oui pour un non, portez plainte ! »

A la seconde même où il prononçait le mot « voleurs », Combes fut ébloui par une révélation : pourquoi ce Mantagnac s'adressait-il à un détective privé au lieu de s'en remettre aux services officiels ? Il fallait qu'il y eût quelque raison inavouable à ce goût du secret. Cette illumination secoua comme une tornade le retraité aigri qu'il était devenu en quelques jours. Toute sa machinerie cérébrale se remettait à cliqueter. Claire disait, amusée ou exaspérée selon le cas, que Joseph était un chien de Pavlov qui fonctionnait quand on lui parlait d'énigme.

Si Mantagnac, dans son fauteuil, avait été déçu par l'absence d'énergie de son confesseur, il fut stupéfié par la transformation soudaine de ce petit homme abattu, tassé derrière son bureau, en interrogateur ardent, dressé hors de sa chaise. La voix même avait changé, qui revenait d'un ton presque agressif sur cette question gênante :

— Alors, monsieur Mantagnac, inutile de me donner de fausses excuses. Si vous tenez à ce que je m'occupe de votre problème, dites-moi la raison qui vous empêche de mêler la police à votre histoire. Soyez assuré que je saurai prendre votre parti si vous êtes franc avec moi.

— Eh bien, commença péniblement l'entrepreneur, ne croyez pas que j'aie de mauvaises relations avec le commissariat, mais... j'ai quelques difficultés à maîtriser les foucades de mon fils. Vous savez comment sont les jeunes de son âge...

— Non, interrompit Combes sans pitié. Mes deux enfants n'ont pas encore atteint cet âge, que vous prétendez critique ; et je veillerai à ce qu'ils le passent bien.

— Peut-être est-ce une question de discipline, en effet. J'ai sûrement été trop laxiste avec Pierre. Il vient de passer son bachot, auquel il se présentait pour la deuxième année ; ces derniers mois ont été agités. L'hiver dernier, au volant de ma voiture, il a été responsable de deux accidents en quinze jours, alors qu'il n'avait pas encore passé son permis de conduire. Vous vous imaginez bien qu'il est dans le collimateur de la police locale.

— Graves, les deux accidents ?

— Une aile froissée sur une borne de parking.

— Et la deuxième fois ?

— Il a renversé un cycliste. Rien de grave, mais j'ai dû payer une solide compensation au bonhomme pour qu'il retire sa plainte.

Combes hocha la tête, presque compatissant. Le jeune Pierre Mantagnac semblait nettement sur une mauvaise pente.

— Voulez-vous dire que votre fils est pour quelque chose dans le vol qui vous amène ici ?

— Non ! Ce n'est pas lui qui m'a volé ma voiture. Mais hier soir, alors que nous dînions chez moi, ma femme et moi, avec un couple d'amis, il a pris les clefs de la SM, que je dépose toujours dans le vestibule sur la table du téléphone, pour aller au cinéma sur le cours de Gaulle. Comme d'habitude, il voulait épater ses petits copains. Il est revenu à la maison à pied, vers minuit et demi, pour m'avouer tout crûment que quelqu'un avait dû voler la voiture au parking du cinéma pendant la séance. J'ai longuement réfléchi cette nuit à ce que je pouvais bien faire. Je ne peux pas raconter cette histoire sans charger trop lourdement le dossier de Pierre. J'ai pensé à vous. Du moins pour les premières recherches. Si nous remettons la main sur ma SM d'ici à demain soir, nous n'aurons pas besoin d'ébruiter cette mésaventure.

Ce chef d'entreprise en pleine prospérité et en pleine santé ne cherchait plus à cacher son abattement. Joseph Combes, dont l'esprit vagabondait comme aux plus beaux jours, se posait de multiples questions. Concernant la vanité de Gaston Mantagnac, vexé qu'on eût osé subtiliser sa SM Citroën, dont il parlait avec une révérence de nouveau riche. Concernant le véritable emploi du temps du futur étudiant. Concernant l'ambiance qui devait régner depuis minuit et demi chez les Mantagnac.

Au lieu de quoi, il s'intéressa à un sujet qui éberlua son client :

— Les amis qui avaient dîné chez vous étaient-ils partis quand votre fils est revenu du cinéma avec sa mauvaise nouvelle ?

— Depuis neuf heures et demie, à peu près. Baltisse et sa femme travaillent tous deux avec moi, lui comme chef comptable, elle comme secrétaire. De très braves gens. Ils ne sont pas au courant du vol.

Il avait visiblement abdiqué l'idée de diriger la conversation, devant l'aisance de cet étonnant ancien gendarme ; celui-ci leva la tête et le considéra avec un regard trop franc pour maquiller quelque précaution commerciale.

— Voilà comment j'accepte de m'occuper de votre affaire. Dans une heure, j'irai chez vous pour rencontrer madame Mantagnac et votre fils, afin d'être certain des détails de cette soirée. Après quoi, je me mettrai avec mon personnel à la recherche de votre voiture. En espérant qu'elle soit toujours dans les rues de Villefranche. Si je ne trouve rien d'ici à demain soir, je vous conseillerai alors d'aller officiellement porter plainte ; au besoin en minimisant la responsabilité de votre fils, si j'estime qu'il mérite ce traitement de faveur.

Mantagnac prouva qu'il était aussi sportif de corps que d'esprit. Il se remit debout sans grimacer, d'un jet. Et il accepta sans discuter les conditions énoncées par Combes.

— Je me rends parfaitement compte que vous ne pourriez pas en faire légalement davantage, dit-il avec un sourire un peu forcé. Je suis d'ailleurs sûr que vous retrouverez ma SM dans les délais. Mais vous ne m'avez pas parlé du montant de vos honoraires. Désirez-vous que je vous verse une avance ?

A en juger par l'air subitement gêné de « son » détective, il se persuada que celui-ci avait gardé l'habitude de travailler aux frais de la princesse, et qu'il avait oublié de fixer des tarifs pour ses prestations à venir. Il en conçut à l'égard de cet amateur le mépris amusé des professionnels qui n'ont aucune vergogne à établir des devis autoritaires.

— Ma foi, rougissait Combes, vous êtes mon premier client, je vous l'ai dit. Je voudrais que vous me portiez chance. Mettons, puisque vous êtes dans le bâtiment, que si je retrouve votre voiture vous me fournirez un plombier. Nous venons d'emménager et notre salle de bains justifierait quelques travaux sur la tuyauterie. Je suis trop mauvais bricoleur pour m'y attaquer.

Cette fois le sourire du grand Mantagnac n'avait plus rien de contraint.

— Je vous enverrai l'un de mes ouvriers dès cet après-midi. Nous vous attendrons dans une heure à la maison. A tout de suite.

Après avoir raccompagné jusqu'à l'entrée de l'agence ce géant dont il ne supportait pas l'eau de toilette, Joseph referma sur lui la porte donnant sur la rue ; il resta quelques secondes dans le vestibule, envahi par une foule de sentiments. Claire avait eu raison, Villefranche n'était pas un très grand vivier, mais il y avait assez d'eau trouble et de poissons pour lui offrir du travail. La preuve : il était chargé de retrouver la voiture d'un riche entrepreneur. Il allait mobiliser toute la famille pour retrouver ce carrosse, Claire, les enfants et le chien Major, le pisteur du Marais poitevin[1]. Son inquiétude de la semaine écoulée s'était dissoute, son entrée dans l'âge de la retraite oubliée.

« Du calme, s'exhorta-t-il. C'est tout juste un petit boulot de sergent de ville ! »

Exhortation qui tombait à point nommé, à l'instant où son imagination, qu'il appelait flair, lui chuchotait que le fils Mantagnac n'était peut-être pas blanc-bleu dans cette histoire de vol aux dépens de son père.

Joseph traversa le salon vide et entra dans la cuisine. Une Thi-Ba grinçante, un Robert impavide et un Major aboyant se disputaient une tartine beurrée sous l'œil souriant de leur mère.

— Qui est entré tout à l'heure avec toi ? demanda Claire.

1. Voir, du même auteur, dans la même collection, *Le Nœud d'anguilles*.

— Un client, répondit le grand détective en affectant un flegme qu'il était loin de ressentir. Attendez-vous à la visite d'un plombier qui va réparer la salle de bains !

2

Combes regarda froidement le garçon hostile fiché devant lui. Bras croisés, appuyé d'une épaule au coin d'une bibliothèque vitrée qui contenait plus de babioles que de livres, le fils Mantagnac, taillé sur le même moule que son père, coiffure hirsute, sourcils broussailleux et menton en galoche, n'était resté dans ce salon aux meubles maniérés de style Louis XV-Dufayel que sur l'injonction menaçante de l'entrepreneur.

— Tu vas me faire le plaisir, avait aboyé Gaston avant de se retirer dans son bureau en entraînant sa femme silencieuse, de répondre poliment à toutes les questions que te posera monsieur Combes. Il accepte de faire son possible pour t'épargner une déposition au commissariat. Tu sais toi-même comment tu serais reçu là-bas. Tu as intérêt à collaborer de ton mieux.

Le regard torve que le dénommé Pierre avait adressé à son père n'avait pas plus échappé à l'attention du visiteur que ses mâchoires serrées sur une colère haineuse.

— Eh bien, avait demandé Combes d'une voix calme dès qu'ils étaient restés seuls dans le salon, raconte-moi comment s'est déroulée cette mauvaise soirée d'hier. Je veux tous les détails dont tu pourras te souvenir.

Trois minutes plus tard, la statue hargneuse n'avait pas prononcé un mot. L'air méchant, refusant de soutenir le regard de plus en plus sévère de son interrogateur, le jeune Mantagnac semblait se réfugier dans l'inertie.

— Bien sûr, tu sais ce qui va t'arriver si tu continues à te taire. Quand j'aurai prévenu ton père que le mieux est de te remettre à la police, il te flanquera une rossée méritée avant de t'emmener chez le commissaire.

— Il ferait bien de ne pas me toucher, gronda le rebelle subitement animé, poings serrés au bout de ses bras pendants, prêt à la bagarre.

— Tu es quand même le premier à avoir volé sa Citroën-Maserati, d'après tes aveux d'hier soir.

— Je n'ai pas volé sa foutue SM. Je l'ai seulement empruntée pour aller au cinéma. Ce n'était pas la première fois. Depuis que j'ai passé mon permis, il me l'a prêtée une bonne dizaine de fois.

— Peut-être, mais d'habitude tu prends la peine de demander. Pourquoi ne l'as-tu pas fait hier ?

— Y avait des gens à dîner. Je ne voulais pas engager une discussion devant eux.

— Pourquoi ne pas avoir attendu que les invités de ta mère s'en aillent ?

— Les Baltisse ? Ils s'incrustent toujours quand ils

viennent ici. Le cinéma commence à neuf heures et j'avais rendez-vous.

— Avec qui ?

— Avec une copine. Vous voulez peut-être son nom, aussi ?

— Si j'en ai besoin, je te le demanderai et tu me le diras. Encore une question sur ces Baltisse. Ta mère les invite-t-elle souvent ?

— Pas ma mère, mon père. Il court derrière la donzelle depuis des mois. A mon avis sans résultat. Mais il n'admet pas qu'on lui résiste. Alors il insiste. Ma mère s'en fout. Elle le connaît trop bien, elle en a pris son parti. Et le mari se dit qu'il y a peut-être quelque chose à gagner dans la boîte. Joli monde, hein ? Dire que ces gens-là sont les premiers à nous baratiner sur l'importance de la vertu et de la bonne conduite !

Combes refusa d'engager une polémique sur le conflit des générations. Peu à peu le jeune homme s'était dénoué et avait abandonné sa posture théâtrale d'incompris. Il était maintenant assis en face de son interrogateur, sur une bergère en bois trop verni aux pieds contournés à la machine et au reps vaguement indien. Son regard ne fuyait plus celui qui le fixait.

— Bon, reprit-il de lui-même, vous n'avez pas l'air d'un ogre prêt à me bouffer tout cru. Vous voulez savoir tous les détails ? Voilà...

Rien dans l'histoire que se mit à raconter Pierre Mantagnac ne semblait mériter les foudres de la loi. Avec les difficultés d'élocution propres à beaucoup de bacheliers modernes, il expliqua qu'il s'était levé de table avant la fin du dîner soporifique, en donnant pour excuse qu'il ne voulait pas rater le début de la séance de cinéma. Personne n'avait rien objecté. A travers la porte vitrée séparant la salle à manger du vestibule, son père avait, précisa-t-il, parfaitement pu le voir prendre sans se cacher le trousseau de clefs de la SM familiale, posé comme tous les soirs sur la console du téléphone.

— Ce n'est pas la conversation languissante avec les Baltisse qui a pu empêcher les vieux d'entendre démarrer la voiture dans la cour. L'épaisseur de la couche de gravier que le pater y a fait mettre oblige à emballer le moteur pour ne pas s'y enliser. Mais personne n'est venu sur le perron pour protester.

— En somme, résuma Joseph Combes, tu m'affirmes que ton départ et l'emprunt de la SM étaient normaux ?

— Exact. Vous avez pigé.

— Continue, te voilà parti. A quelle heure es-tu arrivé à ton rendez-vous ? Qu'as-tu fait ensuite ?

— Ce que je fais d'habitude. Ma copine m'attendait en face du collège, sur le terre-plein du garage Sylvestre, où je gare toujours la voiture. C'est à ce moment-là que j'ai fait une connerie. J'étais un peu en retard, je voulais me dépêcher pour ne pas rater le début du documentaire, un truc formidable sur les courses de voiliers. J'ai oublié le trousseau de clefs sur le tableau de bord. On a couru tous les deux pour prendre nos billets, et je ne me suis aperçu de rien avant la fin de la séance.

— Pas sorti à l'entracte ?

— Non. Il ne faisait pas trop chaud dans la salle. On a discuté en amoureux en mordant dans un esquimau. Et on a regardé ensuite *Les Mariés de l'an II.*

— Tu avais déjà vu le film ?

— Comment ça ? C'était hier la première fois qu'on le projetait à Villefranche !

— Pourrais-tu me raconter le scénario ?

Le garçon, qui paraissait maintenant tout à fait à l'aise, leva les sourcils devant cette prétention exorbitante.

— Si vous avez une bonne heure à perdre, oui. En gros, un roturier casse-cou et républicain joué par Belmondo séduit Marlène Jobert, fille d'aristocrates, en plein complot chouan.

— Bon. Tu entreras dans le détail une autre fois. Si j'ai bien compris, c'est en sortant, un peu après onze heures, que vous vous êtes aperçus de l'absence de la voiture ?

— Je peux dire que ça m'a fichu un drôle de coup. J'ai cru que des copains m'avaient fait une blague, mais après une demi-heure, à force d'arpenter le cours de Gaulle du haut en bas, nous avons fini par comprendre qu'un crétin m'avait vraiment piqué la voiture. J'ai reconduit ma copine jusque chez elle, en bas de la rue de la République, et je suis revenu annoncer la bonne nouvelle à mon paternel.

— J'imagine qu'il t'a mal reçu !

— Pas tellement, en fait, constata le jeune Mantagnac. Il m'a engueulé, bien sûr, mais je m'attendais à bien pire. Pourtant sa brouette de luxe, avec laquelle il joue au grand industriel, volée comme un vulgaire vélo ! Si je n'étais pas dans le coup, je dirais que c'est plutôt marrant ! Comme s'il comptait sur l'assurance pour se payer un modèle plus récent.

— Décidément, tu n'as pas une haute idée de ton père !

Le fils irrespectueux eut le bon goût de paraître gêné. Il tenta d'améliorer l'opinion que ce détective compréhensif pouvait avoir de lui.

— Ne croyez pas ça. Je sais qu'il est un gros travailleur et qu'il fait son possible pour nous rendre la vie facile, à ma mère et à moi. Mais il ne veut pas comprendre que j'aurai bientôt dix-neuf ans et que les jeunes de 1972 ne vivent plus comme en 1945. A la longue, c'est casse-pieds.

— Je n'ai pas de conseil à te donner, dit Combes en évitant de pontifier, mais je crois que tu devrais faire la paix avec lui. Dans trois mois, à Toulouse, tu seras plus libre. A toi d'essayer de ne pas trop en profiter. En attendant, va demander à ta mère si elle veut bien me rejoindre ici pour confirmer deux ou trois bricoles.

Madame Mantagnac, née Paradol, était à l'évidence très fière de sa maison aux pièces vastes et claires. C'était un cadre qui correspondait tout à fait à son idée d'élévation sociale. Dotée d'ambitions bourgeoises qui avaient empoisonné sa jeunesse de fille de paysans enrichis dans le commerce du bétail, elle avait trouvé dans la réussite de son mari les moyens de devenir une dame. Elle était reçue avec déférence dans le milieu des industriels et des commerçants de la ville, allait une fois par semestre à Toulouse pour tenir à jour sa garde-robe et y faire des emplettes de librairie, car elle se piquait d'améliorer sa « culture », restée jusqu'à la naissance de son fils Pierre nettement trop primaire.

Son physique assez quelconque de blonde bien en chair, à la coiffure soignée et au teint entretenu par les meilleures crèmes de beauté, était à demi gâté par le regard dur de deux yeux trop petits et rapprochés, de couleur châtaigne. L'air peu amène de ce visage austère était souligné par l'exiguïté d'une bouche aux lèvres réduites à deux lignes serrées, surmontant un petit menton pointu, indices reconnus d'égoïsme et de méchanceté.

Vêtue d'une robe de taffetas vert pomme, qu'elle devait être la seule ménagère oisive à porter à dix heures et demie du matin à Villefranche, elle entra dans son salon avec l'autorité d'une frégate sous le vent. Dieu merci ! ce détective avait eu la politesse de l'attendre debout. Elle s'assit majestueusement sur un faux fauteuil Voltaire garni du même reps indien que les bergères, invita de la main ce visiteur à se rasseoir et prit la direction de la conversation.

— Cher monsieur, mon fils me dit que vous désirez me poser quelques questions. Ce ne sera pas trop long, j'espère. Les soucis que me donne cette grande maison à entretenir me prennent tellement de temps !

Un détective privé se doit de manifester plus de déférence à un client qu'un enquêteur de gendarmerie interrogeant un quidam, qu'un peu de brusquerie peut éventuellement amollir. Aussi Combes s'efforça-t-il de ne pas montrer qu'il venait de remarquer que madame

Mantagnac portait aux pieds des mules à pompons de feutre jaune très mal assorties à sa robe verte. Malgré sa tournure plutôt appétissante et ses robustes mollets de campagnarde, cette femme qui minaudait avec une totale absence de grâce lui déplaisait souverainement.

— Soyez rassurée, madame, je veux seulement vous poser trois questions à propos de la soirée d'hier. D'abord, sur l'heure à laquelle votre fils Pierre est parti au cinéma.

— Mon Dieu, dit la maîtresse de maison d'un ton plus excédé que poli, comme si parler encore de ce sujet rebattu était inutile, il s'est excusé très correctement en se levant de table, un peu avant neuf heures.

— Vos invités ont-ils été surpris par sa sortie avant la fin du repas ?

— Les Baltisse ne sont pas vraiment des invités, vous savez. Ce sont des employés de mon mari avec lesquels Gaston tient à avoir les meilleurs rapports de confiance. Ils viennent souvent à la maison. Ils connaissent bien mon fils Pierre et ne risquent pas de se formaliser s'il décide qu'il a mieux à faire qu'à leur tenir le crachoir.

Le vocabulaire vigoureux de madame Mantagnac fit à peine lever les sourcils du Combes nouvelle manière.

— Une dernière question, si vous le permettez. Votre fils a déjà eu deux accidents de voiture. Pourquoi a-t-il à présent le droit de conduire votre SM ? Votre mari est-il d'accord ?

— Mais bien sûr. Depuis ses bêtises de jeunesse, Pierre a passé son permis. Quand Gaston ne se sert pas de la SM, il accepte sans problème de la lui prêter, à condition qu'il ne sorte pas de Villefranche.

— Vous ne croyez donc pas qu'il ait pu hier soir avoir envie d'aller faire avec des amis une petite expédition hors de la ville et qu'il ait pu avoir un nouvel accident ?

— Sûrement pas, voyons, il me l'aurait dit. Il est franc comme l'or.

Manifestement, la mère n'accepterait jamais d'envisager que son rejeton ait eu l'idée de camoufler une nouvelle erreur de conduite. Inutile d'espérer une faille dans cette confiance familiale. Combes se leva dignement, conscient que sa visite chez les Mantagnac avait été pratiquement inutile. Il n'avait obtenu qu'une confirmation de l'horaire du délit ; le vol du carrosse de l'entrepreneur s'était déroulé entre vingt et une heures et vingt-trois heures.

— Merci, madame. Je ne vous dérangerai pas davantage. Je vais aller voir votre mari dans son bureau pour lui demander le jeu de clefs de secours de sa voiture. Ensuite je me lancerai à la recherche de votre trésor.

Albertine Mantagnac, qui s'était elle aussi levée de son fauteuil, abandonna involontairement son statut de bourgeoise flegmatique en serrant avec trop d'angoisse la main du détective ; elle demanda :

— Vous la retrouverez, dites ? Avec le prix qu'elle a coûté !

Malgré la chaleur déjà étouffante en cette fin de matinée, Combes marchait d'un pas allègre en sortant de la villa Mantagnac. L'atmosphère qui régnait dans cette famille avait mis ses nerfs à l'épreuve. La rudesse vaniteuse du père lui donnait envie d'arrêter son enquête avant même de l'avoir commencée, et tant pis pour le plombier ; la méchanceté bêtement hautaine de la mère excitait trop chez lui le goût de reparties blessantes ; et le modernisme irrespectueux du fils suscitait le désir de coups de pied aux fesses bien mérités. Rien d'enthousiasmant pour la première affaire de l'agence Combes.

Soulagé au moins d'avoir réussi à maîtriser son caractère, il secoua la tête pour s'ébrouer en empruntant le pont moderne qui traversait l'Aveyron. Il s'arrêta quelques secondes, appuyé à la rambarde, et respira profondément en regardant les remous nonchalants de la rivière, ocre et vert sombre. Une main posée sur son épaule le fit sursauter.

— Ma parole, dit gaillardement une voix connue, j'avais bien entendu dire que vous étiez revenu dans notre bonne ville, mais je ne m'attendais pas à rencontrer ce matin le détective privé Joseph Combes lancé sur une piste en pleine canicule !

Le juge Massac, que ses démêlés avec sa hiérarchie après l'enlèvement de Claire, quatre ans auparavant, avaient tenu à l'écart des mouvements de mutations [1], avait toujours été pour l'adjudant-chef, plus qu'un

---

1. Voir, du même auteur, dans la même collection, *L'Affaire Combes* et *Les Polonaises de Cransac.*

supérieur bienveillant, un ami, dont le témoignage avait sauvé le gendarme d'une réforme disciplinaire.

Les deux hommes se serrèrent la main longuement, avec cette énergie inusable des gens du Midi, qui ne se décident pas à se lâcher les phalanges.

— J'espère, ajouta le juge d'instruction en souriant, que votre nouveau métier vous offrira quelques occasions de venir me voir au bureau ou chez moi. Si vous avez besoin éventuellement d'un coup de main, ne doutez pas que je serai là pour vous rendre service, à quelques interdictions légales près.

— Je voudrais pouvoir répondre « à charge de revanche », monsieur le juge. Les petites enquêtes que vous mandatez sont sûrement plus intéressantes que celles que me proposeront mes futurs clients.

— Rien n'est impossible, dit Massac, songeur. Je pourrais même faire appel à vous dans deux ou trois jours, si la plainte que vient de me transmettre le commissaire de police a les suites qu'on peut redouter. Inutile de vous préciser que le travail demandé serait le plus discret possible.

— Seigneur, s'enthousiasmait déjà le retraité, pouvez-vous me dire en un mot de quoi il s'agirait ? La seule idée de reprendre le collier, même dans l'ombre, me redonne du tonus !

— Toujours aussi ardent, à ce que je vois ! Téléphonez-moi après-demain, et je vous lancerai peut-être sur la trace d'un adolescent fugueur.

Combes se refusait à envisager que cette occasion inespérée ne se concrétiserait pas. Dans deux jours, il aurait retrouvé la voiture du sieur Mantagnac ou aurait transmis l'affaire aux services officiels.

— Comptez d'avance sur moi, affirma-t-il. D'ici là je serai libre comme l'air, après avoir réglé le problème de ma salle de bains.

Massac, qui connaissait son gendarme, ne parut pas étonné par ce coq-à-l'âne. Il se contenta de rire et secoua derechef la main qu'il n'avait pas lâchée.

— Attention, rappela-t-il. J'ai dit « peut-être » !

3

— But de l'exercice : retrouver la SM Citroën-Maserati immatriculée 188 VR 12, carrosserie noire, ailes filetées de blanc.

Joseph avait organisé la traque avec le soin qu'il mettait autrefois à lancer ses éclaireurs montagnards en reconnaissance de pistes sur la frontière entre le Laos et le Tonkin. Villefranche avait été découpée en secteurs, attribués au personnel de l'agence, c'est-à-dire à la famille.

Robert, à quatorze ans passés, méritait qu'on lui accordât quelques responsabilités. Il avait hérité, compte tenu de ses qualités de cycliste confirmé, de la partie de la ville située sur la rive gauche de l'Aveyron. Côte de Rieupeyroux, route de Laguépie, sortie vers Labastide-l'Evêque et Compolibat, son théâtre d'opérations lui promettait une bonne promenade au soleil. Ses consignes étaient simples : en cas de rencontre avec la voiture recherchée, s'abstenir de toute réaction individuelle, noter soigneusement l'emplacement du stationnement et rentrer au plus vite à l'agence pour y attendre le patron.

Claire, notoirement avantagée par ses fonctions d'associée et de secrétaire, s'était vu allouer le secteur nord-ouest. Au volant de la Coccinelle grise du ménage, qu'elle menait avec plus de précautions que leur 2 CV d'autrefois, morte après la campagne du Marais poitevin [1], elle avait à écumer toute la zone urbaine comprise entre la route de Montauban et celle de Figeac ; les consignes étaient les mêmes, Joseph ayant tout de même insisté, connaissant le tempérament bouillant de sa femme, sur l'interdiction de toute initiative en cas de découverte du jackpot.

Thi-Ba, la benjamine, avait été la seule à récriminer contre les décisions paternelles. Elle prétendait se tailler une zone personnelle de recherches centrée sur la rue de la République et la place Notre-Dame. Le chef de famille, perspicace, lui refusa cette liberté, sachant pertinemment que les arcades de la place abritaient une confiserie-pâtisserie fort appréciée de sa fille. Il lui intima donc l'ordre de travailler, dans le bureau, à ses devoirs de vacances. Et réussit à désamorcer un caprice menaçant d'exploser, en lui représentant que le rôle de planton au téléphone était sans contredit le plus important de l'affaire.

— Ta mère ou ton frère peuvent appeler à tout moment pour signaler qu'ils ont trouvé quelque chose. Il est indispensable que tu sois là pour me prévenir.

1. Voir, du même auteur, dans la même collection, *Le Nœud d'anguilles*.

Je te téléphonerai toutes les demi-heures pour que tu me transmettes leur compte rendu.

— Peut-on savoir quel secteur tu t'es réservé ? grinça Claire, une fois sa fille calmée.

— Ma foi, daigna répondre monsieur Combes, conscient que la révolte grondait, je vais aller me promener en ville, à pied avec mon chien, comme le bourgeois que je suis devenu. Personne ne pourra deviner que je suis de nouveau au travail...

— Si tu ne prévois pas d'arrêt dans quelques cafés avec d'anciens amis de rencontre, à quelle heure penses-tu finir ta ronde ?

— Démarrage de l'opération à deux heures et demie, précisa le général en chef. Retour impératif pour tout le monde à la maison à cinq heures. Si nous ne trouvons rien, on programmera d'autres recherches pour demain.

Sa femme échangea un sourire amusé avec Thi-Ba.

— Ma chérie, dit-elle, je crois que nous pouvons plaindre ton père. Il va devoir porter ce gros paresseux de Major qui a horreur qu'on l'empêche de faire la sieste tout l'après-midi !

A quinze heures, après avoir remonté comme un badaud la rue du Sergent-Bories et s'être arrêté devant presque toutes les boutiques de la rue Marcellin-Fabre, Combes était de mauvaise humeur. Major n'y était pour rien ; séduit peut-être à l'idée de se promener à une heure aussi anormale, le chien montrait, de clignements d'yeux en tortillements de croupe et d'abois brefs en signaux d'oreilles, qu'il était disposé à s'amuser avec tous les piétons rencontrés. Les naturels n'étant pas habitués, sauf cas de force majeure, à faire de la marche sitôt après le déjeuner, la plupart des promeneurs étaient des touristes, recommençant avec entrain le circuit qu'ils parcouraient chaque jour. Leurs mines transpirantes, leurs vêtements mal repassés, leurs déplacements en hordes familiales, envahissant trottoirs et chaussée, leur entêtement d'insectes à profiter de la moindre seconde pour que leurs vacances soient réussies, tout agaçait Joseph. Cette agitation rendait totalement irréelle l'image d'une limousine arrêtée sagement dans l'attente d'un détective privé triomphant. A l'idée de passer les années à venir à piétiner avec son chien dans les rues de sa ville, chassant misérablement un objet perdu ou une photo scandaleuse, il fut repris par ce que Claire appelait « le syndrome du retraité ».

Il arriva à l'ombre bienfaisante des platanes qui bordaient les terrasses de deux cafés ; ils verrouillaient la sortie de la vieille ville, sommeillant sur le paysage languissant composé de trois parkings minuscules, d'un rond-point ouvert sur la route de Montauban et du bâtiment de la poste, façade royale comme celle d'une banque internationale.

Pendant que Major levait la patte sur le tronc d'un des platanes, Combes se laissa aller quelques minutes à sa crise de découragement. Il soufflait comme s'il avait couru depuis deux heures ; sa vieille blessure lui faisait mal. Il se sentait trop âgé pour l'action. Tirant sur sa laisse, le chien l'obligea à repartir. Il traversa le rond-point et investit une des cabines téléphoniques installées au pied du perron de la poste. L'image de sa fille jouant les secrétaires dans le bureau de l'agence réussit à le distraire momentanément de son accablement. Malheureusement, son numéro était occupé. Se pouvait-il que Robert ou Claire aient trouvé la voiture des Mantagnac ? La passion de la traque reprit Joseph en une poussée d'adrénaline. Il refit le numéro avec énervement. Cette fois, la voix aigrelette de Thi-Ba répondit :

— Ici l'agence Combes. Voulez-vous laisser un message ? Mon père est absent.

— C'est ton père, justement. Pourquoi n'as-tu pas répondu il y a trois minutes ?

— Un monsieur a téléphoné, mais il n'a pas dit son nom. Il te rappellera à cinq heures.

— Pas d'autres appels ?

— Rien d'autre. Est-ce que je dois continuer à attendre ?

— Bien sûr, ma grande. Tu fais du bon travail. La prochaine fois, demande le nom de ton correspondant. Je te redonnerai un coup de fil dans une demi-heure.

L'expérience avait du bon. La nécessité de prévoir un permanencier à l'agence était aussi évidente qu'elle l'était dans une brigade de gendarmerie. Que sa fille de douze ans fût capable de remplir éventuellement cette fonction redonna à son père désabusé un coup de fouet. Il tira d'un coup sec sur la laisse de Major, redressa le dos et retraversa le rond-point en direction de la rue du Général-Prestat, qui menait à la place Notre-Dame et à la collégiale.

Des arcades du haut de la place en pente, Combes inspecta sans beaucoup d'espoir la quinzaine de véhicules mal alignés sur les pavés de plus en plus disjoints. Aucun ne correspondait au standing de son client. Vieilles carrosseries bosselées et poussiéreuses, quelques capotes déchirées, plaques minéralogiques quasi illisibles, c'était visiblement un conglomérat de voitures venues de la campagne voisine, parsemé de trois ou quatre limousines bas de gamme, immatriculées loin de l'Aveyron, que leurs propriétaires avaient garées là le temps d'un déjeuner de touristes ou d'une visite de la bastide. Aucune trace de « sa » Maserati.

Joseph soupira. Sans doute, à l'image de l'entrepreneur qui avait prédit un succès rapide à ses recherches, s'était-il laissé aller à trop d'optimisme. Pourtant, peu à peu, l'entêtement qui l'avait soutenu tout au long de ses années de service reprenait le dessus. S'il devait rentrer chez lui bredouille à cinq heures, au moins aurait-il exploré tout le secteur qu'il s'était attribué. Il décida d'aller jeter un coup d'œil aux bas-côtés du cours où se tenait le marché une fois par semaine. Le stationnement y était anarchique. Il redescendrait de là vers le théâtre et le bord de la rivière.

La venelle qui bordait le flanc nord-ouest de l'église était presque totalement à l'ombre, le soleil étant masqué par le clocher. En arrivant derrière l'abside, sur cette placette sans nom qui s'évasait jusqu'au cours Saint-Jean, il fut ébloui par la lumière crue. Peut-être aurait-il continué sa route sans la résistance de son chien qui voulait à toute force marquer encore une fois son territoire au pied d'un arc-boutant. Joseph finit par céder. Major méritait un peu de patience, après tout.

Il jeta un regard distrait aux maisons basses qui bordaient le côté sud de l'entonnoir. Un studio de photographe, une boulangerie, une charcuterie, une imprimerie, plus loin une auto-école. Il eut le temps de se dire que ce quartier de Villefranche s'était ouvert au petit commerce depuis qu'il avait quitté la ville, quatre ans auparavant. Puis il remarqua les voitures arrêtées en vrac sur le terre-plein. A peine une demi-douzaine, sans doute celles des riverains. Une Renault d'auto-école, une camionnette aux armes de la charcuterie Bouyssou... Dieu tout-puissant ! une SM noire aux ailes zébrées de blanc ! A dix mètres devant lui !

Arraché à son pilier, Major termina son envol la truffe sur une carrosserie brillante que son maître flattait de la main, souriant comme lors des grands jours de sa carrière.

— Tu te rends compte, mon vieux, nous avons mis le doigt dessus, finalement, lui dit Joseph.

Ravi de cette heureuse humeur, le griffon se mit à japper en faisant le fou aux pieds de son maître, qui tournait autour de son Graal.

« 188 VR 12 ». Le numéro était bien celui donné par Mantagnac. Les portières étaient fermées, mais rien ne traînait sur les sièges. La voiture ne semblait pas avoir souffert. Elle n'était même pas poussiéreuse. Seule une tache brune, sur le bord gauche du pare-brise, sans doute l'écrasement d'un gros insecte, montrait que la SM avait roulé depuis le dernier lavage.

Combes se pencha avec un intérêt soudain sur cette tache. Il n'y avait aucun vestige d'un corps d'insecte, ni aile déchirée, ni abdomen éclaté coincé sous l'essuie-glace. L'encadrement métallique de l'épaisse vitre, partout ailleurs étincelant, était maculé, à la hauteur du supposé point d'impact, de traînées mates, comme si quelqu'un avait tenté d'essuyer des traces de liquide. C'était peut-être un oiseau, tout compte fait, qui avait été heurté par la voiture ; mais pourquoi aucune plume n'avait-elle voleté jusqu'à l'arête du capot ? Et pourquoi avoir voulu nettoyer la marque de cet incident, qui ne gênait aucunement la vision du conducteur ?

L'imagination de Joseph galopait déjà. Sans doute inspirée par la mauvaise impression que lui avait faite sa visite de la matinée à la résidence Mantagnac. Pierre, ce fils contestataire, était un récidiviste en matière d'accidents. Ne pouvait-on supposer que la veille, après le cinéma, il avait renversé et blessé un piéton avant de prendre la fuite, de garer quelque part la voiture de son père et de rentrer chez lui en prétendant qu'elle avait été volée plus tôt dans la soirée ? Combes soupira en s'écartant de la SM. Il y avait fort à parier qu'aucune séquence de ce mirifique scénario ne s'était réellement déroulée. Il se demanda s'il cesserait un jour de commencer ses enquêtes en supposant une intrigue au lieu de ne faire confiance qu'aux faits.

Ces réflexions l'avaient en tout cas ramené à un comportement plus digne d'un détective flegmatique.

Hercule Poirot retrouvant un véhicule volé ne se mettrait pas à danser la matchiche sur une place publique. Major, pour sa part, ne se prenait pas pour un limier de best-seller. Après avoir sauté de joie aux basques de Joseph, il s'était arrêté d'un coup derrière la SM. Les pattes posées sur le pare-chocs, la truffe sur la poignée du coffre, il se mit à gémir fiévreusement.

— Tu flaires quelque chose de louche, toi aussi ? demanda son maître en sortant de sa poche le trousseau de clefs de secours remis par l'entrepreneur.

Glissée dans la serrure du coffre, la clef fonctionna sans effort. Tenant par le collier le chien qui couinait maintenant comme s'il avait reçu un coup, Combes souleva le couvercle de la malle arrière et regarda ce qu'elle contenait. Quatre secondes à peine, avant de la refermer brutalement, tremblant comme il ne l'avait pas souvent été en trente-cinq ans de service. Il s'appuya à la carrosserie luisante et ferma les paupières pour tenter de retrouver son calme. Il se sentait choqué et misérable, incapable pour l'instant d'une réaction sensée. N'était-ce pas ce matin qu'il avait qualifié ce premier travail de « petit boulot de sergent de ville » ? Non, on ne pouvait souhaiter ça à quelque policier que ce fût !

Redressé, se forçant à respirer lentement, il ouvrit les yeux. Le décor n'avait pas changé, mais le même soleil lui paraissait éteint. Quelqu'un, sorti d'une des maisons d'en face, traversait la placette et venait droit sur lui. Le juge Massac, en pantalon gris et blaser bleu marine, un sourire aux lèvres.

— Combes ! Quelle coïncidence ! J'ai voulu vous

joindre par téléphone, mais votre fille m'a dit que vous ne rentreriez qu'à cinq heures ! Vous tombez bien.

— Vous aviez besoin de moi ? demanda Joseph d'une voix blanche. J'allais vous appeler, moi aussi.

— Oh, répondit placidement le juge, ce n'était pas urgent. J'avais seulement pensé que ce n'était pas la peine d'attendre deux jours pour vous donner des détails sur le gamin disparu dont je vous ai parlé ce matin. Je sors de chez ses parents, qui habitent là en face. Les Mabos. Le père est comptable au Trésor public et m'affirme que son fils Michel, quinze ans avant Noël, n'a rien d'un fugueur. Introverti, un peu timoré, pas très costaud, mais pas fugueur. Le père et la mère sont d'accord pour que vous participiez à l'enquête avec le commissaire de police. Venez donc à mon bureau demain matin pour consulter le dossier.

Massac avait débité son affaire avec entrain, persuadé qu'il contribuerait à un heureux départ du gendarme dans sa nouvelle profession. A présent, à bien regarder la mine de son protégé, il ne voyait aucune marque de satisfaction.

— Bien sûr, reprit-il plus froidement, rien ne vous oblige à vous lancer dans cette histoire. Peut-être ne vous sentez-vous pas en forme. Vous êtes pâle comme un linge, mon vieux. C'est pour ça que vous vouliez m'appeler ?

— Non, il ne s'agit pas de ma santé, mais de cette SM volée hier soir à mon premier client. Je voulais que vous veniez la voir.

Combes avait apparemment repris le contrôle de ses nerfs. Il attira le juge jusqu'au coffre et, sans aucun des effets théâtraux dont il avait l'habitude, il en saisit la poignée et l'ouvrit une deuxième fois.

Massac se statufia devant le spectacle. Un corps, revêtu d'une culotte de sport et d'un survêtement imbibé de sang, était étalé à même la moquette grise, souillée de taches brunes. C'était le cadavre d'un adolescent, couché sur le dos, maigrichon. Chaussées de vieilles baskets, ses jambes nues étaient arc-boutées contre les parois du coffre et ses mains fragiles, aux doigts écorchés, étaient levées dans un réflexe de défense. Le visage, sous de courts cheveux bruns frisés, n'était qu'une plaie, des sourcils au menton : nez éclaté et enfoncé, lèvres déchirées et gonflées, bouche béante sur des dents fracassées, ce n'était qu'un masque sanguinolent.

Le juge tremblait, comme Combes tout à l'heure. Celui-ci parla enfin, à voix basse :

— Je ne me ferai jamais à cette vue, dit-il. Ce gosse a dû mourir là où il est, là où un salopard l'a enfermé. Il a été d'abord assommé puis jeté dans le coffre. Même inconsciemment, il s'est débattu quelques secondes ou quelques minutes, le légiste vous le dira.

— Avec quoi l'a-t-on frappé ?

— A mon avis ce n'était pas un accident. On lui a cogné la tête sur le coin du pare-brise, où il reste encore une trace. Sans doute trois ou quatre fois, à voir les dégâts.

Massac avait du mal à reprendre ses esprits. D'une voix mal assurée, il demanda encore :

— D'où pouvait venir ce gosse et pourquoi l'a-t-on tué ici ?

— Avez-vous une photo de votre jeune disparu ? hasarda Joseph, chez qui l'imagination reprenait le pouvoir. Il habite ici, il peut très bien avoir vu quelque chose qu'il ne devait pas voir, reconnu quelqu'un qui ne devait pas être là. Ce quelqu'un l'a supprimé et l'a mis dans la voiture qu'il avait volée et qu'il a abandonnée ensuite.

— Si vous étiez chargé de l'enquête, c'est dans ce sens-là que vous chercheriez ?

— Oui, certainement. Mais vous savez bien que vous ne pouvez pas décharger le commissaire Battioli de cette responsabilité. Je pense même qu'il devrait être prévenu de toute urgence que nous pourrions bien avoir retrouvé sans le faire exprès le jeune Michel Mabos.

4

Le commissaire Battioli, la quarantaine sportive, le poil très noir et très dru, l'accent très chantant, ne pouvait renier ses origines méditerranéennes. Il n'y songeait d'ailleurs pas. Il menait son commissariat, quatre inspecteurs, vingt agents en tenue et deux agents techniques chargés du garage, avec une fantaisie de podestat. Parfois en attaquant son personnel avec une méchanceté de roquet quand madame Battioli lui menait la vie dure, le plus souvent avec un laisser-aller reposant mais dommageable pour la rigueur du service et le pourcentage de réussite dans les affaires traitées.

Affecté à Villefranche depuis un semestre à peine, il ne s'était pas encore fait une opinion très précise sur les autorités et les notabilités locales. Monsieur Combes, qu'il avait eu l'occasion de recevoir pour les démarches d'ouverture de son agence, était précédé d'une réputation élogieuse, donc suspecte ; on le disait anticonformiste, individualiste, intuitif et entêté, tous défauts qui peuvent transformer un détective privé en calamité publique. Pourtant, malgré cette réputation menaçante, le commissaire avait deux excellentes raisons de trouver monsieur Combes sympathique. La première était qu'ils étaient tous deux de taille modeste, ce qui leur attribuait par définition les mêmes adversaires. La deuxième tenait à la forte impression que lui avait faite madame Combes quand elle avait accompagné son mari au commissariat. Monsieur Battioli ne faisait partie que de la race des coureurs nonchalants, mais estimait qu'il était permis de rêver.

Aussi se montra-t-il, cet après-midi-là, fort arrangeant avec l'ancien gendarme, que le juge Massac avait présenté comme un auxiliaire précieux. Compréhensif à l'égard du problème d'éthique que Combes avait mis en avant pour ne pas compromettre son client, le commissaire repoussa généreusement au lendemain le rapport écrit qu'il demandait au détective, et se déclara prêt à s'occuper de faire enlever la SM et son macabre chargement, à procéder aux premières constatations sur le véhicule et à remettre le cadavre au médecin légiste.

Joseph fit semblant d'ignorer que l'immatriculation de la voiture suffirait à fournir le nom de son client au commissaire ; celui-ci jugea prudent d'attendre les commentaires éventuels du juge d'instruction, qui semblait vouloir solliciter la collaboration de l'ancien chasseur de criminels. Après tout, ce Combes aurait peut-être une illumination sur la façon de commencer une enquête de mauvais augure.

Satisfaits l'un et l'autre de ce compromis tacite, les deux hommes se serrèrent la main avec un soupçon de cordialité, sous le regard encore grave de Massac. Et, conscient de la fatigue qui faisait boiter le gendarme, Battioli décida de le faire raccompagner chez lui par un véhicule à gyrophare.

L'agence Combes et compagnie marquerait le jour de son ouverture par un grand coup de publicité à travers les rues de la ville.

Sans avoir l'air de s'apercevoir de l'intérêt des curieux, surpris de voir un civil sans gardien et sans menottes débarquer d'une bruyante voiture de police au coin de la rue du Sergent-Bories, Joseph remercia son conducteur et arracha Major à son envie d'arroser la roue avant de ce véhicule au cri si irritant. Le maître et son chien s'engouffrèrent avec soulagement dans l'ombre tiède de l'agence Combes. De la porte ouverte au fond du vestibule arrivaient les éclats de trois voix animées qui semblaient à la limite de la patience.

— La prochaine fois, affirmait Robert le Cycliste d'une voix où son père décela avec un sourire ému les premières raucités d'une mue d'adolescence, je refuserai de partir en mission sans frais de déplacement ! Même pas de quoi me payer une limonade, avec cette chaleur !

Claire, sans doute parce que c'était elle qui était chargée de gérer la trésorerie, faisait mine d'ignorer les revendications de son fils, mais s'en prenait à l'apathie hautaine de sa fille, qui répétait, avec l'acidité exaspérante d'une secrétaire faisant barrage, le texte du dernier message reçu au téléphone :

— Papa m'a dit qu'il avait retrouvé la voiture du

plombier et que tout le monde devait attendre son retour.

— Ce n'est pas une voiture de plombier, objecta Robert, c'est une Citroën de luxe.

— Enfin, glapit Claire, quelle heure était-il et d'où appelait-il ?

— Il était quatre heures et demie passées et papa m'a demandé que tu l'attendes ici, au bureau.

— Où est-il allé ? Rendre son carrosse à ce Mantagnac ?

Cette fois, Thi-Ba céda, avec la mine satisfaite de l'employée de confiance qui daigne expliquer à un sous-fifre comment fonctionne la hiérarchie, dans une agence de police privée :

— Il a dit qu'il y avait eu un pépin et qu'il nous raconterait les détails en rentrant du commissariat, où il allait avec le juge.

Toujours dans le vestibule, Joseph jeta un coup d'œil à son bracelet-montre. Six heures moins le quart ! Mieux valait presser le mouvement, maintenant que sa permanencière avait éventé le plus clair des aventures de l'après-midi.

— Me voilà ! cria-t-il à la cantonade.

La famille jaillit dans le couloir, partagée entre l'énervement et le soulagement. Le visage anormalement sérieux du chef de l'agence suffit à imposer silence à son personnel.

— Je vous promets que ce soir au dîner je vous dirai ce qui s'est passé, et vous me raconterez comment se sont déroulées vos patrouilles. Les enfants, vous allez fermer les bureaux et passer dans l'appartement. Je suis très content de vous deux. Claire...

— Pourquoi le commissaire a-t-il voulu te garder ? coupa sa femme, sa mauvaise humeur effacée par l'inquiétude.

— Le commissaire Battioli a été charmant, ne va pas t'imaginer je ne sais quoi. Je t'expliquerai tout ça en voiture, si tu veux bien m'accompagner chez notre client. Je dois lui dire pourquoi il ne pourra pas récupérer sa SM avant un moment.

Oubliant ses cahiers de devoirs de vacances sur le bureau de son père, Thi-Ba décida de mettre sa mère au courant de ce qu'elle ne comprenait pas :

— C'est simple, quoi ! Il y a eu un pépin, on te dit !

De chez lui jusqu'à la villa des Mantagnac, Combes eut tout juste le temps d'expliquer à sa femme la nature de la complication qui empêcherait la restitution rapide de la voiture à son propriétaire. L'entrepreneur et son fils allaient avoir de nombreux contacts avec la police officielle, au cours des prochaines journées. Quand bien même vous n'y seriez pour rien, vous auriez du mal à faire comprendre à un commissaire comment un cadavre inconnu est venu s'allonger dans la malle arrière de votre véhicule, dont par ailleurs vous n'avez pas déclaré le vol !

— Les pauvres gens, compatit Claire. On doit pouvoir faire quelque chose pour eux. Tu devrais retrouver leurs voleurs !

Pourtant, quand ils eurent été introduits dans le

salon de faux Louis XV par le fils de la maison, qui disparut aussitôt pour aller chercher son père, Claire oublia ses bons sentiments ; au fur et à mesure que le mauvais goût de madame et monsieur Mantagnac l'accablait, elle manifesta d'abord son étonnement en levant un sourcil, puis son aversion en prenant Joseph à témoin, enfin une envie folle de détruire quelque chose ou quelqu'un dans ce temple du toc et du tape-à-l'œil. Son mari, qui sentait venir l'éclat, l'arrêta d'une main apaisante au moment où elle allait pulvériser un sous-verre particulièrement hideux sur le marbre d'une cheminée abritant un feu de bois électrique.

— Contrôle-toi, dit-il à voix basse, c'est un client. Mieux vaut le ménager.

Claire le fusilla du regard, souffla d'un air excédé et se réfugia, à côté d'un fauteuil, dans un garde-à-vous hautain qui voulait signifier qu'elle n'ouvrirait plus la bouche.

Les stores à lamelles de plastique du salon laissaient pénétrer la lumière encore très vive de cette fin d'après-midi. La mauvaise humeur des Combes était perceptible. Celle des Mantagnac, qui se présentèrent en bloc compact à la porte donnant sur le bureau de l'entrepreneur, était de plusieurs degrés supérieure dans l'irritation. Face à face, les deux équipes se défiaient.

— Tu devrais dire à ce monsieur ce que tu penses de lui, jeta Albertine, pincée, du haut de sa robe de taffetas.

— Sois tranquille, ma chère, confirma brutalement

son mari Gaston. Je ne peux pas admettre que ce soi-disant détective, après m'avoir promis la discrétion, aille aussitôt signaler au commissariat de police que je recherche ma voiture volée.

Claire lorgnait le plafond avec un mépris ricaneur. Joseph, sourcils froncés de mauvais augure, se croisait les bras.

— Eh oui, continua l'entrepreneur sur sa lancée, figurez-vous, monsieur Combes, que le commissaire Battioli m'a téléphoné il y a dix minutes et m'a convoqué à dix heures demain matin. Il paraît que vous avez récupéré ma SM et que vous n'avez rien eu de plus pressé que de rompre le secret professionnel en allant lui en faire part.

Le soi-disant détective leva une main autoritaire sous le nez de son client.

— Vous a-t-il dit pourquoi j'avais agi de la sorte ?

— Parce que vous êtes incapable, j'imagine, de mener une action individuelle sans être couvert par votre foutue hiérarchie.

A part lui, Joseph remercia Battioli pour n'avoir pas lâché à Mantagnac l'information principale. Il allait pouvoir juger des réactions des divers membres de cette famille de mal embouchés.

— Peut-être pour vous permettre de passer une nuit tranquille, ricana-t-il avec une évidente agressivité, le commissaire a-t-il préféré taire momentanément la présence dans le coffre de votre voiture du cadavre d'un jeune garçon, assassiné à l'arrêt en lui cognant la tête sur votre carrosserie. Vous pouvez comprendre que, dans un cas de meurtre caractérisé comme celui-là, j'aie souhaité, comme vous le dites si aimablement, « être couvert par ma foutue hiérarchie ». Les enquêtes pour meurtre, je vous le rappelle, sont du seul ressort de la police officielle.

Un silence de cathédrale suivit cette mise au point abrupte.

Affalée sur la première bergère venue, le visage caché dans les mains, madame Mantagnac gémissait des appels angoissés à Notre-Dame et à tous les saints.

Assis lui aussi, sous le choc, son mari ne se montrait pas beaucoup plus bavard. Les mains collées aux genoux, les yeux fermés, les traits tirés, il semblait plus âgé de dix ans.

Pierre, le grand fils, était, des trois, celui qui avait le mieux supporté la nouvelle. Debout entre son père et sa mère, il soutint sans effort le regard scrutateur de Combes.

— Je peux vous affirmer, dit-il gravement, que la soirée d'hier s'est exactement passée comme je vous l'ai racontée ce matin. Demandez donc à Gaby Sagnol, qui m'accompagnait, de vous le confirmer. Elle habite chez sa mère au 10, rue de la République. Quant au meurtre dont vous parlez, j'ignore tout. Où est-ce que tout ça s'est passé ?

— En ville, dit Combes, sur la placette derrière la collégiale. Le voleur de votre voiture, si voleur il y a, n'avait pas l'intention d'aller plus loin hier soir.

Albertine Mantagnac couina encore un « mon Dieu » déchirant sans que Claire fît mine de la moindre compassion féminine.

— Acceptez-vous toujours de chercher à retrouver

ce ou ces voleurs ? demanda Gaston, enfin remis de son compréhensible abattement. Sinon personne ne va vouloir croire que Pierre dit la vérité. Je suis sûr qu'il ne nous a pas menti.

La voix de l'entrepreneur était basse mais ferme, compte tenu du coup qu'il venait de recevoir. Il leva la tête pour regarder celui qu'il avait si mal traité quelques minutes auparavant.

— Comprenons-nous bien, dit Joseph froidement, je vais accepter parce que ma femme, ici présente même si aucun de vous n'a eu la politesse de la saluer, me l'a demandé avant de vous rencontrer. Je vais le faire aussi pour votre fils, que je crois sincère. Sachez que si nous ne trouvons pas ce voleur de voiture, Pierre sera le coupable idéal aux yeux de la police et du juge d'instruction. Les tueurs de gosses n'excitent pas beaucoup la pitié des gens. Alors, si vous avez la moindre idée concernant d'éventuels suspects, je vous conseille de me la communiquer.

— Quelqu'un de son quartier ne pouvait-il avoir quelque grief contre la victime ?

— Quelqu'un qui aurait eu les clefs de votre SM pour enfermer le cadavre dans le coffre ?

Ni Gaston ni son fils ne relevèrent cette remarque, qui prenait subitement des allures de menace.

— Voyez-vous, dit Combes rêveusement, le jeu de clefs d'origine était à l'intérieur de la voiture, et les portes étaient fermées.

— Il doit bien y avoir une explication, dit Pierre comme s'il avait compris immédiatement tout ce que pouvait laisser supposer ce problème de clefs.

— Espérons-le. Peut-être existait-il un troisième jeu de clefs ; peut-être apprendrons-nous que les voleurs avaient des rossignols professionnels. Je te le souhaite. Nous verrons bien.

— En tout cas, intervint Mantagnac père, je vous prie encore de m'excuser pour les bêtises que j'ai dites. Et merci de bien vouloir continuer à travailler pour nous tous. Je suis prêt à tout pour que vous innocentiez mon fils.

— Je ne promets rien. Certainement pas de trafiquer ou de taire les preuves que je pourrais découvrir, dans un sens ou dans un autre. Mais je vais tout faire pour découvrir le meurtrier de ce gosse trouvé dans votre voiture. Il avait à peu près le même âge que mon fils aîné et j'en fais une affaire personnelle. Tant mieux pour Pierre si les résultats de mon enquête lui sont favorables. Et tant pis pour lui dans le cas contraire.

Madame Mantagnac se raidit sur sa bergère. Son rimmel avait coulé et dessinait d'inélégants cernes noirâtres sur ses joues de blonde.

— Pierre ne peut pas être votre coupable, argumenta-t-elle d'une voix gémissante. Je le connais trop bien. C'est notre seul enfant, ajouta-t-elle misérablement.

La main posée sur le coude de sa femme, qu'il sentait frémir d'une impatience mêlée de colère ou de compassion, Combes ne chercha pas à retenir la réplique amère qui ferait peut-être comprendre à ces inconscients la gravité de leur situation.

— Je crois savoir, dit-il d'un ton glacial, que le jeune Michel Mabos, la victime, était aussi le seul enfant de ses parents. Vous pouvez penser qu'ils ont, eux aussi, besoin de la vérité.

Albertine se replia sur son siège. L'entrepreneur baissa la tête. Seul leur fils essaya de soutenir le regard de ce détective sans complaisance, mais son menton tremblait.

— Je vous tiendrai au courant, dit encore Joseph. Le commissaire Battioli vous dira de ne pas quitter la ville pour le moment. Vous avez tout intérêt à lui obéir, tous les trois. Au revoir.

Menton levé, sourcils froncés au ras de sa frange brune, Claire suivit son seigneur et patron jusqu'à la porte vitrée qui donnait sur le vestibule. Elle se sentait à la limite de sa résistance, partagée entre l'exaspération et la pitié. Elle avait jusque-là réussi à combattre l'antipathie que lui inspiraient ces gens, qui n'avaient même pas prononcé un mot traduisant une pensée émue pour la famille de la jeune victime. Brusquement elle s'arrêta sur le seuil et se retourna, le visage figé. Après son long silence, elle avait du mal à maîtriser la véhémence de sa voix.

— Nous n'avons pas eu l'occasion d'aborder les questions administratives, monsieur Mantagnac. Je vous ferai parvenir par le premier courrier les tarifs de l'agence. Vous comprendrez certainement que pour cette nouvelle enquête vous ne vous en tirerez pas avec l'envoi d'un plombier, que d'ailleurs j'attends encore.

— Vois-tu, se justifia-t-elle quelques instants plus tard au volant de leur Coccinelle, je ne pouvais pas quitter ces minables sans exploser, au moins un peu !

— Tu as eu absolument raison, concéda Joseph. Mais, je t'en prie, calme-toi pour ce soir et réfléchis à ce que nous allons raconter aux enfants. Il va falloir expurger cette histoire de meurtre d'un garçon de leur âge.

Apaisée, Claire tourna la tête vers son ami, un tendre sourire aux lèvres :

— Tu es un bon père et un type bien, mon patron chéri !

— Si tu le penses, dit-il, essaye de me garder en vie. Regarde la route et n'écrase pas un piéton.

5

Le juge Massac avait tiré de ses sept ans de présence à Villefranche-de-Rouergue deux enseignements majeurs, qu'un esprit malintentionné eût pu attribuer à la résignation.

Ses démêlés avec les procureurs successifs qui l'avaient eu sous leurs ordres et avaient gelé sa carrière lui avaient en fait offert la pratique d'une philosophie dénuée d'ambition ; il était connu pour être un magistrat honnête, mesuré dans ses enquêtes, pointilleux sans excès, compréhensif avec les justiciables noyés dans la procédure. Les notables appréciaient son éducation et son savoir-faire, les mères de famille en mal de fille à marier, son allure toujours juvénile, sa situation somme toute honorable et l'habileté avec laquelle il réussissait à rester célibataire sans vexer personne.

Un deuxième enseignement était d'ordre plus matériel : Massac exécrait son bureau, qui n'était qu'une pièce exiguë et mal meublée dans le coin le plus vétuste du tribunal ; l'ensoleillement permanent de ce local minable en faisait un four en été, et les tuyauteries déficientes du chauffage, une glacière en hiver. Le juge avait donc décidé d'en sortir le plus possible, laissant à son greffier Cadaquès la garde somnolente du monceau d'archives et de dossiers qui encombraient le saint des saints. Les Villefranchois avaient appris à apprécier le sourire et la disponibilité de ce grand jeune homme qui arpentait leurs rues pour aller rencontrer un témoin ou donner du nerf à ses enquêteurs, gendarmes ou policiers. Le chef de brigade et le commissaire trouvaient ce juge d'instruction anticonformiste de bonne compagnie, préférant de beaucoup ses visites impromptues à des convocations réglementaires au Palais.

En ville, on disait généralement du juge Massac qu'il était « bien brave » et que c'était quelqu'un qui « ne se croyait pas ». Le greffier Cadaquès, qui craignait l'indiscrétion comme une maladie honteuse, sortait de sa réserve dès qu'il entendait émettre une opinion plus nuancée sur son patron. C'était la raison pour laquelle il battait froid au commissaire Battioli, qui avait dit imprudemment un jour qu'un bon instructeur d'affaire criminelle ne devait avoir ni sentiment ni opinion préconçue, vices rédhibitoires qui caractérisaient l'approche de Massac dans l'établissement de ses dossiers.

Ce matin-là, deuxième jour de l'affaire Mabos, Battioli se préparait avec calme à recevoir Gaston Mantagnac, l'entrepreneur propriétaire de la SM Citroën-Maserati dans laquelle avait été trouvé le cadavre du jeune disparu. Il espérait avoir le temps, avant la venue quasi certaine du juge, de cuisiner avec toute la diplomatie souhaitable ce personnage, qui comptait dans les rangs de l'opposition municipale. Il relisait donc le rapport qu'un planton avait posé sur son bureau une heure plus tôt. « Un coursier de l'agence Combes est venu apporter ce pli à huit heures ce matin », avait précisé l'agent.

Le détective privé avait apparemment choisi la sincérité. Il s'était contenté de relater ses premiers contacts avec Mantagnac et sa famille, l'emprunt de la voiture du père par le fils, Pierre, le vol du véhicule pendant la séance de cinéma de l'avant-veille. Il avouait ensuite n'avoir entrepris ses recherches en ville que pour satisfaire son client, qui semblait croire que les coupables de ce vol étaient gens du cru.

« En attendant de trouver des témoignages confirmant ou infirmant les déclarations du jeune Pierre, avait écrit Combes, je crois pouvoir penser que ce garçon dit la vérité. Simple question de comportement et de ton. Pour ce qu'elle vaut, mon impression est favorable. »

Le commissaire ricana en soulignant les deux dernières phrases au marqueur jaune. Encore un intuitif ! Il s'expliquait mieux pourquoi Massac prônait les qualités d'enquêteur de l'ancien gendarme ; ils étaient tous deux des romantiques. Ce n'était pas lui qui se laisserait entraîner à suivre de telles inspirations. On ne le leurrerait pas avec une affectation de franchise plus ou moins réussie. Il relut une troisième fois le récit du vol de voiture et étudia avec une jubilation croissante les solutions qu'offrait l'opinion contraire à celle du rapport : pourquoi le fils Mantagnac n'aurait-il pas inventé cette histoire de vol pour maquiller l'assassinat du jeune Mabos ? Cette explication en valait bien d'autres. Restait, bien sûr, à trouver la vraie raison de ce meurtre. Battioli, qui abhorrait les idées préconçues, se convainquit qu'il avait choisi le bon axe de manœuvre ; il allait creuser les courtes vies de la victime et du suspect jusqu'à ce qu'il trouve ce qui les avait réunis.

Un coup de sonnette excité fit se matérialiser l'inspecteur Romulon, adjoint de confiance du commissaire, auprès du bureau de son chef.

— Avons-nous reçu le rapport d'autopsie du jeune Mabos ? jeta celui-ci avec impatience.

Peu habitué à une si intense activité de si bon matin, Romulon fit la moue.

— Bienheureux si le toubib nous l'envoie avant demain !

— Alors, faites-le s'activer. Et trouvez-moi ce que vous avez dans le dossier du fils Mantagnac. Je crois me souvenir que nous avons eu à nous occuper de lui.

— Une histoire de conduite sans permis, précisa l'adjoint, toujours fier de sa mémoire. Le cycliste qu'il avait bousculé a retiré sa plainte. Il n'y a pas eu de suite pénale. Juste une amende.

— Ce cycliste ne s'appelait pas Mabos, par hasard ?

L'inspecteur se claqua la cuisse d'une main en éclatant d'un rire chevalin qui manquait totalement de révérence.

— Comme vous y allez, patron ! Vous auriez tôt fait d'arranger nos affaires. Malheureusement, il s'agissait d'un paysan de Maleville. Je peux vous retrouver son nom, si vous voulez ?

— Non. Dégagez. Et secouez un peu le légiste.

Vous me préviendrez dès que le nommé Mantagnac sera arrivé.

Romulon se laissa aller, un instant, à regretter le commissaire Weber, parti à la retraite juste avant l'arrivée de ce Battioli pète-sec et sans humour... Au moment où il s'éclipsait, un coup d'œil vers la salle de permanence lui redonna le sourire.

— Tiens, annonça-t-il légèrement, voilà le juge Massac !

— Manquait plus que lui, soupira le commissaire incompris. Qu'il entre !

Combes avait tenu à se faire accompagner de Claire pour sa première visite au ménage Mabos. Après avoir envoyé son rapport au commissariat de police dès l'aurore, mobilisant pour ce faire le jeune Robert qui n'avait pas osé agiter la question des frais de déplacement, il avait sollicité par téléphone l'opinion du juge sur l'opportunité d'un entretien avec la famille de la victime. La présence d'une mère ne pouvait qu'apporter à cette pénible entrevue le caractère d'humanité compréhensive indispensable.

« Parfaitement, avait renchéri Massac. Madame Combes sera sûrement d'un grand secours. »

En tout cas, madame Combes avait pris soin d'assortir sa toilette estivale aux circonstances, délaissant pour une fois les chemisiers de couleurs vives qui mettaient son teint en valeur. Peut-être ses yeux bruns brillaient-ils plus qu'il ne fallait pour apporter des paroles de consolation aux parents d'un enfant décédé de mort violente, mais elle ne pouvait tout à fait maîtriser son excitation. Naguère, quand elle s'était mêlée de mettre son grain de sel dans les enquêtes de Joseph, elle avait plus ou moins forcé la main de son mari. Plutôt plus que moins. Aujourd'hui commençait ce qu'elle estimait une nouvelle ère. Associée en titre à la direction de l'agence Combes, elle se sentait en droit de rechercher des témoins, de les interroger, de tirer des conclusions de leurs dépositions et de bâtir des hypothèses. Sans doute serait-elle au début de cette carrière palpitante trop encline à imaginer des intrigues, mais elle s'était promis de tempérer son enthousiasme en tenant compte des faits. Autant que ce serait nécessaire.

Tout au long de leur promenade pédestre qui les avait menés de la rue du Sergent-Bories aux confins de la collégiale, au long des rues commerçantes qui grimpaient sous un soleil encore tolérable, Joseph avait guigné sa femme, notant son air faussement recueilli qui contrastait avec son pas nerveux.

— Je suis désolé de t'imposer cette corvée, avait-il dit en arrivant sur la placette quasi déserte où habitaient les Mabos.

Elle s'était arrêtée quelques secondes, presque déçue de l'absence des détails dramatiques qu'elle s'était attendue à découvrir. Pas de voitures. Photographe, imprimerie, charcuterie, tout était encore fermé. C'était un jour normal. Pas de pancarte annonçant qu'un crime avait été commis là trente-six heures plus tôt.

— Ne t'en fais pas pour moi, avait-elle soufflé. Il est tout à fait normal que je commence à apprendre le métier.

Maintenant, après dix minutes passées dans l'appartement du comptable du Trésor public, Combes était parfaitement rassuré sur la capacité de Claire à surmonter l'épreuve.

Les parents de la jeune victime les avaient reçus avec une simplicité étonnante, qu'on eût pu trouver apathique. Paulo Mabos, le père, petite quarantaine, malingre, mal rasé, en pantalon de toile, tee-shirt serpillière et charentaises, avait d'abord expliqué que son chef de bureau lui avait consenti trois ou quatre jours de congé, étant donné les circonstances. Il paraissait accablé, ce qui était compréhensible, mais plus grognon et revendicatif que chagriné. Après avoir admis que monsieur Massac, le juge, avait recommandé de recevoir monsieur Combes qui pourrait les aider, il répéta plusieurs fois ce qui le préoccupait.

— Je vous remercie bien, et le juge aussi, mais vous devez comprendre que nous n'avons pas les moyens de payer les frais d'une enquête parallèle.

— Cessez de vous inquiéter pour la question d'argent, dit Joseph. Nous avons déjà un client payant.

Avant qu'il ait eu le temps de l'en empêcher, Claire vendit la mèche avec un manque de précautions dommageable pour le secret professionnel :

— Le propriétaire du véhicule dans lequel mon mari a découvert votre enfant nous a demandé de prouver l'innocence de son propre fils, auquel la voiture avait été volée avant d'être conduite devant chez vous...

— Pourquoi devant chez nous ? s'insurgea Paulo Mabos. Vous ne supposez quand même pas que nous l'avons conduite ici !

— Mais pourquoi Michel était-il monté dans cette auto ? larmoya son épouse, Juliette.

C'étaient les premiers mots qu'elle prononçait. Un peu plus jeune que son Paulo, cheveux soigneusement coiffés en un casque blond platine, correctement maquillée, habillée d'une robe beige passe-partout, elle était assise devant la table de la cuisine, où se déroulait l'entrevue. Ses mains serrées sur un bol de café froid ne tremblaient pas. Mais sa peine était beaucoup plus évidente que celle de son mari. A en juger par les cernes qui marquaient ses pommettes mates et par ses paupières rougies, elle avait pleuré une bonne partie de la nuit.

— Voyez-vous, reprit le père plus dignement, nous ne savons pas grand-chose de ce qui s'est passé. Le commissaire nous a juste annoncé hier au début de la soirée qu'on avait retrouvé notre fils mort dans une voiture volée. Il doit venir me chercher vers midi pour aller le reconnaître à la morgue. Nous ignorons même quand on nous le rendra.

La voix s'était tue sur un tremblement, comme si les mots évoquant le drame avaient fait craquer la cuirasse du comptable. Juliette pencha la tête vers son bol et se remit à pleurer dans un silence scandé de reniflements presque enfantins.

Les Combes échangèrent un regard désolé. Chacun cherchant à donner le change sur son chagrin avec ses moyens propres, elle en soignant son aspect extérieur, lui en s'installant dans un laisser-aller faussement indifférent, les Mabos étaient misérablement tragiques, comme des acteurs dépassés par leur rôle.

C'était peut-être une visite de condoléances, mais la

démarche professionnelle des enquêteurs tournait au fiasco. Combes se promettait de féliciter Battioli pour la sécheresse de cœur qu'il avait manifestée à ces malheureux, mais estima qu'il ne devait pas verser dans le défaut contraire. Claire et lui n'étaient pas là pour éponger les larmes des Mabos avec leurs mouchoirs.

— Si vous le permettez, dit-il aussi naturellement qu'il le put, nous allons tous nous asseoir autour de cette table. Je crois même que ma femme et moi accepterons un bol de café, si vous en avez au chaud.

Cette proposition inattendue eut au moins le mérite de dégeler les deux statues figées dans leur douleur. Pendant que Claire s'offrait à aider Juliette, Paulo s'affaira à manipuler des chaises.

— Vous ne nous connaissez pas, reprit Joseph, mais nous avons un fils de l'âge du vôtre. C'est surtout pour découvrir qui s'en est pris à votre garçon quc nous voulons vous aider. Nous souhaiterions que vous nous parliez de Michel. A quatorze ans, les enfants commencent à prendre de nouvelles habitudes, à cultiver leurs secrets. Tout ce que vous pourrez nous dire du caractère, de la façon de vivre, des amis, des plaisirs de Michel nous aidera à comprendre ce qui lui est arrivé.

— Il est si... commença la mère.

— Il n'était pas... dit le père.

Ils s'interrompirent ensemble et échangèrent pardessus leurs bols fumants un quart de sourire navré. Comme s'il importait peu que l'un ou l'autre entamât le foisonnant catalogue de leurs souvenirs communs.

Au dire de ses parents, le jeune Michel avait été un enfant sans histoire, encore qu'il ait contracté à peu près toutes les maladies infantiles connues des médecins rouergats. Petit pour son âge, assez maigrichon « parce qu'il mangeait toujours sans appétit, pour me faire plaisir », dit Juliette, il n'avait pas de goût pour les exercices physiques. Il n'aimait rien tant que s'enfermer dans sa chambre pour lire ce qui lui tombait sous la main, journaux, bandes dessinées, romans d'aventures, publicités pour des voitures.

— C'était sa première passion, avait précisé Paulo sourdement. Les voitures.

— Pas de sport avec des camarades ? avait questionné Joseph.

— Il avait horreur du sport, et il n'avait pas de camarades.

Quand Michel avait passé dix ans, inquiets de le voir se replier sur lui-même et après avoir consulté les frères de Saint-Joseph dont il suivait les cours, les Mabos avaient décidé d'envoyer leur fils dans un pensionnat de Rodez, dans l'espoir qu'il s'y ferait des amis et qu'il s'ouvrirait à la vie en société. L'internat avait au contraire achevé de rendre l'adolescent introverti. Les notes de ses maîtres, élogieuses sur les chapitres de l'assiduité au travail et des moyens intellectuels, étaient de plus en plus inquiétantes en ce qui concernait son aptitude à supporter ses compagnons de classe, au point d'en devenir leur bête noire.

— Il revenait à la maison à chaque période de vacances ; je comprenais bien qu'il était malheureux, constata Juliette tristement. Mais il faisait tant de progrès dans ses études...

Elle n'en avait pas avoué davantage, mais il était

évident qu'elle se reprochait d'avoir consenti à prolonger l'internat de Michel.

— Il croyait que nous ne le savions pas, continua-t-elle, mais, chaque soir quand il était ici et qu'il faisait beau, il descendait sans faire de bruit rêver une bonne heure sur la place. C'était devenu une habitude, un besoin.

— Que faisait-il de spécial ? demanda Claire.

— Rien de particulier. Nous l'avons souvent épié dans le noir derrière nos volets. Il s'adossait aux pierres de la collégiale, il regardait le ciel, disait bonsoir aux voisins quand ils rentraient tard, écoutait la musique de la Polonaise, qui laisse son phono ou sa radio en marche jusqu'à des minuit, et puis il rentrait tout doucement pour ne pas nous réveiller.

— Personne ne s'est jamais étonné de le trouver là si tard ? Aucune dispute avec des voyous ?

— Non. Rien. Le quartier est tranquille. Tout le monde connaissait Michel et l'aimait bien. Il n'était pas liant, mais pas sauvage non plus.

— Quand même, raisonna Combes à voix haute, il a bien fallu qu'il se soit fait au moins un ennemi. Aucun nom ne vous vient à l'esprit ?

Le très maigre enthousiasme qui avait lancé les Mabos dans l'évocation de leur fils était déjà éteint. Les yeux vides, ils secouèrent la tête tous deux, écrasés par leur inutilité.

— Merci pour votre confiance, dit Combes en se levant. Ma femme ou moi reviendrons bientôt vous voir. Croyez-moi, vous n'êtes pas seuls.

Juliette, clouée à sa chaise, ne répondit au baiser d'au

revoir de Claire, penchée sur elle, que par un sourire grimaçant qui fit presque aussitôt place à un nouveau sanglot. Son mari, repris par la politesse un peu servile du petit fonctionnaire, escorta les Combes jusqu'à la porte d'entrée. Silencieux et lugubre.

— Il n'est qu'un peu plus de dix heures, dit Claire en s'ébrouant. Le spectacle de ces deux malheureux m'a jetée dans le trente-sixième dessous. Que faisons-nous maintenant ?

Joseph n'avait pas l'air beaucoup plus en forme. Ces entretiens avec les parents des victimes de meurtres l'avaient toujours mis dans un état second, comme s'il s'était senti responsable de n'avoir pas su empêcher les coupables de commettre leurs crimes.

— Je vais faire un tour chez les voisins, décida-t-il sans beaucoup d'ardeur. C'est bien le diable si personne n'a rien vu ni rien entendu ! Tu pourrais...

— T'accompagner ?

— Aller cuisiner la petite amie de Pierre Mantagnac. Une certaine Gaby Sagnol, qui habite avec sa mère au 10, rue de la République. Elle est la seule à pouvoir confirmer l'alibi du garçon.

— Que dois-je lui faire avouer ?

— Je veux qu'elle te raconte tout simplement leur soirée d'avant-hier. Avec tous les détails et les horaires. Tout ce qu'ils ont dit et fait.

— Tu n'es qu'un pervers, dit sa femme en lui décochant un grand sourire avant de se lancer dans la venelle qui menait à la place Notre-Dame.

6

La première visite de Combes dans le quartier fut pour le photographe.

Monsieur Mélisson, installé dans la maison voisine de celle des Mabos, n'aurait sans doute pas reçu ce client anonyme avec autant d'amabilité commerçante s'il avait su avoir affaire à un détective. A plus forte raison à un ancien gendarme. Monsieur Mélisson avait un passé. Ce que les membres des forces de l'ordre appellent dans leur jargon un casier judiciaire.

Ce document gardait la trace de deux condamnations, prononcées à Toulouse puis à Rodez à l'encontre du photographe. La première fois pour un commencement de diffusion de photos érotiques mettant en scène une adolescente supposée mineure ; une mère de famille courroucée en avait trouvé un jeu dans la poche de son mari et avait porté plainte. Quoique assortis d'un sursis, les quatre mois de prison qui avaient sanctionné cet écart avaient suffisamment déconsidéré Mélisson pour qu'il se sentît obligé d'aller s'installer ailleurs.

La deuxième fois, arguant que son client avait remboursé sa victime, l'avocat du photographe l'avait sauvé d'une accusation de chantage ; l'affaire avait été jugée à huis clos pour éviter une publicité qui eût pu faire voler en éclats l'homogénéité d'un ménage honorablement connu. Craignant les conséquences de sa foucade et pestant contre ces béotiens qui ne comprenaient rien à l'Art, Mélisson avait encore déménagé. Fermement décidé à ne plus avoir maille à partir avec la justice ou avec ses auxiliaires, il n'en gardait pas moins une certaine rancœur à l'égard des juges, policiers et gendarmes, et s'abstenait de rechercher leur clientèle.

Du premier coup d'œil, bien qu'il ne sût encore rien des aventures passées du commerçant obséquieux qui l'avait reçu dans son officine, constellée de portraits de jeunes mariés jaillissant de décors uniformément brumeux, Combes avait jugé monsieur Mélisson antipathique. Regard faux, sourire convenu, voix insinuante, allure servile, le bonhomme n'inspirait pas confiance. Avec ce modèle de faux témoin, mieux valait mettre les choses au point dès le départ. Raide comme s'il avait été investi d'une mission officielle, Joseph balaya d'un geste les offres de service de ce grand pendard en blouse blanche, dont le nez aigu et le faciès étroit évoquaient un oiseau chapardeur.

— Laissez de côté les préliminaires, dit-il. Il n'est pas question de photos. Je suis détective. Je viens vous demander si vous avez observé quelque chose d'anormal sur la place, devant chez vous, au cours des dernières quarante-huit heures.

Le mot « détective » avait douloureusement dépouillé Mélisson de ses illusions. Bien qu'il se crût cette fois blanc comme neige, il ne put s'empêcher de faire défiler ses souvenirs récents avec inquiétude, comme si sa conscience avait pu présenter quelque défaillance. Redressé, l'air gourmé, il s'appuya à un comptoir vitré où étaient exposés deux modèles d'appareils japonais et une pyramide de boîtes de pellicules. Combes remarqua qu'il avait enfoui ses mains dans les poches de sa blouse (pour en cacher le tremblement ?) et que son regard fuyait de tous côtés.

— A dire vrai, se défendit enfin le photographe, je ne sais pas si quelqu'un a pu ignorer le vacarme qu'a fait la police hier après-midi en venant enlever une voiture qui était garée là. Une voiture volée, sans doute ? Vous enquêtez là-dessus ?

— Aviez-vous remarqué cette voiture auparavant ?

— Honnêtement, je n'en sais rien. Je ne m'intéresse pas aux automobiles. Je ne sais même pas conduire. Peut-être ce véhicule était-il ici depuis longtemps. Je suis incapable de le dire.

— Pourtant, vous faites des photos de mariage à droite et à gauche, à en juger par votre exposition. Comment vous déplacez-vous ?

— Je ne me déplace pas, cher monsieur. Je me réserve le travail de laboratoire. C'est mon jeune assistant qui va opérer à domicile.

Le sieur Mélisson semblait requinqué par cette passe d'armes.

— Cet assistant, n'est-ce pas par hasard Michel Mabos, le fils de vos voisins ?

— Mabos ? Je ne vois pas... Mon employé s'appelle...

— Aucune importance. Ce que je vous demande, c'est ce que vous savez du fils Mabos, insista Joseph. Vous le connaissez sûrement. Il passe toutes les soirées de beau temps sur la place, à rêver devant la collégiale !

Le photographe estima prudent de se montrer un peu coopératif. Après tout, le petit crétin d'à côté, qui avait si mal réagi à ses propositions, n'avait rien à lui reprocher.

— Vous parlez du petit maigrichon. Oui. C'est vrai qu'un soir, il y a trois semaines ou un mois, je l'ai vu assis par terre contre le mur de l'église. J'ai voulu faire une photo de lui, pour un projet d'affiche qui m'était demandé au profit de « SOS Enfance abandonnée ». C'était une mauvaise idée. Le sujet n'avait pas assez de caractère. J'ai laissé tomber.

— Et depuis ? Lui en avez-vous parlé ?

— Non. Je n'avais pas d'explications à lui donner.

— Et vous ne l'avez pas revu ?

— Ma foi non.

— Dommage ! Avez-vous trouvé un autre modèle pour votre affiche ?

— Non. Je n'ai pas insisté. De toute façon, il s'agissait d'un concours, et j'ai compris que je n'avais aucune chance. Les résultats sont trafiqués pour faire plaisir aux copains des organisateurs.

— Mais vous aviez quand même pris des photos du fils Mabos.

— Oui, bien sûr. On ne sait jamais. Il était là,

désœuvré. Ça ne coûte pas beaucoup de gâcher un peu de pellicule.

Décidément, Mélisson était un détestable comédien. Croyait-il convaincre Combes que sa tentative d'amadouer un adolescent solitaire par une séance de pose, en pleine nuit, était totalement anodine ? L'imagination de Joseph galopait déjà. Il se promettait d'aller fouiller dans le passé de cet artiste à la tête de faux jeton qu'il soupçonnait d'avoir essayé de séduire le garçon. C'était après tout une fenêtre ouverte sur les derniers jours de Michel Mabos. On pouvait concevoir que l'échec ou la réussite du photographe ait orienté son opinion sur l'avenir de son partenaire... Restait à trouver des preuves. Mieux valait éviter d'exciter davantage la méfiance du personnage. La protection tacite du juge Massac ne conférait pas à son bénéficiaire le pouvoir de faire cuire à grand feu un témoin suspect.

— Je vous remercie, dit le détective, qui regrettait fort son ancien uniforme. Je me permettrai sans doute de vous rendre de nouveau visite, pour le cas où quelque souvenir vous serait revenu. Voyez-vous, le fils Mabos a été tué avant-hier soir, devant chez vous.

La porte de la boutique du sieur Mélisson claqua derrière lui tandis qu'il sortait dans le soleil. Pardessus son épaule, il jeta un regard à la vitrine qui brillait comme un miroir. La silhouette du photographe, grâce à sa blouse blanche, était tout juste visible à travers le miroitement ; elle était figée, tournant le dos à la place comme si la visite de cet enquêteur inconnu avait été particulièrement dérangeante.

— Il y a quelques mois, marmonna Combes, je ne t'aurais pas lâché aussi facilement, mon bonhomme.

Arrêté sur le pavé, à l'endroit même où il avait découvert la veille la voiture-corbillard de Mantagnac, il hésita sur le choix de son futur témoin. La boulangerie-pâtisserie semblait endormie. Il n'était que dix heures et demie. Les ménagères du quartier ne viendraient chercher leur pain quotidien que plus tard, avant le déjeuner. Il serait sans doute préférable de poser des questions à plusieurs commères à la fois. A vingt mètres de là, la camionnette estampillée « Bouyssou » venait de s'immobiliser dans un atroce grincement de freins. L'homme qui en descendit devait être le charcutier. Epaules larges, jambes courtes et ventre rond sous un sarrau maculé, il arborait à la fois d'épaisses joues écarlates de bon vivant hypertendu et un froncement de sourcils qui traduisait une irritation inhabituelle. Combes le regarda passer ses nerfs sur sa portière et se diriger vers son magasin. Il lui emboîta le pas en l'appelant.

Claire avait cru pouvoir s'octroyer quelque délai pour se réconforter après la visite faite aux Mabos. Elle souhaita s'offrir un jus de fruits avant d'interroger la jeune amie de Pierre Mantagnac. Après tout, les Sagnol habitaient à deux cents mètres de la rue du Sergent-Bories. De jus de fruits avalé sous les arcades de la place Notre-Dame en courses pour le repas de midi, elle perdit une bonne demi-heure. Pestant contre la chaleur et le poids de ses provisions, elle s'accorda un répit supplémentaire, qu'elle consacra à lécher quelques vitrines de la rue de la République. Les jérémiades de Joseph, constatant la maigreur actuelle de leurs finances, ne l'empêcheraient pas de courir les magasins pour améliorer la garde-robe trop conventionnelle de son détective de mari. Les étalages du *Gai Laboureur* lui parurent trop orientés vers une collection d'un triste kaki verdâtre, mais une boutique récemment ouverte, quelques mètres plus bas, annonçait des « vêtements de sport » qui méritaient l'attention. Elle n'acheta rien, se réservant d'y traîner son époux pour lui faire essayer quelques-uns des tee-shirts de couleurs vives qui rajeuniraient son allure.

Il était presque onze heures quand elle arriva au numéro 10. C'était une mercerie à l'ancienne, dont les vitrines étaient masquées du haut en bas par des lés de rideaux en dentelle faite main, des écheveaux de laine Pingouin allant du rose layette au vert pomme, et des faisceaux de fermetures Eclair de toutes teintes. A l'intérieur de la boutique régnait un clair-obscur qui ne devait pas faciliter le choix des boutons ou des aiguilles. Quand elle se referma, emprisonnant Claire dans ce cagibi sombre et frais, la porte vitrée actionna une clochette, dont le tintement aigrelet ressemblait au ricanement d'un squelette.

« Eh bien, pensa le numéro 2 de l'agence Combes, je comprends la dénommée Gaby de préférer se distraire en ville avec le jeune Pierre ! »

Quand, enfin, cette grave entorse au silence du lieu, à peu près aussi importante qu'un souffle de brise sur un tapis de feuilles mortes, déclencha une réaction dans l'arrière-boutique, ce fut avec une discrétion à la mesure de l'atmosphère de cette crypte. La petite femme à chignon gris qui surgit à pas feutrés derrière un comptoir de bois verni portait l'uniforme des veuves de longue date qui s'autorisent un chemisier noir et blanc sur une stricte jupe noire. Dans la pénombre, son visage sans caractère semblait cireux, au point que Claire crut que l'apparition était sur le point de s'évanouir. Elle tendit le bras pour la soutenir.

— Etes-vous souffrante ? Puis-je faire quelque chose ?

— Non, non merci. Ce n'est rien, soupira la mercière en grimaçant courageusement un sourire résigné.

— Je ne voudrais pas vous déranger, madame. Je souhaite seulement pouvoir m'entretenir quelques instants avec mademoiselle Gaby Sagnol.

C'étaient les mots à ne pas dire. Le buste étroit de la mercière s'abattit sur le comptoir, secoué par une crise de larmes. Il fallut à Claire de longues minutes pour arrêter ces sanglots et arracher à la malheureuse quelques éclaircissements. Madame veuve Sagnol avait, un quart d'heure plus tôt, reçu la visite de deux policiers en civil mandatés par le commissaire Battioli qui exigeait, avaient-ils déclaré, la présence immédiate de la nommée Gaby Sagnol afin de l'interroger.

— Ils ont embarqué ma fille comme une criminelle dans la voiture de police qui les attendait devant le magasin. En pleine rue, aux yeux de tous les passants et de tous nos voisins !

Le chagrin de la mercière était si profond qu'elle

semblait incapable de prononcer d'autres mots que cette phrase désolée : « Ma fille, comme une criminelle, devant tous nos voisins ! »

Un quelconque enquêteur, qui n'aurait eu que la seule ambition de rencontrer la jeune Gaby pour lui faire raconter sa soirée de l'avant-veille avec Pierre Mantagnac, eût laissé sa mère dans cet abattement. Le fait d'être une femme sensible mena Claire à une tout autre réaction. Elle décida d'abord de soustraire la veuve à l'éventuelle curiosité d'une visiteuse, ou de ces voisins dont l'opinion paraissait si importante ; elle marcha vers la porte de la boutique et donna tout simplement un tour de clef.

— Mon Dieu, ne fermez pas ! gémit madame Sagnol. Il n'est pas encore midi !

— Vous n'avez pas besoin en ce moment que quelqu'un vienne vous embêter. Il faut d'abord vous calmer. Allons dans votre appartement, où je vous ferai boire quelque chose ; vous pourrez me raconter comment et pourquoi ces policiers en veulent à votre fille.

— Etes-vous une de ses amies ? demanda la mère éplorée en prenant la main que tendait cette bienveillante jeune femme inconnue.

Le reste ne fut plus que compassion et habileté chez Claire Combes, abandon et confiance de la part de la mère de Gaby. La première expliqua qui elle était, ce que tentait de faire son mari, c'est-à-dire prouver l'innocence du jeune Mantagnac et a fortiori de Gaby. Elle raconta ce que le grand public de Villefranche ignorait encore, à savoir le vol de la voiture de l'entrepreneur et la découverte du corps de Michel Mabos assassiné ; elle sut montrer, sans en excuser la maladresse, que le commissaire de police avait certaines raisons d'être bouleversé par ce meurtre et d'en rechercher activement le coupable. La convocation de Gaby était de pure logique, dit-elle, et qu'on soit venu la chercher en voiture signifiait seulement que monsieur Battioli voulait au plus vite lui faire confirmer l'alibi de son compagnon de cinéma.

La mercière, étonnamment, fut rassurée par l'importance du crime, étant persuadée que sa fille était innocente d'un péché de cette envergure. Partant de ce postulat, elle ne chercha pas à dissimuler que Gaby entretenait avec Pierre des relations que la morale d'aujourd'hui tolérait.

— Après tout, admit-elle, Pierre est un très gentil garçon, que je pense incapable de malhonnêteté et, je ne vous le cache pas, je crois qu'il ferait un mari très présentable, avec ce qu'on appelle de belles espérances.

Arrivée à ce point de consolation, elle proposa à sa visiteuse de boire avec elle un petit verre d'eau-de-vie de prune.

— Pour me remettre du choc, précisa-t-elle.

En le sirotant, elle ne se fit pas prier pour raconter par le menu comment elle avait vécu la soirée de l'avant-veille et surtout le retour à pied des jeunes gens, consternés parce qu'on avait volé leur voiture.

Sur ce, très contentes l'une de l'autre, les deux nouvelles amies se séparèrent en se promettant de rester en contact.

7

Jules Bouyssou était un brave homme. Qu'il n'eût jamais autrefois rencontré Combes en uniforme ne l'empêcha pas de l'assurer qu'il avait beaucoup entendu parler de lui et de lui demander ce qui l'amenait. Il s'excusa de ne pas l'emmener à son magasin, expliquant qu'il était urgent de rapporter à la chambre froide de son atelier les pâtés, saucisses fraîches, pieds et paquets, et autres préparations de fromages de hure qui risquaient de tourner dans sa camionnette :

— Rendez-vous compte de cette poisse, raconta-t-il en révélant la cause de sa mauvaise humeur. Je pars ce matin de nuit pour le marché de La Fouillade et j'apprends en arrivant là-bas, à sept heures, que le marché a été supprimé aujourd'hui ; on enterre le maire, qu'est mort d'un coup de sang avant-hier sans prévenir personne. C'était déjà beaucoup d'avoir fait tous ces kilomètres pour rien, mais les ennuis arrivent toujours à plusieurs. Je m'aperçois que le frigo que je trimballe dans mon fourgon est tombé en panne en route. Avec cette milledieux de température, je vous laisse à penser si je suis rentré vite à Villefranche. C'était pas le moment que je rencontre les gendarmes, acheva-t-il avec un gros rire en commençant à coltiner ses cageots de cochonnaille fraîche.

— Je vais vous donner un coup de main, dit Combes en saisissant le cageot suivant.

— Vous ne pouvez pas faire ça ! s'étonna Bouyssou en s'arrêtant tout net, les bras tendus sous la charge, le double menton au ras d'un lasso de saucisses.

— Bien sûr que si, rétorqua Joseph. Avancez donc, ça ne nous empêchera pas de parler, et ce machin est lourd.

— Je pense bien, vous avez pris les pâtés. Y en a pas loin de vingt kilos !

En trois allers et retours, les deux hommes eurent vidé le réfrigérateur défaillant et déposé dans l'atelier, enfin au frais, toutes les productions destinées au marché de La Fouillade.

Le charcutier, heureux d'avoir sauvé son stock, ferma la porte de la chambre froide, s'essuya le front avec l'avant-bras et s'appuya à la planche de travail, épaisse comme un billot de châtaignier, qui occupait toute la largeur de l'atelier.

— Vous au moins, sourit-il, vous êtes un homme selon mon cœur. Vous me refuserez pas un verre de gaillac. On l'a bien mérité. Pendant ce temps, vous me poserez les questions que vous voudrez et j'essaierai de répondre. Quoique j'ai déjà une petite idée de ce qui vous amène. C'est la voiture, pas vrai ?

Combes reprenait avec peine sa respiration. Il se

sentait plein de respect pour le travail des forains de l'alimentation, qu'il n'avait jamais pensé aussi éreintant. Mais la dernière phrase de Bouyssou gomma d'un coup sa fatigue.

— De quelle voiture parlez-vous ?

— Té, de la grosse Citroën noire qui était parquée là sur la place, quand je suis parti à Saint-Rémy ; celle que la police est venue chercher en fin d'après-midi. Je venais de rentrer chez moi et je les ai regardés faire de ma fenêtre. Ils ont bien mis un quart d'heure à faire sauter la serrure et à la faire démarrer. Ces agents, ils feraient de bien mauvais voleurs d'autos, je me suis pensé.

— Vous la connaissiez, cette Citroën ?

— Non. J'ai pas souvenir de l'avoir vue avant. Trop élégante pour le quartier. En partant, hier aux aurores, je me suis dit : « Jules, ça doit être une voiture volée. » C'est pour ça que vous faites des recherches, pas vrai ?

— Pour ça aussi, oui. Vous ne l'aviez pas vue avant-hier ?

— Non pas, et j'en suis sûr. Vers neuf heures et demie du soir, j'avais juste terminé mon chargement pour le marché de Saint-Rémy et j'ai passé un bon quart d'heure assis sur le marchepied de ma camionnette à fumer une cigarette, avant d'aller me coucher. La Citroën n'était pas là, je l'aurais remarquée.

— Vous étiez seul sur cette place pendant un quart d'heure ? Personne n'est venu vous parler, pas même le jeune Mabos ?

— Le petit Michel, vous voulez dire ? Non, il n'était pas encore descendu de chez lui. C'est un drôle de pistolet, ce gamin. Poli, gentil, curieux, mais rêveur. On a souvent discuté, tous les deux, le soir, quand je vais prendre le frais après le travail. Tout le monde l'apprécie, dans le coin. Lui, à part les morceaux de boudin que je lui offre comme gâterie, il aime que la musique de madame Swalowska, qu'il écouterait pendant des heures.

— Cette dame, demanda Combes d'un ton détaché mais dans le fond ravi d'entendre nommer un nouveau témoin potentiel, elle le connaissait bien ? Elle jouait pour lui faire plaisir ?

Bouyssou se tapa sur les cuisses en ricanant :

— Peut-être qu'elle le connaît ; dans la journée, je peux rien dire, je suis ailleurs. Mais ça m'étonnerait beaucoup que la Polonaise fasse attention à un gamin comme Michel. Elle les aime plus âgés que ça. Faut dire que c'est une sacrée belle femme. Une ancienne pianiste célèbre et tout, qui a eu un accident aux mains. Elle peut plus jouer de son instrument, alors elle écoute des disques ou la radio toute la journée. Et une partie de la nuit. Quand elle s'est installée, voilà deux ou trois ans, et qu'elle a commencé ses concerts, tout le monde dans le quartier a rouspété contre le tapage. Mais quand on l'a mieux connue, bien roulée, bien vêtue, toujours souriante avec tous, ça s'est calmé et elle a continué.

— Ma foi, dit Joseph, je crois que je vais aller faire une visite à votre Polonaise. Elle a peut-être remarqué quelque chose d'intéressant.

Le charcutier regarda cet ancien gendarme sympathique avec un petit air égrillard.

— Je l'aurais parié ! Je suis sûr que vous serez pas déçu. Mais il faudra que vous attendiez qu'elle revienne, demain ou après-demain. Elle s'absente jamais longtemps. Pour aller à Toulouse, je crois. Quand elle n'est pas là, les gens s'endorment de bonne heure. Plus de musique. De temps en temps, ça repose.

Levant sa bouteille de gaillac vers les verres vides, il proposa :

— Une deuxième jambe ? Parler autant, ça donne soif. Tout de même, vous êtes bien consciencieux de poser toutes ces questions pour une voiture volée ! C'est quoi, au juste, cette histoire ?

— C'est triste, dit Combes. C'est dans cette voiture qu'on a retrouvé hier le cadavre de Michel Mabos. Assassiné dans la nuit d'avant-hier à hier et jeté dans le coffre arrière.

De saisissement, Jules Bouyssou lâcha la bouteille, qui se fracassa sur le sol dallé. Il était devenu livide.

— *Milladious !* C'est pas vrai, dites ? Mais comment a-t-on pu faire ça ? Et qui ? *Macarel !* Moi qui saigne deux ou trois porcs par semaine, j'en ferais bien autant à celui qui a tué ce pauvre gamin.

— Ne vous en faites pas, dit Joseph en tapant sur l'épaule du charcutier, nous le trouverons.

Quand ils avaient réfléchi ensemble à la manière d'organiser le travail de l'agence au cours des enquêtes, Joseph et Claire s'étaient mis d'accord sur la nécessité d'un partage sans restriction des informations qu'ils seraient amenés à collecter.

« Séparément ou ensemble, avait insisté le chef. Je veux dire que, même si nous voyons ou entendons la même chose au même moment, l'un de nous deux peut être sensible à un détail, une odeur, une intonation dont l'autre devra être averti. »

Sur ce plan-là, Claire avait pensé pouvoir faire jeu égal avec son mari ; son intuition et sa curiosité compléteraient utilement l'expérience de Joseph, bien qu'ellc refusât d'avouer que, dans ce troc, elle serait gagnante. Elle avait davantage rechigné à accepter le diktat du patron sur les modalités de cet échange.

« Nous procéderons comme dans la gendarmerie. Peut-être n'aurons-nous pas la possibilité de parler entre nous de nos affaires. Il faudra donc que, chaque jour, mettons en fin de journée, nous fassions à l'autre un rapport écrit de ce que nous avons appris. C'est la seule façon d'être au courant de tout ce qui se rapportera à notre enquête, des faits, des doutes, des avancées, des hypothèses plausibles. »

La numéro 2 avait fini par accepter, non sans regretter ouvertement les vieilles habitudes du ménage, qui la faisaient s'asseoir sur les genoux de son adjudant-chef pour le convaincre de raconter sa journée.

« Ne t'inquiète pas, ma belle, avait souri Combes, attendri par ces souvenirs. Je ne t'interdirai pas de jouer à la chatte avec moi, que nous parlions travail ou pas. »

Forte de cette permission, lorsque Combes rejoignit leur domicile au retour de sa séance de recherche de témoins, Claire lui sauta au cou avec l'enthousiasme d'une nouvelle épousée. La table était mise, les enfants débarbouillés et peignés, et presque sages. Endormi sous la table, Major manifestait son mécontentement. Le menu ne lui convenait pas.

— J'ai une faim de loup, annonça béatement Joseph. Que nous proposes-tu ?

— Poisson à la tomate, salade verte, fromage et pêches.

— On a déjà mangé du poisson hier, récrimina aigrement Thi-Ba.

— Si tu veux bien finir celui que ta mère te servira au déjeuner, la chapitra Joseph, soucieux de prévenir un caprice, tu auras droit ce soir à du boudin frais. A la fin de ma dernière visite, le charcutier Bouyssou m'en a donné un rouleau de deux mètres en disant que j'étais un brave type !

— A part cette tonne de boudin, demanda Claire qui ne voulait pas s'écarter de l'essentiel, que t'ont apporté tes recherches de la matinée ?

— Rien de décisif, évidemment. Le nommé Bouyssou, qui affirme que la voiture des Mantagnac n'était pas encore sur la place à vingt et une heures quarante-cinq avant-hier, m'a l'air d'un témoin fiable. J'ai aussi fait la connaissance du photographe voisin de la maison des Mabos : une gueule de faux témoin, qu'on pourrait soupçonner d'avoir tenté de séduire le gamin. Je t'écrirai tout ça ce soir, en détail. Et de ton côté, la jeune Gaby ?

Ce damné rappel au règlement ! La bonne humeur de son adjointe en parut sur-le-champ liquéfiée. Elle répondit quand même, d'un ton plus sarcastique qu'enjoué :

— Je n'ai pas eu le plaisir de la rencontrer. Le commissaire Battioli l'a fait emmener à son bureau par ses sbires avant mon arrivée. Devant tous les voisins, comme une criminelle, m'a dit sa pauvre mère en sanglotant. J'ai consolé cette brave dame pour la faire parler, mais elle ne savait rien de plus que nous. J'ai noté toutes ses réponses pour mon rapport, ajouta-t-elle perfidement. Avec quelques idées personnelles.

— Ce commissaire semble avoir mangé du lion, marmonna Joseph en écartant une arête de son filet de maquereau. Il va vouloir aller trop vite.

Thi-Ba, qui n'avait pas encore touché à son assiette, rit nerveusement et tourna la tête vers son père :

— Tu pourras le lui dire cet après-midi, assura-t-elle. Un monsieur a téléphoné, juste avant le retour de maman, pour te demander de passer au commissariat de police, où son patron et le juge veulent te parler.

Sous le regard furibond de Claire, prête à s'insurger contre cette absence de compte rendu insultante pour la hiérarchie, la jeune numéro 4 ajouta avec hauteur :

— Le monsieur a précisé : « Dis à ton père. » Un bon planton au téléphone ne donne pas ses messages à n'importe qui !

8

— Messieurs, annonça le commissaire Battioli, je crois pouvoir vous dire que l'affaire Michel Mabos est résolue.

Peut-être parce qu'il se prénommait Ange, ce digne fonctionnaire, quand il était de bonne humeur, ne détestait pas faire preuve de modestie. Mais, en l'occurrence, l'humilité dont il faisait montre ne dissimulait pas son orgueil triomphant. Aucun des participants à cette réunion ne s'y trompa. Battioli était très fier de lui !

Le juge Massac, qui avait hérité d'un siège à coussin et accoudoirs, leva les sourcils sans pouvoir masquer son étonnement et tourna la tête vers Combes, en une interrogation muette. Joseph, fiché sur une simple chaise de bois, comme sa femme, ne manifesta ni étonnement, ni curiosité, ni admiration. Debout derrière son patron tel un fondé de pouvoir derrière le contrôleur de sa comptabilité, l'inspecteur Romulon, les mains croisées derrière le dos, regardait le plafond, un sourire crispé sur son visage ingrat.

Claire, dont l'apparition dans ce bureau avait un peu bouleversé l'ambiance habituelle, plus propice au laisser-aller masculin et à la tabagie, n'avait finalement qu'à se louer de l'empressement du commissaire ; il l'avait reçue avec un sourire gourmand et des ronds de jambe plus mondains que professionnels. Aussi n'eut-elle aucune vergogne à féliciter exagérément le maître des lieux :

— Magnifique ! dit-elle en battant des cils. Un pareil résultat en moins d'une journée d'enquête !

Battioli se rengorgea, mais son expression de hauteur satisfaite ne résista pas aux questions lancées par le juge et par le détective, manifestement incrédules.

— Voulez-vous nous faire croire que vous avez trouvé la solution sans même sortir de votre commissariat ? Sans audition des témoins éventuels ? Sans enquête sur le terrain ? Avant même le rapport d'autopsie ?

Massac avait vidé son sac d'un seul jet, visiblement outré de la prétention du policier. Combes y mit plus de diplomatie :

— A ma connaissance, monsieur le juge, observa-t-il en feignant de prendre fait et cause pour le commissaire, monsieur Battioli a interrogé ce matin mon client, monsieur Mantagnac, son fils Pierre et la petite amie de celui-ci, Gaby Sagnol, qu'il a fait embarquer par ses inspecteurs. Peut-être a-t-il obtenu des aveux ?

D'un large geste de la main, le Maigret de

Villefranche balaya en même temps les questions et la suggestion.

— Je n'ai pas besoin d'aveux, trancha-t-il. N'importe qui pourrait comprendre que le vol de cette Citroën est une pure invention. Affolé par le méfait qu'il a commis, le jeune Pierre a dissimulé le corps du petit Michel, qu'il croyait mort, dans le coffre de la voiture où le garçon les avait surpris, lui et la dénommée Gaby, dans des ébats prohibés en public. Après quoi les tourtereaux se sont enfuis à pied, mettant au point l'histoire du vol pendant la séance de cinéma.

Un court silence salua le résumé de ce scénario, débité ou plutôt asséné sur un ton qui en disait long sur l'énervement de l'enquêteur incompris.

— Comment voyez-vous le meurtre proprement dit ?

Combes avait posé sa question suavement, avec assez d'humilité pour que Battioli crût l'avoir à demi convaincu. Derrière son commissaire, l'inspecteur Romulon, qui n'avait aucun avis précis sur l'affaire, souriait de façon plus détendue. Il n'était pas fâché de voir son supérieur se prendre les pieds dans ses explications.

— Voyons, c'est extrêmement simple. Ici, en ville, les deux amoureux n'ont aucun endroit où ils peuvent se tripoter sans témoin. Le père Mantagnac, qui prête sa voiture à son fils, a interdit toute sortie hors les murs, il me l'a précisé. Il ne reste à Pierre que la possibilité de véhiculer sa chère et tendre jusque dans un coin sombre et discret, comme cette place derrière la collégiale. Mademoiselle Gaby Sagnol a d'ailleurs reconnu ce matin que c'était arrivé plusieurs fois depuis six mois. Je ne leur jette pas la pierre, remarquez, nous avons tous fait la même chose quand nous étions jeunes. Bref, pendant qu'ils roucoulent, ils aperçoivent un visage collé aux fenêtres, sans doute avec un sourire égrillard. Furieux, le jeune séducteur jaillit de la voiture et assomme le voyeur. Geste inconsidéré quoique compréhensible. Et voilà que la victime abattue a l'air morte. Ils s'affolent. Toujours normal. Le reste, je vous l'ai déjà dit.

Romulon ne souriait plus. Il n'aurait jamais cru le commissaire capable de rétablir les faits avec autant de vraisemblance.

— C'est une histoire assez plausible, dit Combes redressé sur sa chaise, avec la tête d'un joueur de tennis mené deux sets à rien qui décide de renverser le cours du jeu. Mais vous n'avez aucun aveu, ni aucune preuve, vous en auriez fait état.

— Aussi n'ai-je encore arrêté personne, sourit Battioli avec condescendance. Ne vous en faites pas. Nous trouverons les preuves, et les aveux suivront.

— Je vous le souhaite, intervint Massac, qui avait écouté le roman du policier avec une irritation croissante. Car je ne vous conseille pas de vous embarquer sans biscuit dans la mise en cause d'un fils de notable. Quand vous l'avez reçu ce matin devant moi, vous avez bien dû vous rendre compte que Mantagnac ne laisserait pas accuser son rejeton sans réagir. Sans compter que madame Sagnol est une commerçante honorablement connue à Villefranche et que, si j'ai bien compris votre histoire, sa fille devrait être inculpée de complicité.

— L'honorabilité des parents ne suffit pas à prouver l'innocence des enfants, railla le commissaire.

— En tout cas, tonna le juge, dans l'état actuel du dossier, pas question que je signe quelque inculpation que ce soit.

Battioli leva les mains en signe de soumission, mais sa lippe trahissait son caractère de mauvais joueur. Il ne put s'empêcher de laisser parler sa bile :

— Au moins me ferez-vous grâce de l'orientation que je vais donner à mes recherches. Même si elles tendent à prouver la culpabilité de criminels que vous et monsieur Combes cherchez à protéger par sentimentalité. A moins, ajouta-t-il, que notre détective ne cherche tout simplement à mériter ses honoraires ?

Depuis le début de la séance, Claire n'avait plus manifesté son opinion que par ses mimiques, écarquillant des yeux étonnés, fronçant les sourcils, secouant la tête ou ricanant ouvertement. La mise en cause directe de Joseph la fit se lever de sa chaise, furibonde. Son mari arrêta de l'index la réplique prête à jaillir.

— Quoi que vous en pensiez, dit-il sèchement, je fais mon métier au moins aussi bien que vous faites le vôtre. Je vous serais donc reconnaissant de comprendre que je ne suis pas un avocat désireux de sauver un coupable, mais un détective à la recherche de la vérité, même si ce n'est pas la vôtre. Bien vu ?

Cette sortie avait figé les quatre autres occupants du bureau : Massac et Romulon, visiblement aux anges,

Claire, exultante, et le commissaire, ahuri sous la soudaineté de l'attaque.

— Puisque nous sommes d'accord, ajouta Combes en se levant et en posant le bout de ses dix doigts sur le bureau de Battioli visiblement au bord d'une crise, je vous demanderai deux renseignements que le juge pourrait aussi bien me fournir, mais que je préfère recevoir de vous, en gage de notre nouvelle bonne entente.

— Dites toujours, grommela l'autre. Si c'est possible...

— Primo, vous me ferez savoir si des empreintes digitales ont été trouvées sur le tableau de bord, le cendrier et la planche avant de la Citroën, ainsi que le ou les noms que ces empreintes révèlent. Secundo, je voudrais connaître le passé du sieur Mélisson, photographe voisin des Mabos, dont je parierais qu'il a eu affaire à la police et à la justice.

Le regard du commissaire trahit sa surprise.

— Pour le primo, je peux vous donner le tuyau tout de suite : l'intérieur de la voiture a été soigneusement essuyé, à l'avant comme à l'arrière. Aucune empreinte. Quant au secundo, l'inspecteur Romulon, mon bras droit, va rechercher le dossier de votre photographe, s'il existe, et vous le fera lire. Dans nos locaux, évidemment ; vous connaissez la consigne concernant les papiers confidentiels.

— Je m'en voudrais d'aller à l'encontre des règlements.

— Très bien. Prenez donc rendez-vous avec Romulon.

Combes se redressa et fit signe à sa femme qu'elle pouvait se préparer à sortir. Battioli jeta un regard vindicatif à ce pékin qui s'était permis de le rabrouer, quelques minutes plus tôt. Il ajouta seulement en guise d'au revoir :

— Tenez-moi au courant des progrès éventuels de votre enquête et veillez à ce que vos initiatives ne viennent pas se mettre en travers du travail de la police officielle, je vous prie.

Poussant le coude de Claire avec fermeté, conscient qu'elle méditait un coup de pied de l'âne, Joseph passait déjà la porte du bureau. Le juge Massac se déplia avec lenteur et laissa tomber sa propre mise en garde, sur un ton quasi menaçant.

— Je tiens à vous signaler, mon cher commissaire, que c'est moi, juge d'instruction en charge de cette affaire, qui désire me faire aider dans mon enquête par monsieur et madame Combes. Ne cherchez donc pas à leur mettre des bâtons dans les roues. C'est à moi seul qu'ils ont à rendre compte, tout comme vous.

Sur ce, après un salut aimable à l'inspecteur Romulon, qui buvait de l'ambroisie, il sortit derrière ses limiers privés. Une fois la porte refermée sur ce dernier camouflet, qui laissait présager une ambiance détestable pour le reste de l'après-midi, Romulon chercha à son tour à s'esbigner, peu soucieux de payer l'humiliation du patron.

— Où croyez-vous aller ? aboya celui-ci.

— Chercher le dossier du sieur Mélisson, si nous en avons un.

— Ça peut attendre à demain. Nous ne sommes pas

aux ordres d'un ancien gendarme, tonna Battioli. Bon Dieu, c'est quand même moi qui commande, ici !

Au-dessus de la porte à deux vantaux du commissariat, le drapeau tricolore pendait dans une immobilité résignée. Pas un souffle de brise. Le soleil d'août écrasait la côte du cours Saint-Jean. Dans son uniforme ajusté, l'agent de planton transpirait stoïquement, résigné lui aussi. Le visage couleur de homard cuit et l'œil flottant dans un rêve de bouteille fraîche, à peine avait-il noté la sortie de l'établissement du juge Massac, qu'il n'avait salué, comme il se devait, qu'à la toute dernière seconde. En répondant de la main et d'un sourire au factionnaire, Massac se dirigea vers le couple qui l'attendait une dizaine de mètres plus loin.

Combes faisait des efforts un peu trop visibles pour garder son calme, mais Claire, secouant sa coiffure à frange avec fureur, égrenait, à demi-voix bien que de façon très audible, une liste de qualificatifs insultants destinés à ce cerveau de la taille d'un petit pois, ce maquereau marseillais, ce paresseux graisseux et malodorant, ce tyranneau au petit pied et ce jean-foutre de Battioli.

— N'en dites pas plus, déclara le juge, heureux de pouvoir rire aux éclats après cette désagréable séance chez le commissaire. S'il vous entendait, monsieur Battioli serait capable de vous jeter en prison pour manifestation sur la voie publique.

— Peut-être, avoua Claire en souriant de toutes ses dents, mais j'avais vraiment besoin de me soulager.

— Tout de même, intervint son mari d'une voix pleine de colère rentrée, je vais marcher sur des œufs, désormais. Je crois ce personnage prêt à tout, à maquiller des témoignages ou à faire de la rétention d'informations pour imposer sa solution. Il a eu une illumination sur l'affaire ; par paresse, il se refusera à envisager une autre hypothèse. Par-dessus le marché, je crois que notre réaction l'a profondément vexé et qu'il éprouve à mon égard une violente animosité qui l'empêchera d'écouter tout argument que je pourrai lui présenter.

— Ne lui présentez rien, conseilla Massac. Enquêtez à votre guise, je vous couvre. Convenons seulement d'un rendez-vous quotidien pour que je sois au courant de vos trouvailles.

— Venez donc chez nous prendre l'apéritif ce soir vers six heures et demie, proposa Claire, toujours souriante.

Joseph hocha la tête, admirant le moyen que sa femme avait trouvé pour ne pas se laisser exclure de l'élaboration des hypothèses, tâche normalement réservée au patron de l'enquête.

— D'accord, apprécia-t-il. A la maison nous serons plus à l'aise pour bavarder que dans votre bureau fournaise. Quant à moi, je dois avoir encore le temps d'aller interviewer le professeur d'auto-école et le boulanger voisins des Mabos. Je voudrais bien réussir à me faire une idée des habitudes du jeune Michel. La seule raison de son meurtre, à mon avis, est qu'il a reconnu quelqu'un qui ne devait pas être là. Je veux savoir qui.

— Aurai-je campo pour le reste de l'après-midi ? demanda Claire.

— Chacun doit gagner son morceau de bifteck, ma belle. Tu devrais essayer d'aller questionner miss Sagnol avant que notre cher Battioli ne l'embarque une deuxième fois.

9

Sur toute la descente de la rue de la République, de la place Notre-Dame au vieux pont sur l'Aveyron, ils n'étaient pas quatre piétons à se traîner dans cette antichambre de four. L'un d'eux était Claire Combes. Elle avait tout le temps de réfléchir aux contingences de sa nouvelle profession. Ce n'est pas après avoir passé la quarantaine, et presque quinze ans de paisible vie de mère au foyer, libre de ses horaires, que l'on peut subir sans rechigner les fatigues imposées par les besoins d'une enquête et les exigences d'un patron. Celui-ci serait-il son mari. Pourtant, tout en marchant, l'honnêteté foncière de Claire reprit le dessus. Si elle était ainsi lancée dans les rues d'une ville désertée pour cause de sieste et de canicule, elle le devait essentiellement à sa dévorante curiosité qui la poussait à se mêler de ce qui ne la regardait pas ; peut-être aussi, convint-elle, à l'amour possessif qu'elle vouait à Joseph. Travailler avec lui maintenant renforcerait les liens de leur ménage.

Tout en s'épongeant le front à l'aide d'un mouchoir

roulé en boule, elle souriait en parcourant les derniers mètres qui la séparaient de la mercerie Sagnol. La halte promettait au moins la fraîcheur des catacombes.

La sonnette grelotta comme quelques heures plus tôt. Le petit magasin sombre n'était occupé que par une jeune fille à l'air paisible, assise derrière le comptoir devant un roman ouvert.

— Excusez-moi, dit la visiteuse comme à sa première entrée, je suis Claire Combes et je souhaite rencontrer mademoiselle Sagnol. Gaby Sagnol.

— Oh ! dit la jeune fille en se levant d'un bond, c'est moi ! Je sais qui vous êtes et pourquoi vous désirez me voir. Je sais aussi que vous avez consolé ma mère après mon aventure de ce matin.

Visage animé et souriant, de grands yeux clairs sous une choucroute de cheveux blonds qui brillaient comme un ciboire d'or dans la demi-obscurité de cette crypte, élancée dans une simple robe de vichy, la fille de la mercière était sans contredit une jolie personne. Ce fut la première idée de Claire, qui conçut immédiatement une opinion favorable sur le goût de Pierre Mantagnac.

— Madame Sagnol a raison, dit-elle en cédant à son habituelle franchise, Pierre et vous ferez un très beau couple.

La jeune Gaby parut accepter le compliment en rosissant légèrement, ce qui accentuait son air de fraîcheur.

— Je vous en prie, madame, appelez-moi Gaby, comme tous mes amis. Je vais fermer la boutique pour que nous puissions aller bavarder là-haut. Il ne passe personne à cette heure-ci.

De l'offre d'un verre de citronnade glacée en questions de Claire et en réponses de la jeune fille, le bavardage dura une grande heure, au cours de laquelle madame Sagnol n'apparut pas.

« Elle se repose, avait confié sa fille. Depuis quelques mois sa santé me tracasse et mon enlèvement par la police, ce matin, lui a donné un choc. Elle me voit déjà perdue de réputation ! »

Assises sur un divan douillet, dans un boudoir-bonbonnière dont la décoration sans fausse coquetterie devait sans doute davantage à la fille qu'à la mère, les deux femmes abordèrent tous les aspects de l'affaire Mabos : la soirée de l'avant-veille au cinéma, la disparition de la Citroën, les réactions des deux tourtereaux à l'interrogatoire façon Battioli au commissariat.

Ce souvenir empourpra la jeune Gaby.

— Ce commissaire est un dégoûtant personnage. Il m'a traitée comme une moins que rien, sous-entendus grivois, rires gras, coups d'œil racoleurs et questions à la limite du supportable. Pour un peu je l'aurais giflé.

— Vous avez bien fait de vous abstenir, constata Claire. D'après ce que j'ai entendu tout à l'heure dans son bureau, il est prêt à vous charger de tous les vices.

— Mais enfin ! Il a osé me demander comment je m'habillais pour aller me promener en voiture avec Pierre. « Mettez-vous des dessous ? Lesquels ? Combien de fois êtes-vous sortis tous les deux ? Aviez-vous l'habitude d'aller vous cacher derrière la collégiale ? » Une horreur !

— Et qu'avez-vous répondu ?

— La vérité bien sûr : que je m'habillais normalement, que nous n'avions pas à nous cacher, ni derrière la collégiale ni ailleurs.

— Vous a-t-il questionnée devant témoin ? Sinon, il est très capable de transformer votre témoignage.

— Oui, il y avait un de ses sous-fifres qui prenait des notes. Un nommé Romulus ou Romarin, qui souriait tout le temps d'un air complice. Heureusement, celui-là n'a pas dit un mot. Il a tapé mes déclarations et m'a fait signer son papier, c'est tout.

L'éthique était une notion assez éloignée de l'esprit de Claire, qui mettait, avec honnêteté, son ambition à gagner. Contrairement à la réaction d'un enquêteur, officiel ou privé, qui eût dû se contenter de la vérité, elle se sentait prête à manœuvrer ses clients pour qu'ils n'avouent que ce qui était conforme à son objectif : avoir raison. Sans doute eût-elle été plus à sa place dans un cabinet d'avocats que dans une agence de détectives.

— Surtout, si vous êtes convoquée une nouvelle fois, ne changez rien à ce que vous avez déjà dit. J'espère que Pierre Mantagnac n'ira pas raconter autre chose.

— Oh, assura Gaby naïvement, nous en avons déjà parlé tous les deux au téléphone hier matin. Pour comparer nos souvenirs d'avant-hier soir. Je suis sûre qu'il n'a pu donner plus de détails que moi au commissaire.

— Dieu vous bénisse, conclut Claire. Pour moi, cette affaire est simple : vous êtes sympathiques et innocents, et ce sinistre Battioli, que je ne peux pas voir en peinture, va se ridiculiser s'il continue à vous accuser.

Elles rirent de si bon cœur qu'elles n'entendirent pas le vacarme que firent dans la rue les deux sœurs Lamontreil, qui tapèrent follement à la porte vitrée de la boutique, malgré la pancarte « Fermé ».

— Par moments, dit Elizabeth Lamontreil, vieille fille septuagénaire et virtuose du tricot au point mousse, j'ai envie de mettre le feu au magasin de cette pauvre Sagnol ! Fermer en plein après-midi quand nous avons besoin d'une pelote de fuchsia n° 2 pour terminer ton pull-over !

Son aînée, Marie-Louise, qui craignait que leur énervement fît scandale, réussit à la calmer et l'entraîna vers la venelle qui rejoignait la fontaine des Quatre-Sergents.

— Ça, par exemple, s'écria la copieuse commère en sarrau bleu du haut des trois marches de son perron, voilà enfin notre monsieur Combes ! Ça fait plaisir de vous revoir à Villefranche !

Sans plus de manières, elle déboula jusque devant Joseph et lui sauta au cou.

— Vous ne changez pas, ajouta-t-elle la mine réjouie, toujours bon pied, bon œil. Voilà bien trente ans qu'on se connaît et vous êtes toujours à droguer pour vos enquêtes. Racontez-moi un peu ce qui vous amène, cette fois ?

Joseph, souriant, s'attendrit un instant en détaillant

la façade peinte en bleu et jaune de l'auto-école *La Prudence*, que madame veuve Cassade-Autournet dirigeait tant bien que mal depuis des lustres. Combien de fois, du temps qu'il commandait la brigade locale de gendarmerie, était-il venu demander là un renseignement sur un véhicule douteux, sur les conditions dans lesquelles s'était passé un examen du permis de conduire, ou sur la fiabilité d'un élève reçu ? Il n'avait toujours eu qu'à se louer du sens de la coopération de madame Cassade-Autournet.

Il expliqua donc sans détour qu'il était à la retraite, qu'il continuait à fouiner comme détective, à son propre compte et, ajouta-t-il, « pour le compte plus officiel du juge Massac », et qu'il s'intéressait maintenant à l'affaire Mabos.

Ce nom suffit à assombrir considérablement le visage rougeaud de la directrice et à l'amener au bord des larmes.

— C'est vrai, alors, ce qu'on m'a dit, que le petit Michel aurait été tué dans la nuit d'avant-hier ? Quelle abomination, dites ! Tout le monde l'aimait bien, ce gosse. Quand il était en vacances, il venait tous les jours à l'agence pour dire bonjour. Il s'intéressait beaucoup à l'automobile, il posait des questions intelligentes sur le code, me tannait pour que je lui donne ses premières leçons. Un vrai chagrin qu'il soit parti comme ça ! Personne n'aurait pu imaginer qu'un malfaisant s'en prendrait à un aussi bon garçon.

— Peut-être s'était-il disputé avec quelqu'un ? Un de vos élèves qu'il aurait vexé en ayant l'air plus fort que lui ?

— Parce que vous croyez qu'on peut tuer un enfant de quatorze ans simplement parce qu'on est vexé ? Mes élèves ne sont sûrement pas tous de petits saints, mais je jurerais bien qu'aucun d'eux n'est capable d'un crime pareil !

A présent, sa peine apparemment sincère était tempérée par une vigoureuse indignation. Combes dut faire preuve de beaucoup de diplomatie pour lui faire admettre que, tout de même, la chose était possible.

— Il n'y a que trois solutions, avait-il dit. Ou le meurtrier de Michel est un habitant du quartier, ce qui n'est pas très facile à envisager ; j'ai déjà rencontré tous vos voisins, sauf la famille du boulanger et la Polonaise.

— Oh, celle-là, avait coupé madame Cassade-Autournet, elle doit être en voyage. Elle ne nous farcit plus les oreilles de sa damnée musique depuis hier.

— Ou bien le meurtrier est quelqu'un qui connaissait sa victime et l'a retrouvée sur la place par hasard : vos élèves, anciens ou actuels, sont évidemment sur la liste des suspects possibles. Ou alors, troisième hypothèse, c'est un inconnu qui ne voulait pas être vu ici ; dans ce cas-là, nous ne sommes pas au bout de nos peines.

A demi convaincue par le raisonnement de ce vieil ami, la directrice de *La Prudence* accepta, sans plus barguigner, de lui donner une liste des conducteurs, déjà certifiés ou en formation, qui étaient passés sous sa férule depuis un an. Il y en avait soixante-dix-huit, ce qui prouvait au moins que la maison était d'un bon rapport.

— Voilà, conclut la monitrice en chef. Je ne vous

dirais pas que je confierais une voiture neuve à tous ces gens-là, mais je parierais qu'ils sont tous innocents de ce dont vous les soupçonnez. Tenez-moi au courant, en tout cas. Cette histoire va me turlupiner.

— Quel est le bilan de cette première journée ? demanda du fond de son confortable fauteuil le juge Massac en souriant à son verre d'anisette tout emperlé de fraîcheur.

Le chien Major piétinait depuis cinq minutes dans les jambes de Claire, affairée autour de la table roulante chargée de bouteilles et d'assiettes d'amuse-gueules. Premier servi, Massac eut d'abord droit aux sollicitations d'une patte impatiente et griffue sur son pantalon bleu marine, puis au raid d'une truffe mouillée qui lui fit perdre le contrôle d'une tranche de saucisson sec, que le chien happa au vol. Satisfait de ce premier succès, Major pencha la tête pour contempler ce visiteur compréhensif et jappa pour lui intimer l'ordre de renouveler son geste généreux.

— Bon Dieu, jura Joseph, fais sortir ce chien ! Qu'il aille là-haut avec les enfants. Nous avons à parler sérieusement.

Depuis qu'il était redescendu de la collégiale, Combes paraissait sombre, comme si, avait pensé sa femme, il s'était heurté à un témoin difficile. Dans ce cas, elle le savait, mieux valait jouer les épouses obéissantes. Sans mot dire, elle attrapa le collier de Major et tira le chien jusqu'à la porte.

— Pour moi, dit-elle, répondant au juge en revenant

s'asseoir, j'ai enfin pu m'entretenir avec Gaby Sagnol. Je suis sûre que c'est une jeune fille bien. Elle m'a confirmé point par point l'emploi du temps et les horaires que nous a donnés la famille Mantagnac. J'ajoute qu'elle est encore choquée de la façon dont votre commissaire l'a interrogée ce matin. Avec une grossièreté permanente, comme si elle avait été une prostituée. Elle est bien trop sensible pour avoir menti sur le meurtre du petit Mabos. Elle est certainement amoureuse de son Pierre, et je crois qu'elle pense à son avenir, car c'est un beau parti. Mais je la juge incapable d'accepter qu'il soit un assassin. Battioli fait fausse route.

Claire s'était échauffée pendant sa courte plaidoirie. Elle avala d'un coup son verre de porto en défiant du regard Massac et son mari de la contredire. Le juge apprécia d'un air pénétré, sourcils levés. Il en oublia même de boire son anisette.

— Vous savez, ma chère, dit-il avec gravité, que je penchais comme vous pour l'innocence de ces deux jeunes gens. Après vous avoir écoutée, j'en suis persuadé ; je crois qu'une femme aussi psychologue que vous aurait senti la moindre fêlure dans les réponses de mademoiselle Sagnol si elle avait voulu vous cacher quelque chose de grave.

— A moins, coupa Joseph assez abruptement, que cette jeune personne ne soit une actrice confirmée et qu'à son avis son silence puisse obliger le fils Mantagnac à l'épouser.

Les deux autres le regardèrent comme s'il avait proféré une insanité.

— Mais enfin, hasarda Massac, vous disiez il n'y a pas trois heures...

— Qu'est-ce qu'il te prend ? attaqua Claire en totale éruption. Tu ne peux pas changer d'avis comme ça et laisser le commissaire avoir raison !

— Il me prend, ma petite, que, moi, je ne fais pas dans la psychologie et les bons sentiments. J'enquête, moi. Vous faites bon marché de la théorie de Battioli, parce que vous trouvez qu'il n'a pas été gentil avec la fille de la mercière. D'accord, son idée de départ était peu vraisemblable, mais sa technique d'interrogatoire était tout à fait adaptée s'il voulait déstabiliser un suspect et le faire avouer. Ne vous y trompez pas, c'est un bon flic, Battioli. Un peu pressé à mon avis, et j'espère finir par le prouver. N'empêche qu'il a des atouts dans les mensonges d'un des membres du jeune couple, au moins.

Claire boudait ouvertement sur son tabouret à coussin. Le juge se racla la gorge, posa son verre et s'avança sur son siège, les poings sur les genoux.

— Qui donc a menti ? A propos de quoi ?

— Je vous ai dit que je continuais mon enquête. Cet après-midi, en sortant du commissariat, j'ai poursuivi mes visites chez les habitants du quartier, en commençant par l'auto-école de madame Cassade-Autournet...

— Savez-vous, dit Massac en éclatant de rire mal à propos, que ses élèves l'ont baptisée « Cascade au tournant » ?

— Très drôle, apprécia Combes d'un air pincé, en ajoutant aussitôt, insolemment : je vois que vous êtes très au courant des détails de la vie de vos justiciables éventuels. Quoi qu'il en soit, cette brave directrice a affirmé que le jeune Mabos venait, chaque jour de ses vacances, passer un moment dans son officine. Donc au contact des élèves de *La Prudence*. Devinez qui figure sur la liste de ces élèves, pour la période du 1er décembre au 31 mars dernier, c'est-à-dire, entre autres, pendant les vacances de Noël ?

— Pierre Mantagnac ?

— Exactement. Ce Pierre Mantagnac qui nous a affirmé sans ciller qu'il n'avait jamais vu ni rencontré Michel Mabos et qui l'a certainement côtoyé plusieurs fois dans la salle d'instruction du code de l'auto-école. Ce même Pierre Mantagnac qui prétend ne pas même connaître cette petite place sans nom derrière la collégiale et y est allé deux ou trois fois par semaine pour y prendre ses cours ! Pendant quatre mois !

Le juge digéra péniblement cette information. Sans réagir. Il se contenta de se renfoncer dans son fauteuil, de reprendre son verre et d'en avaler une gorgée. Apparemment, elle ne lui apporta pas la sensation de paisible fraîcheur attendue.

— Je comprends, finit-il par reconnaître à voix basse. Mais ce n'est quand même pas une preuve de culpabilité.

— Heureusement. C'est seulement la preuve qu'il nous a menti.

Peu soucieux du poids du pavé qu'il venait de jeter dans la mare, Joseph avait envie, visiblement, d'obliger ses partenaires à penser et à agir de façon plus professionnelle, en tenant compte d'un doute raisonnable.

— Demandez-vous comment notre ami Battioli

engrangera ce renseignement, quand il aura l'idée de pousser son enquête chez les voisins de la victime. Croyez-vous que les mensonges de son suspect élu vont modifier son intime conviction dans un sens favorable au menteur ? Il va devenir intraitable.

Dans son coin, Claire secoua sa frange avec hargne, comme si elle refusait les prédictions de son mari.

— Je crois tout simplement que le jeune Mantagnac, quand on lui a demandé s'il connaissait le petit Mabos et la place du meurtre, a eu peur de répondre oui parce qu'il se rendait parfaitement compte qu'il risquait d'être incriminé. Tu avais promis que tu le défendrais.

— Pour le défendre, encore faudrait-il qu'il évite de me raconter des contrevérités. Je ne pourrai prouver son innocence que lorsque je mettrai la main sur le vrai coupable. L'ennui est que je n'ai encore de solides soupçons sur personne. Nous devons nous hâter de trouver une piste mettant en cause quelqu'un d'autre que Pierre Mantagnac. Sinon le commissaire va nous rendre la vie impossible.

— Avez-vous terminé vos recherches chez les gens du quartier ?

— Je dois encore rencontrer le nommé Lemitre, qui tient la boulangerie, et la Polonaise qui habite l'étage au-dessus du studio du photographe dont je vous ai parlé. Une pianiste à la retraite qui inonde le coin de concerts classiques, au phono ou à la radio.

Massac parut intéressé :

— Voulez-vous parler de madame Swalowska ? J'ignorais qu'elle habitait là !

— Vous la connaissez ?

— Comme tout le monde. Elle était internationalement célèbre, vous savez. Une histoire tragique. Un accident de voiture qui lui a brutalement interdit de jouer du piano, il y a trois ans. A son arrivée à Villefranche, elle a été reçue en grand tralala par le maire et les notables, mais, quand on a su qu'elle ne jouerait plus une note, on l'a laissée tomber. Un anonymat qui doit être pénible à supporter.

— Très bien. J'irai lui faire visite dès qu'elle rentrera de voyage.

— *Nous* irons lui faire visite, précisa Claire dans un dernier accès de mécontentement. Il paraît que cette femme est une dévoreuse de maris.

Les deux hommes éclatèrent de rire à l'aveu de cette jalousie comiquement énoncée.

— Et mon photographe, demanda Joseph une fois calmé, avez-vous du neuf sur le passé du sieur Mélisson ? Ce bonhomme ferait un suspect présentable.

— J'ai contacté par téléphone les archives à Rodez. On m'envoie demain matin en urgence une copie du casier judiciaire de votre Mélisson, qui n'est pas vierge, paraît-il. Puissiez-vous y trouver matière à étayer une théorie.

— Souhaitons-le, conclut Combes. Demain sera un jour meilleur.

10

« Demain sera un jour meilleur. »

Il y a des souhaits qui portent malheur et qu'on regrette d'avoir prononcés. Comme il fallait s'y attendre après une semaine de ciel bleu et de chaleur écrasante, un orage démentiel avait tenu les Villefranchois éveillés une bonne partie de la nuit, inquiets sur la résistance de leur toiture et, du moins ceux qui habitaient dans le bas de la ville près de l'Aveyron, sur les risques d'inondation de leur garage.

Il était à peine sept heures au réveil posé sur la table de nuit, quand Joseph y jeta un regard furibond. La sonnette de la porte d'entrée, emplissant la cage d'escalier, avait la force d'une trompette de cavalerie. Claire se dressa dans les draps avec la vivacité d'une morte réagissant à l'appel du Jugement dernier.

— Tu devrais aller voir, mâchouilla-t-elle avant de se recoucher en soupirant d'aise, pleine de la satisfaction du devoir accompli.

Combes s'assit en bâillant, passa machinalement une main sur sa coiffure en brosse, pêcha d'un orteil malhabile ses mules introuvables et fit en grommelant les trois pas qui le séparaient de la chaise où il avait jeté le peignoir de coton à fleurs imprimées que sa femme lui avait offert pour son dernier anniversaire. La sonnette continuait son vacarme ; l'imbécile qui l'actionnait avait modifié son phrasé, se contentant maintenant de courtes pressions rapprochées et stridentes, comme s'il essayait de passer un message en morse.

Joseph jaillit sur le palier en nouant la ceinture de son peignoir. La couverture sur laquelle couchait le chien était nue ; Major avait dévalé les marches et commençait, au ras de la porte d'entrée derrière laquelle il s'arc-boutait, à saluer chaque coup de sonnette d'un aboiement furieux.

— Voilà, bon sang, j'arrive ! cria rageusement Combes en saisissant d'une main le collier du griffon et en manœuvrant le verrou.

Il fut sidéré, une fois la porte ouverte, en découvrant la cause de ce tintamarre. Sur fond d'une pluie fine qui achevait de purger les nuages sombres de cette matinée mal entamée, se tenait une statue désolée de l'entêtement judiciaire, emmitouflée dans un imperméable américain trempé.

— Cadaquès, nom de nom ! Que faites-vous là ?

Le greffier du juge Massac, image du Devoir, voulait paraître insensible aux intempéries et à l'angoisse de l'attente. Le cheveu rare collé au crâne par la pluie, il réussit à sourire. Ce que le détective en déshabillé prit pour une grimace.

— Il est arrivé quelque chose de grave ? Massac ? s'impatienta-t-il.

— Non, non, tout va bien, dit enfin Cadaquès. Monsieur le juge demande que vous vous rendiez de toute urgence à la boutique de monsieur Mélisson, où il vous attend avec le commissaire de police.

— Pourquoi à sept heures du matin ?

— Il semblerait qu'un des voisins du sieur Mélisson l'ait trouvé il y a une heure couché à plat ventre dans son sang devant son magasin.

— Il est mort ?

— Non, mais dans le coma. Il a été transporté à l'hôpital.

— Mauvaise nouvelle, dit pensivement Combes, mais vous pouvez entrer quand même. Vous allez boire une tasse de café avec moi. Ça ne vous fera pas de mal, après la douche.

La petite pluie de l'aube avait cessé quand la Coccinelle de Combes s'arrêta à dix mètres du magasin du photographe. Un fourgon de police était le seul véhicule présent sur la place en dehors des deux Renault blanches estampillées du logo « L.P. », « La Prudence », et surmontées de panonceaux indiquant qu'elles appartenaient à l'auto-école. Deux civils en pantalon et pull bleu marine, sans doute les moniteurs, étaient occupés à essuyer leurs pare-brises et faisaient des efforts louables pour avoir l'air d'ignorer la noria d'agents en uniforme qui transportaient des cartons de la boutique au fourgon. Sur le seuil de la porte ouverte du photographe, l'inspecteur Romulon, qui semblait énervé, pressait du geste la cadence des hommes en képi. Il s'interrompit en voyant Combes sortir de sa voiture et lui fit signe de la main.

— Le commissaire et le juge vous attendent au commissariat, monsieur Combes, cria-t-il.

Comme s'il n'avait pas compris le message, l'interpellé se dirigea droit sur l'inspecteur à qui il tendit la main, que l'autre n'osa pas refuser. Pas plus qu'il n'osa interdire l'entrée à celui que son supérieur avait baptisé le « gendarme fouilleur de poubelles ».

— Je veux juste me rendre compte de ce qui s'est passé ici avant d'aller en discuter avec les huiles, expliqua benoîtement Joseph.

L'intérieur du magasin suffisait à rendre inutiles de longues constatations. La basse vitrine centrale avait été renversée, les boîtes de pellicules éparpillées sur un tapis d'éclats de verre. Une tache de sang, prolongée jusqu'à la porte, semblait raconter que Mélisson, abattu sur place, s'était ensuite traîné vers l'extérieur. Derrière ce lieu d'exécution, une porte donnant sur le laboratoire était ouverte, encombrée par deux agents portant chacun un carton à deux mains. Avant que Romulon ait eu le temps de l'en empêcher, Combes avait bousculé les deux agents et pénétré dans le saint des saints où le photographe se « consacrait à la technique ». Le mur d'en face, bordé de carrelage, était presque entièrement occupé par une série de cuves où fumait une soupe à l'odeur suffocante, épaissie par un monceau d'épreuves déjà tirées mais désormais illisibles et de négatifs fondus en gélatine. Les murs de droite et de gauche étaient un spectacle de désolation. Les armoires qui les couvraient béaient de tous leurs tiroirs plats, arrachés et disjoints, qui avaient craché sur le dallage les collections de tirages numérotés et de négatifs classés du maître des lieux. Accroupi devant ce désastre, un policier ramassait à brassées informes ces vestiges du travail de Mélisson et les entassait dans des cartons vides.

— Vous déménagez le fonds ? demanda Joseph. Ne croyez-vous pas qu'il soit un peu tard ? L'agresseur s'est certainement servi avant vous !

— Peut-être n'en a-t-il pas eu le temps, philosopha Romulon, qui semblait avoir pris son parti de l'intrusion de Combes. Il a dû être surpris par l'arrivée du photographe, qui habitait un minuscule appartement derrière son magasin, et l'aura assommé avec ce pied d'agrandisseur avant de filer sans même achever sa victime.

Combes ricana ouvertement.

— Quel est l'auteur de cette splendide reconstitution ? On dirait du Battioli.

L'inspecteur se permit un sourire que toutes les hiérarchies eussent qualifié de preuve de mauvais esprit.

— A dire vrai, reconnut-il avec son air le plus faux jeton, je crois que monsieur le commissaire a tiré ses conclusions un peu trop vite. L'appartement du sieur Mélisson s'ouvre sur la cage d'escalier qui dessert les étages supérieurs et donne directement sur la place par un petit couloir. D'après mon patron, le photographe, sortant de son lit, est entré dans la boutique par la porte du magasin, pour surprendre son vandale, et celui-ci est sorti du labo pour lui régler son compte. A mon avis, Mélisson ne sortait pas de son lit, à moins qu'il n'ait couché tout habillé ; il est venu au magasin par la porte qui fait communiquer son gourbi avec le laboratoire. Après quoi, il a ouvert à son visiteur, qu'il attendait. Comment celui-ci serait-il entré, sans forcer la serrure de la porte donnant sur la place ?

— Bonne question, en effet. Cette porte n'a été ni trafiquée ni enfoncée. Alors, que se serait-il passé, selon vous ?

— Chantage, dit sobrement Romulon. Les deux hommes se sont disputés, sans doute parce que le photographe était trop gourmand ; sa victime a voulu le faire taire. Une fois Mélisson par terre, monsieur ou madame X est entré dans le labo pour chercher le ou les clichés compromettants. Il a flanqué là-dedans une pagaille noire avant de s'esbigner, ni vu ni connu.

L'inoffensif inspecteur ne plastronnait même pas. Combes le regarda avec un sourire amical. Il savait combien il est difficile à un subordonné de rester loyal envers un supérieur qui se complaît dans l'erreur.

— Mon vieux, dit-il, s'il ne tenait qu'à moi, c'est vous qui seriez commissaire et Battioli sergent de ville.

Le sacro-saint bureau du chef de police ne semblait pas atteint par l'activité de ruche qui réveillait la salle commune du poste et le bureau des inspecteurs.

Dans cette dernière pièce, l'on n'entrait qu'après avoir satisfait aux questions soupçonneuses des gens en uniforme.

Deux costauds debout et agressifs cuisinaient un maigrichon pâlot en tablier blanc, qui se tassait sur sa chaise. Le malheureux était, glissa l'agent qui escortait Combes, le boulanger Lemitre, voisin de Mélisson et de la famille Mabos. Il racontait comment, vers six heures du matin, après avoir enfourné ses dernières baguettes, il avait trouvé le photographe inanimé devant sa porte en sortant griller sa première cigarette.

L'inspecteur Lacouzelle, non fumeur, qui avait été pilier dans l'équipe de rugby de Mazamet, trouvait louche qu'un artisan, levé à quatre heures du matin, attendît deux heures pour satisfaire son vice. L'inspecteur Gruspet, lui, paraissant persuadé que Lemitre avait lui-même attaqué son voisin, voulait savoir la cause de la dispute, qu'il attribuait à d'obscures histoires de cocuage.

Se forçant à l'impassibilité, Combes suivit son guide jusqu'à la porte du commissaire, abandonnant le boulanger aux délicatesses des habitués des stades. Il toqua deux fois au carreau de verre opaque, n'entendit aucune réponse et entra.

— Mais voilà monsieur notre détective ! grasseya Battioli. Vous vous faites désirer, cher ami, pour un limier toujours prêt aux coups durs. Pour un peu j'envoyais une voiture vous chercher.

Combes resta serein, salua avec déférence le juge Massac, qui s'ennuyait visiblement dans un fauteuil de moleskine, et s'assit, sans attendre d'en être prié, sur une chaise de bois, face au commissaire. Mais c'est au juge qu'il s'adressa :

— Pardonnez mon retard, dit-il, mais j'ai cru bon

d'aller d'abord me faire une idée de ce qui s'était passé chez Mélisson. L'inspecteur Romulon a bien voulu me mettre au courant et me laisser voir le théâtre du délit.

— Théâtre du délit ! ronchonna le policier. On dirait un rapport de gendarmerie ! Je vais passer un savon à cet âne de Romulon. Je lui avais bien recommandé de vous interdire de visiter les lieux. Cette affaire ne vous concerne en rien, sinon...

— Sinon ?

— Sinon que je me pose des questions. Hier après-midi, vous sortez de votre képi le nom de ce Mélisson, qui serait un repris de justice, que vous soupçonnez de Dieu sait quoi dans une autre affaire ; et la nuit suivante votre suspect est envoyé à l'hôpital, où il s'endormira vraisemblablement pour le compte. Vous ne trouvez pas ça bizarre ?

— Au point de résoudre votre deuxième énigme en deux jours en m'accusant d'avoir estourbi moi-même le photographe ? Vous n'avez vraiment pas peur du ridicule, commissaire.

— Ne le prenez pas comme ça ! tonna Battioli subitement fou furieux et donnant du poing sur sa table. Commencez donc par me détailler votre emploi du temps depuis hier soir vingt et une heures jusqu'à ce matin six heures. Allez, et vite !

Prêt à éclater de rire, Combes jeta un regard au juge silencieux. Les yeux au plafond, un sourire aux lèvres, Massac jouait les Ponce Pilate.

— Autant que je m'en souvienne, commença le suspect avec une application plus qu'ironique, pendant que ma femme faisait la vaisselle, je suis monté dans la chambre de mon fils pour l'aider à résoudre un problème de mathématiques qui figurait à la dernière semaine de ses devoirs de vacances. Il était environ vingt et une heures. Comme je suis nul en maths, nous en avons eu pour au moins trois quarts d'heure. Puis, les enfants couchés, j'ai retrouvé leur mère au salon. Nous étions fatigués et nous n'avons pas tardé à monter nous coucher nous aussi. Disons à vingt-deux heures trente. L'orage a débuté une demi-heure plus tard. De beaux éclairs, qui faisaient gronder le chien sur le palier. Comme nous ne pouvions pas dormir, Claire et moi nous sommes levés et avons regardé, debout devant la fenêtre, l'averse qui tombait sur le mail du Guiraudet. Je peux invoquer le témoignage de deux touristes qui se sont abrités dans la cabine téléphonique du haut du mail, pendant presque une heure avant d'oser se lancer sous la pluie vers le pont. On pourrait sans doute les retrouver. Vers minuit, nous sommes revenus nous coucher. Je dois avouer qu'avant de m'endormir j'ai confié à mon épouse qu'aujourd'hui serait une longue journée de travail et que j'entendais la consacrer à éclaircir le cas Mélisson, grâce à la lecture de son dossier. Mais...

Jailli comme un diable de son fauteuil, Massac s'interposa entre les duellistes. Il se contrôlait encore, mais était visiblement exaspéré.

— Voyons, Combes, cessez de paraître prendre au sérieux les provocations stupides du commissaire. Et vous, monsieur Battioli, essayez de raisonner intelligemment, au lieu de vous croire un enquêteur inspiré. Nous avons sur les bras un meurtre et une tentative de meurtre, commis en quarante-huit heures et dans le même quartier. Il y a tout de même matière à réfléchir.

Le policier avait rougi, puis pâli, sous la mercuriale du juge. Son masque de Romain, livide, frémissait de rage rentrée. Pourtant, un vieux respect de la hiérarchie le retint de faire un éclat. Il se contenta de marmonner d'une voix sourde :

— Il est évident que ma première théorie, sur la culpabilité du fils Mantagnac, peut parfaitement déboucher sur la culpabilité du même personnage dans l'attaque du photographe.

— C'est une idée intéressante, dit Combes poliment. Peu vraisemblable mais intéressante. Je suis en tout cas heureux que vous admettiez tous les deux que les deux affaires sont liées. Une telle coïncidence de temps et de lieu serait tout à fait improbable autrement.

Calmés, les trois hommes opinèrent du chef, tout surpris d'être d'accord sur ce point. Chacun d'eux gardait son opinion sur l'orientation à donner à l'enquête et se promettait de la suivre, mais les regards échangés semblaient consentir à un armistice. Battioli fit preuve de bonne volonté :

— L'hôpital a promis de me téléphoner vers dix heures le résultat de l'opération de Mélisson. Espérons qu'il s'en tirera et sera en mesure de nous donner le nom de son agresseur. Je vous tiendrai au courant.

— Merci, monsieur le commissaire. Que votre souhait se réalise ! Pour lui et pour la rapidité de notre enquête. Je vais vous laisser à vos occupations. Si vous n'y voyez pas d'inconvénient, je vais raccompagner chez lui monsieur Lemitre dès que vos inspecteurs en auront fini avec lui.

— Vous croyez peut-être qu'il vous en dira davantage ? persifla l'autre.

— Qui peut savoir ? dit Combes en s'inclinant. Nous avons des techniques d'interrogatoire si différentes...

11

— Dites, si vous m'aviez pas tiré de ce guêpier, ces deux malabars, ils allaient me passer à tabac. Comme si j'avais tué père et mère. On peut pas dire qu'ils encouragent les gens à porter secours à leurs voisins dans le besoin ! J'ai fait que le découvrir par terre, moi, le Mélisson. Je l'aime pas beaucoup, mais, s'il s'en tire, il le devra quand même au coup de téléphone que j'ai passé à la police.

Trottinant à côté de Combes, au sortir du commissariat, le boulanger Lemitre en avait gros sur le cœur. Grave, rocailleuse et pleine d'accents ensoleillés, sa voix ne correspondait pas du tout à son physique chétif, à son visage étroit et plein de tics et à son teint farineux qui lui donnait l'air d'un pierrot.

— Je vous demande un peu, le gros qui m'accusait de cracher de la nicotine dans mon pain pour empoisonner le monde, et son compère qui prétendait que c'était moi l'assassin du photographe ! Pour me venger parce qu'il avait couché avec ma femme, qu'il disait ! Depuis qu'ils ont vu le film avec Raimu à la télévision, ils ont tous l'air de penser que les femmes de boulangers passent le temps à faire des fugues avec des bergers. On voit bien qu'ils connaissent pas Alberte. Y a pas même un toucheur de bœufs qui en voudrait, d'Alberte. Pas de poitrine, pas de fesses et pas de « libido », comme on dit maintenant. Alors !...

— Ne vous retournez pas les sangs, le consola Combes, je peux vous assurer que le commissaire et le juge d'instruction qui s'occupe de cette affaire sont très contents de vous. Vous avez fait exactement ce qu'il fallait.

— Eh bé, tant mieux, admit le boulanger, qui regrettait de n'avoir pas exigé d'excuses des inspecteurs.

Comme ils arrivaient devant son magasin, il prit le bras de ce monsieur si aimable qui l'avait arraché à l'inquisition et s'était seulement présenté comme un ancien gendarme, à présent auxiliaire du juge.

— C'est pas tout ça, gronda-t-il jovialement, vous allez venir avec moi boire un petit blanc. J'y tiens. A dix heures, le verre de blanc à la fin du travail au fournil, c'est une habitude du métier. Même si on est en retard aujourd'hui, vous verrez qu'un morceau de fougasse avec un coup de vin, ça vous ravigote un homme.

La porte de la boutique tinta de trois notes argentines et découvrit un bataillon de baguettes dorées alignées sur une étagère nickelée, une pile de fougasses sur le comptoir et derrière celui-ci une femme sans âge au nez pointu et à l'air revêche, toute vêtue de noir.

— Ma femme, grommela Lemitre.

Combes s'inclina poliment, sans vouloir remarquer que le mari, tout à l'heure, avait parfaitement décrit sa compagne. Ce qui lui attirait l'œil, ce n'était pas ce fantôme aux allures de chaisière, mais une banderole, collée au-dessus d'un grand miroir sur le mur face à l'entrée ; une main soigneuse s'était appliquée à y écrire quatre lignes :

Mangez mon pain, c'est le meilleur
La farine est partout la même
Mais moi j'y mêle ma sueur
C'est un cadeau pour ceux que j'aime.

— Très bien trouvé, apprécia en riant l'auxiliaire du juge. C'est la devise de la maison, si je comprends bien ? Et en vers !

— Oh, dit modestement le poète, ça me vient comme ça. Il faut vous dire que je suis en train d'écrire un livre de recettes de cuisine, toutes en vers, elles aussi. Il faudra me faire penser que je vous en passe quelques-unes pour que vous me donniez votre avis.

— Tu n'en as fait que quatre, dit aigrement sa femme, derrière son comptoir.

— Vingt dieux, ça ne s'écrit pas sur commande, c'est de l'art ! expliqua sans acrimonie le boulanger, avant de plonger derrière son comptoir, d'où il ressortit avec deux verres et une bouteille de vin blanc.

— Voilà deux jours que je voulais venir vous voir, dit Combes, profitant du silence de son interlocuteur occupé à verser son gaillac et à couper deux tranches de brioche capables d'étouffer un dragon. Aujourd'hui, bien sûr, je dois vous demander si vous avez vu quelqu'un sortir de chez Mélisson, mais ce qui m'intéresse davantage, c'est le meurtre du fils Mabos.

Lemitre resta le couteau en l'air, sourcils froncés. Alberte se voila le visage de ses mains et fit entendre un gémissement horrifié. Puis, comme lancé par un chef de chœur, le duo se mit à chanter les louanges de Michel Mabos.

— Un si gentil garçon !

— Un crime si odieux !

— C'est lui qui venait chercher tous les jours le pain de la famille !

— Il était toujours si poli, si honnête !

— Il adorait les éclairs au chocolat, le dimanche !

— Il me conseillait pour mes poèmes, s'attendrit le boulanger. Qui pouvait en vouloir à ce gamin au point de le tuer ?

Alberte leva les yeux au ciel, excédée par la naïveté masculine. Avec un peu de jugeote, toute commerçante connaissant sa clientèle devait être capable de désigner le ou la coupable dans une communauté aussi exiguë que la leur.

— Mon pauvre ami, dit-elle avec mépris, je t'ai déjà donné mon avis. C'est tellement évident que tu ne tarderas pas à voir la police venir arrêter qui tu sais !

Combes faillit interrompre cet échange conjugal si instructif. Après deux jours de conversations vaines avec des témoins apparemment muets, aveugles, stupides ou malveillants, qui ne l'avaient guère fait avancer dans son enquête, l'assurance venimeuse de la boulangère avait quelque chose de rassurant pour son moral. Il se retint de poser à madame Lemitre une question précise qui lui eût donné le temps de réfléchir. Mieux valait compter sur l'entraînement de la discussion entre les deux époux.

— Monsieur Combes, s'excusa le mari, gêné par l'affirmation tranche-montagne de sa moitié, il faut pardonner à Alberte son parti pris. Elle se met quelque chose dans la tête et ne veut plus en démordre !

— Oh ! Toi, tu es bien comme les autres. Une beauté qui joue les mondaines autrefois célèbres, qui clignote des cils et tortille du croupion en t'assurant que tu fabriques les meilleurs croissants de France et de Navarre, et te voilà sur le chemin du paradis ! Bon sang de bonsoir, on dirait que tu ne l'as jamais vue dans le magasin essayer d'apprivoiser le jeune Mabos en lui achetant des gâteaux, des bonbons ou des glaces. Même que Michel en était tout coincé. Il savait plus où se mettre, ce garçon. Pensez un peu, une femme qui avait bien vingt-cinq ans de plus que lui. Je vous demande un peu ! Ces soi-disant artistes qui empêchent tout un quartier de dormir avec leur musique et qui courent derrière tout ce qui porte pantalon, même si c'est encore un écolier. Pour moi, ça ne fait pas de doute. Elle a voulu aller trop loin, il s'est défendu et elle l'a assommé. Voilà.

A bout de souffle et de venin, madame Lemitre se redressa, croisa les bras sur sa poitrine maigre et foudroya les deux hommes d'un regard triomphant. Le boulanger avait l'air aussi mal en point que tout à l'heure dans le bureau des inspecteurs.

— Si je comprends bien, hasarda Combes que les

élucubrations passionnées de la commerçante avaient tout de même impressionné, vous parlez de madame Swalowska ?

— Dieu merci, il n'y a personne d'autre comme elle dans le coin. Oui, c'est bien de cette Polonaise que je cause. Renseignez-vous chez les voisins. S'ils sont honnêtes, ils vous en diront de belles sur les mœurs de la dame.

— Mais je croyais qu'elle était en voyage ? C'est ce que m'ont dit Bouyssou, Mélisson et madame Cassade-Autournet.

— C'est vrai qu'elle doit être absente, admit le boulanger timidement. Les croissants que j'avais posés devant sa porte comme tous les jours pour son petit déjeuner étaient encore là hier matin.

— Elle a peut-être fichu le camp une fois son coup fait, conclut Alberte. Mais la nuit où Michel Mabos a été tué, elle a fait marcher sa musique aussi longtemps que d'habitude.

Remonté au volant de sa Coccinelle, Combes ne se décidait pas à rejoindre la rue du Sergent-Bories. Même en tenant compte de l'exagération jalouse de madame Lemitre, l'hypothèse de la culpabilité de l'ancienne concertiste pouvait se concevoir. Si elle était confirmée par d'autres témoignages, la réputation sulfureuse de la musicienne permettait, à la rigueur, d'expliquer l'élimination de Michel Mabos.

Les coudes appuyés sur son volant, sans tourner sa clef de contact, Combes cherchait ce qui ne le satisfaisait pas dans ce scénario. D'abord, comment le corps de la victime s'était-il retrouvé dans le coffre arrière de la Citroën ? Fallait-il supposer une liaison entre la Swalowska et Pierre Mantagnac ? Ce dernier aurait-il décidé par hasard d'aller voir sa maîtresse et l'aurait-il surprise en pleine séance de séduction, ce qui l'aurait rendu furieux au point de supprimer son rival ? Ridicule ! Un jeune homme de presque dix-neuf ans, sûr de sa supériorité, confortée par son aventure avec une telle femme, n'aurait pas battu à mort un adolescent plus jeune que lui de cinq ans, un gringalet qui ne lui arrivait même pas à l'épaule ! Une gifle peut-être ? L'affaire en serait restée là. Ragaillardi par ces considérations, Joseph mit son moteur en route, prêt à rentrer au bercail, et démarra vers le cours Saint-Jean.

Tout juste se retint-il de céder à la vieille habitude de tourner à droite, après la poste. C'était le chemin de sa brigade d'autrefois, où il n'avait pas remis les pieds depuis sa mise à la retraite. Il savait que le personnel qu'il avait eu sous ses ordres avait été éparpillé depuis cinq ans. Il ne retrouverait là aucun visage connu. Claire lui dirait seulement, quand il rentrerait chez lui, qu'il avait encore choisi de cultiver sa nostalgie. Tout en continuant son chemin, passant devant le collège et le cinéma, il pensa au vol de la voiture des Mantagnac, qui s'était produit à cet endroit même, s'il fallait en croire Pierre et Gaby Sagnol. Il sourit à cette idée, qui apportait une contradiction supplémentaire à l'hypothèse d'une histoire entre le bachelier et la pianiste. Comment admettre, à moins de concevoir une dépravation assez rare chez les jeunes, qu'un amoureux transi ait amené sa petite amie déclarée jusque chez sa maîtresse ? La déposition de la fille de la mercière ne reconnaissait rien de pareil. Jusqu'à nouvel et concluant démenti, cette déposition annulait tous les romans que pourrait imaginer le malveillant Battioli.

Rasséréné, Combes gara sa voiture sur la grande place qui servait de parking public à deux minutes de chez lui. La chance revenait, il trouva un créneau libre à l'ombre d'un platane. L'orage de la nuit passée n'avait pas laissé de traces et le soleil d'août avait repris le matraquage de Villefranche. Grattant machinalement la barbe qu'il n'avait pas eu le temps de raser ce matin-là, Joseph se hâta vers la porte de l'agence, amusé d'avance de devoir satisfaire la curiosité de Claire, certainement en train de bouillir d'impatience.

Il mit donc toute sa verve à lui raconter la visite de Cadaquès, l'agression qui avait laissé le photographe dans le coma, l'entrevue orageuse avec le commissaire et les réactions des Lemitre à ce développement de l'affaire Mabos.

— Tu sais, constata sa femme, bien moins excitée qu'il ne s'y était attendu, tu ne m'apprends rien de neuf. Ce matin, quand je suis allée faire des courses, tout le monde ne parlait que de l'assassinat de ton Mélisson. Il a si mauvaise réputation que personne n'est surpris qu'il ait reçu un mauvais coup. A en croire la rumeur publique, il devait avoir quelques dizaines d'ennemis. Personne en tout cas n'a eu l'air de rattacher ce fait divers au meurtre du jeune Mabos.

— Eh bien, dit Joseph placidement, pour une fois Massac, le commissaire et moi sommes tous trois d'un avis semblable. Le meurtre du gamin et l'agression contre Mélisson sont évidemment liés. Du simple point de vue technique, ce ne sont pas des actes de professionnels, mais plutôt des gestes d'autodéfense non préparés, du travail d'amateur surpris et coléreux. Peut-être quelqu'un rôde-t-il dans le coin pour une raison encore inconnue et n'aime-t-il pas être repéré...

— Si tu le penses, dit Claire avec une étonnante soumission, c'est que tu as de bonnes raisons. Puisque les enfants sont partis pique-niquer avec des copains de classe, j'ai préparé un repas léger. Nous avons besoin tous les deux de nous mettre au régime. Pour me faire saliver, tu me raconteras comment ton boulanger réussit sa fougasse.

Combes hocha la tête sans enthousiasme :

— A mon avis, avec le talent d'un maçon, quoiqu'il se prétende cuisinier dans l'âme et poète instinctif. Il prépare d'ailleurs un bouquin de recettes dont il m'a confié deux ou trois pages pour te les offrir.

La meilleure façon de vexer un cordon-bleu étant de lui proposer une recette qu'elle est censée ne pas connaître, Claire accepta d'un air dédaigneux les feuillets tendus et leva les sourcils jusqu'à la frange de ses cheveux bruns :

De petits oignons blancs fondant en confiture
Autour d'un râble de lapin,
Rondelles de carotte et fin bouquet de thym,
Champignons et laurier peaufinant la texture,

Mitonnez ça longtemps sur un feu presque éteint :
Une inoubliable aventure !

Comme il était prévisible, la cuisinière de l'agence Combes et compagnie jeta sur la nappe avec une grimace indéniable de mauvaise humeur le sizain calligraphié du boulanger-poète.

— Tu voudras bien m'excuser, dit-elle d'un ton pincé, mais tu devras te contenter pour le déjeuner d'une tranche de jambon, d'une salade de tomates et d'une pêche de vigne. Je n'ai pas eu le temps ce matin de te faire mitonner quelque chose.

12

Combes avait eu la chance de joindre le juge Massac au téléphone au tout début de l'après-midi. Il se sentait en panne d'inspiration. Vouloir combattre la thèse de Battioli sur la culpabilité de Pierre Mantagnac était peut-être une gageure. Les mensonges du jeune homme ne pourraient que conforter le commissaire dans ses premières impressions. L'explication qui lui avait traversé l'esprit d'une intrigue amoureuse entre le bachelier et la Polonaise, pour étonnante qu'elle fût, risquait de décider le policier à boucler l'affaire, en lui fournissant un mobile. L'absence des enfants, Robert et Thi-Ba, avait permis à Joseph et à Claire, après la salade et la pêche de vigne, d'explorer tous les recoins et toutes les conséquences de ce roman bourgeois.

« Pendant ses visites à l'auto-école, avait admis Claire, le jeune homme a très bien pu rencontrer la Swalowska et se laisser séduire. Mais je ne peux pas croire qu'il ait emmené Gaby Sagnol à son rendez-vous avec une autre.

— Peut-être ta mercière a-t-elle également menti.

Elle aurait simplement raconté ce que son petit ami lui avait ordonné de dire. D'autant plus qu'en faisant cette fausse déposition elle croit tenir l'héritier Mantagnac à sa merci. Ce n'est pas joli joli, mais c'est humain. »

En voyant le rouge de l'indignation envahir les joues de sa femme, Joseph avait éclaté de rire et s'était hâté de prévenir un nouvel éclat :

« Rassure-toi, je ne crois pas plus que toi à cette liaison. Mais j'avoue manquer d'arguments, pour le moment, pour me lancer sur une autre piste. Alors je vais suivre celle-là, en allant plus vite que notre cher commissaire, de façon à lui tondre l'herbe sous les pieds. C'est bien le diable si je ne lève pas un autre lièvre. Par exemple l'existence d'un autre proche de la pianiste, qui pourrait être chargé de tous les vices qu'on croit devoir reprocher au jeune Pierre. Autrement dit, je vais enquêter sur la vie présente et passée de la vedette internationale qui se trouve très opportunément en voyage. Massac a eu l'air au courant de la réception qui lui a été faite à Villefranche. Il pourra sans doute me donner des adresses où me renseigner davantage. »

Le juge, qui avait quelques notes à mettre au net avec l'aide de Cadaquès, était heureusement à son bureau du tribunal. Il devait être passablement excédé après la matinée qu'il avait, dit-il, passée tout entière avec Battioli et ses limiers. Il ne fit en tout cas aucun commentaire superflu lorsque Combes lui fit part de la nouvelle orientation qu'il voulait donner à ses recherches.

— Je crois, se contenta-t-il de jeter dans l'appareil

d'une voix à peine aimable, que vous devriez vous adresser à monsieur Baletoux, l'adjoint au maire. Baptiste Baletoux et sa femme Fernande sont à ma connaissance les meilleurs amis de madame Swalowska. Ils habitent tout près de chez vous, sur le cours Guiraudet. N'oubliez pas de dire que c'est moi qui vous envoie.

Combes raccrocha, pensivement. De la part de Massac, généralement courtois, cette froideur était surprenante. Assise sur un coin du bureau, Claire, qui avait écouté la conversation, adressa à son mari un sourire narquois.

— As-tu pensé, dit-elle innocemment, que ton cher juge d'instruction, en bon célibataire qu'il est, pourrait être un des amis très chers et très proches de ta concertiste ?

Joseph Combes était habitué à vivre dans un décor douillet. Le confort que sa femme savait apporter à leur intérieur était fait de mille riens, un tapis étalé sur un parquet ciré, un couple de fauteuils profonds, quelques bouquets de fleurs, trois ou quatre rangées de livres sur des étagères sobres. Les encadrements de vieilles photographies de ses campagnes en Indochine étaient de simple bois verni, comme ceux de rares reproductions de tableaux colorés qui illuminaient des murs peints de teintes douces. En somme, chez lui, il se sentait parfaitement à l'aise, sans rien d'intimidant ni rien qui attire l'œil.

C'était une impression tout à fait différente qui

l'avait assailli dès que monsieur Baletoux l'avait introduit dans le salon de son appartement, qui donnait, par deux très larges fenêtres, sur un balcon ouvragé surplombant le cours Guiraudet. Le maître de maison, auquel il avait demandé par téléphone un rendez-vous en se recommandant du juge Massac, avait proposé de recevoir monsieur Combes aussitôt, ajoutant d'une voix policée qui sentait encore le terroir qu'« être adjoint au maire lui laissait tout de même assez de temps libre pour converser avec des amis ».

Sur les murs, tendus de velours vert olive frappé à intervalles réguliers de plumeaux de roseaux dorés, deux portraits d'aïeux austères, vêtus de noir, encadraient une cheminée de marbre équipée d'un appareillage complet de pincettes, tisonnier, balayette, pelle et soufflet, rangés de part et d'autre de chenets à tête de dragon en cuivre. Cette installation, qui trahissait l'âge de cette maison cossue, trop ancienne pour le chauffage central, devait être la bienvenue en hiver ; déjà, en plein mois d'août, le visiteur, qui avait cru devoir endosser sa veste à martingale pour se rendre chez un notable, commençait à grelotter. Baletoux, cravaté, encoconné d'un costume trois pièces de tweed, expliqua aimablement :

— Savez-vous qu'il nous arrive de faire du feu dans cette cheminée en plein été ? La climatisation que nous avons fait installer dans ce salon en fait une véritable glacière !

La simplicité faite homme.

Invité à s'asseoir, Combes se posa sur une chaise dure à haut dossier, habillée d'un velours rappelant celui des murs. Fauteuils, bergères, canapé, bureau, bibliothèque à vitrines, tout l'ameublement, guindé sur d'épais tapis orientaux, était du même style Empire, comme la pendule à dôme qui coiffait la cheminée. Quelques gravures d'inspiration guerrière, alignées sur le mur d'en face comme pour une revue, ajoutaient à cette atmosphère théâtralement imposante.

Un instant, perché sur son siège tel un écolier, Combes se demanda s'il était bien convenable d'aborder dans ce cadre et avec ce personnage un problème aussi futile que celui de la vie romanesque de madame Swalowska. Pour la énième fois, il mesurait exactement l'impact que le port de l'uniforme avait eu sur sa confiance en lui et sur la bonne volonté de ses interlocuteurs. Maintenant qu'il se sentait un simple civil qu'aucune étiquette ne dotait d'une supériorité particulière, il butait sur des obstacles dont il n'aurait même pas pris conscience quelques mois plus tôt.

Monsieur Baletoux était heureusement d'un caractère conforme à son physique ; sa soixantaine rondelette, la réussite financière qui avait accompagné sa gestion de l'entreprise de confection pour hommes créée par son père – *Baletoux et fils* datait de 1892 –, le goût du travail et de l'honnêteté, comme sa générosité naturelle et un sens poussé des rapports humains, très utile en politique, en avaient fait un citoyen fort apprécié. Il était jovial sans excès, charitable sans ostentation ni crédulité abusive, cultivé sans étalage de son savoir. Bon vivant, passant pour un bon patron, un bon mari et un bon père dont les deux enfants n'avaient jamais donné matière à racontars, il était le type même du notable, installé depuis vingt ans au conseil municipal et dans le cœur des Villefranchois.

Bien que n'ayant jamais été en rapport direct avec la gendarmerie de la cité, il se souvenait sans peine de la notoriété que l'adjudant-chef Combes avait acquise dans son commandement. Il eut le bon goût de le rappeler et d'ajouter que le parrainage du juge Massac, preuve évidente des bons services du nouveau détective, lui faisait un devoir d'aider de son mieux un enquêteur qu'il se réjouissait de connaître enfin.

Une telle avalanche de bonnes dispositions balaya la timidité inhabituelle du visiteur.

— Je crains, avoua celui-ci, d'avoir à vous demander de me pardonner mon indiscrétion. On m'a dit que vous seriez le mieux à même de me parler de madame Swalowska, la pianiste.

Baletoux en leva les sourcils de stupéfaction.

— Cette chère Olga ? En quoi diable pourrait-elle vous intéresser ? Elle mène une vie si retirée dans la petite maison héritée de son oncle…

Combes crut sentir quelque réticence dans cet étonnement.

— Il se trouve, expliqua-t-il, que madame Swalowska, certainement contre sa volonté, est mêlée plus ou moins à une vilaine affaire qui va défrayer la chronique locale et dont vous avez dû entendre déjà parler à la mairie : le meurtre du jeune Mabos. Croyez que j'aurais été rencontrer cette dame chez elle, si elle ne se trouvait justement en voyage depuis trois jours. J'ai pensé que vous sauriez où elle est allée et que vous pourriez me donner une adresse où la joindre.

Debout devant son canapé, Baletoux avait abandonné son sourire de politesse. L'air subitement sérieux, comme il convenait à l'évocation d'une si pénible histoire, il hocha la tête avant de se décider.

— Mon cher ami, dit-il, accordez-moi quelques instants et installez-vous plus confortablement. Je vais aller chercher ma femme, Fernande. Elle connaît Olga beaucoup mieux que moi et sera sûrement au courant de ce voyage. Vous nous raconterez quel est exactement votre problème et nous essaierons de vous fournir tous les renseignements que vous souhaitez.

La sortie de l'adjoint au maire ne ressemblait ni à une dérobade ni à une tentative de gain de temps. Combes abandonna sans regret sa chaise de potache au pilori et, plein de confiance, alla inspecter l'alignement des gravures guerrières. C'était une série illustrant la conquête de l'Algérie. La première était la capture de la smala d'Abd el-Kader par le duc d'Aumale, la dernière représentait le maréchal Bugeaud au soir de la bataille de l'Isly. A bien la regarder, Joseph trouva que le célèbre soldat offrait une certaine ressemblance avec Baptiste Baletoux, industriel en confection masculine : même rondeur, même assurance, même air compétent et paternel.

L'atmosphère du grand salon avait changé du tout au tout depuis l'arrivée de la maîtresse de maison. C'était une grande femme d'une cinquantaine d'années, au visage chevalin mais souriant, vêtue sans beaucoup de recherche d'une tunique à ceinture de teinte marron, sans bijou et sans apprêt de coiffure. Une de ces femmes que l'on dit sportives bien qu'elles soient seulement bien dans leur peau ; sans morgue mais pleines d'aisance, respectueuses des principes d'éducation mais libres de ton. Dès son entrée, après avoir salué leur visiteur, elle avait réprimé un frisson et avait, d'un ton joyeusement excédé, enjoint à Baptiste de mettre une allumette sous les bûches préparées dans la cheminée ou d'aller « arrêter son satané climatiseur ».

Maintenant le feu ronflait agréablement sous la pendule Empire. Les Baletoux occupaient le canapé, face à Combes qui avait élu un fauteuil d'allure plus rembourrée. Mue par une clochette vigoureuse, une vieille bonne avait apporté un plateau de boissons fraîches. Les deux hommes avaient opté pour de la bière, Fernande pour une orangeade. La conversation sérieuse pouvait commencer.

— Avant toute chose, dit solennellement madame Baletoux, je veux savoir exactement ce qu'on reproche à Olga. Je ne peux pas croire qu'elle soit, de près ou de loin, mêlée à une histoire de meurtre. Je la connais trop bien. Elle est artiste et généreuse, d'autant plus sensible que la vie ne l'a pas ménagée. Que s'est-il passé ?

C'était une demande parfaitement concevable dans la bouche d'une amie. Un gendarme eût peut-être passé outre et posé ses questions sans expliquer pourquoi elles lui étaient venues à l'esprit. Un détective privé était obligé à plus de subtilité s'il voulait gagner la confiance de gens qui ne lui devaient rien. Encore une fois, Combes mesura ce qu'il avait perdu à n'être plus un représentant officiel de la loi. Il choisit donc de parier sur l'intelligence de ses hôtes en ne leur cachant à peu près rien du processus qui l'amenait à enquêter sur Olga Swalowska. Il ne tut que le nom de Mantagnac, parce que c'était son client et parce qu'il craignait encore une réaction de classe de la part de l'adjoint au maire, soucieux de protéger un entrepreneur ayant pignon sur rue, qu'il recevait peut-être au rang de ses amis.

Il raconta donc par le menu le vol déclaré de la voiture au cours de la séance de cinéma, la quête qu'il avait menée et la découverte du cadavre du fils Mabos dans la malle arrière du véhicule abandonné. Il exposa les témoignages des voisins qu'il avait interrogés, en soulignant qu'ils avaient tous fait état des habitudes musicales de l'ancienne pianiste. Il précisa même que sa dernière prestation, qui pouvait s'apparenter à du tapage nocturne, était étrangement concomitante du meurtre.

Jusque-là, Fernande et Baptiste Baletoux s'étaient contentés de marquer silencieusement combien cette histoire les choquait.

— Ce qui est arrivé à ce gamin est vraiment atroce, mais je ne vois pas en quoi l'amour d'Olga pour ses vieux disques peut être rattaché à ce drame, dit Fernande, profitant de la pause que Combes s'était accordée avant d'aborder le plus difficile.

— Il faut ajouter, reprit-il, plusieurs éléments troublants. D'abord, votre amie serait partie en voyage, comme semblent le prouver le silence qui règne chez elle depuis cette triste nuit et la non-consommation des viennoiseries que son boulanger dépose sur son palier chaque matin. Enfin, on ne peut empêcher les mauvaises langues de salir les réputations. Je constate que celle de madame Swalowska a échauffé l'imagination de ses voisins. Ils reconnaissent sa classe et sa beauté, mais lui prêtent des appétits dévastateurs et lui reprochent d'exercer sa séduction sans beaucoup de discernement. Les hommes en rient plus ou moins, grassement ou d'un air gêné ; les femmes, sans citer d'actes plus détaillés, parlent de voleuse de maris ou de dévoreuse de jeunes gens. Vous pouvez penser...

Il ne s'était pas attendu à en dire autant sans être interrompu. Le coup d'œil vaguement inquiet qu'il adressa au couple le rassura. Monsieur Baletoux souriait largement comme s'il avait entendu une bonne plaisanterie, et sa femme levait les yeux au plafond avec l'air séraphique affiché par les martyrs devant les fauves. Aucun des deux ne dit mot. Ils semblaient résignés à écouter le réquisitoire jusqu'au bout. Combes continua, bravement :

— Vous pouvez penser...

Il bifurqua alors sur la conviction bien assise du commissaire de police, prêt à arrêter le bachelier qui s'était fait voler la voiture dès qu'il aurait trouvé un mobile valable. Protestant de ses propres intentions, il expliqua qu'à défaut d'autre piste il avait décidé de profiter de l'avance prise sur l'enquête de Battioli pour chercher tous les arguments propres à démolir les hypothèses les plus saugrenues que pourrait échafauder le commissaire.

— Notamment, acheva-t-il sans avouer qu'il était le seul inventeur de cette hypothèse-là, que madame Swalowska avait une liaison avec le jeune conducteur de la voiture volée et que celui-ci avait tué Michel Mabos par jalousie.

Un silence stupéfait salua cette conclusion rocambolesque.

— Je savais que monsieur Battioli ne passait pas pour un foudre de guerre, mais je n'imaginais pas qu'il avait l'esprit aussi tordu, dit Baptiste en décapsulant une autre bière.

Sa femme posa une main lénifiante sur le poignet de son mari, puis se pencha en avant et chercha le regard de ce détective qui osait exprimer devant elle d'aussi énormes contrevérités.

— Je voudrais tenter de vous expliquer, monsieur Combes, quelle est la véritable personnalité d'Olga Swalowska. Nous pouvons affirmer que nous la connaissons bien. Depuis l'automne 1939 exactement. Elle avait sept ans à l'époque, quand sa mère a préféré quitter le Paris de la guerre pour se réfugier chez son beau-frère, le propriétaire de la maison qu'elle habite actuellement. Mon mari et moi venions de nous marier et nous nous occupions de l'aide aux réfugiés. Nous avons rencontré cette enfant et nous sommes tombés sous le charme. Elle était gaie, sensible, attachante et déjà assidue à ses leçons de piano. Pour moi qui suis folle de musique mais ne la pratique pas, elle était une jeune sœur toute désignée. Cet âge d'or a duré cinq ans, jusqu'en 1944. Le père d'Olga, prisonnier depuis 40, venait de mourir en captivité. La mère et la fille sont remontées à Paris mais ont maintenu le contact. Pendant dix ans encore, nous avons eu la joie de recevoir Olga pendant des semaines de vacances, jusqu'à son bachot puis pendant ses études au Conservatoire. Elle a eu un premier prix en 1953 et a gagné le concours Marguerite Long en 1955. Ensuite, bien sûr, nous en avons été privés à cause de la vie trépidante qu'elle était obligée de mener. Angleterre, Etats-Unis, Allemagne, Japon, elle courait d'un concert à l'autre. La nouvelle reine du piano, encensée de São Paulo à Moscou. Nous avons réussi à aller l'entendre jouer à Aix-en-Provence, à Glyndebourne et, il y a cinq ans, à l'un des premiers festivals Bach, à Mazamet. Vis-à-vis de nous, elle n'avait pas changé d'un iota. Sans doute avait-elle perdu quelques illusions sur les joies de la célébrité, mais elle était toujours gaie, bienveillante, discrète et, pour nous, affectueuse et pleine d'attentions. Vous imaginez le crève-cœur qu'a été l'accident qui l'a séparée à jamais de son piano. Pour ses admirateurs et plus encore pour elle. Elle a montré un courage physique et moral exemplaire. Elle est passée avec une grande force d'âme de la gloire à une retraite discrète. Le seul trouble qu'elle manifeste encore est l'habitude qu'elle a prise d'écouter chaque soir les disques qu'elle a enregistrés pendant ses treize ans de carrière au plus haut niveau. Ici, à Villefranche, presque personne ne se souvient de ses années triomphales. Elle mène une existence simple dans la maison que lui a léguée son oncle. Elle n'a pas une fortune colossale mais vit toujours sur les rentes de ses cachets d'autrefois.

Nous nous voyons trois ou quatre fois par semaine et n'avons quasiment aucun secret l'une pour l'autre. C'est vous dire que le mythe d'une Olga folle de son corps me paraît presque comique. Tout au plus sa plastique et son allure ont-elles pu exciter un galant et entretenir les ragots dont vous avez fait mention. Elle ne m'a avoué qu'une aventure amoureuse sérieuse, vieille de plus de dix ans, avec un musicien marié de l'orchestre du Capitole de Toulouse. Il n'a pas voulu divorcer, mais ils sont restés bons amis. Elle va quelquefois visiter le ménage.

Madame Baletoux ne paraissait pas prête à supporter quelque supposition malintentionnée sur cette protégée de longue date.

Elle avait été si persuasive que Combes se sentait entièrement gagné à la cause d'Olga Swalowska. Le roman qu'il avait ébauché à partir de la médisance de madame Lemitre lui faisait honte.

— Vous avez dressé de votre amie un portrait si plein de chaleur que vous m'avez convaincu, dit-il avec une humilité qui n'était pas dans son caractère. Vous a-t-elle fait part de ce voyage impromptu ?

Le nez dans son verre d'orangeade, son interlocutrice ferma les paupières en signe de dénégation.

— Elle n'est pas allée à un concert ou à une représentation quelque part en France, constata son mari d'une voix pensive. Elle nous en aurait parlé.

— Peut-être est-elle allée voir ses amis de Toulouse, insista Joseph qui, sous sa veste à martingale, commençait à regretter que la climatisation ne se montrât pas de taille à combattre le feu de bûches.

— Il faudrait que ce soit une urgence, dit Fernande. Je téléphonerai ce soir et vous donnerai la réponse aussitôt. De toute façon j'espère que nous vous reverrons et que nous pourrons oublier ces vilains soupçons.

Elle était plus grande que lui, mais Combes, pour une fois, n'en fut pas complexé. Quand elle lui serra la main avant de se retirer, il nota avec étonnement et gratitude qu'il existait, de temps en temps, des témoins sympathiques, bien-pensants et de qualité. Les Baletoux l'avaient même réconcilié avec le style Empire.

13

Avoir été pendant seize ans la compagne attentive d'un enquêteur officiel de la gendarmerie nationale avait permis à Claire Combes de développer ses talents de manipulatrice. Aux dépens de son mari, des subordonnés de son mari et parfois de ses chefs ; des personnages plus ou moins éminents qui lui accordaient inconsciemment, parce qu'elle était jolie, spirituelle et gaie, un crédit que ne justifiait que son état d'épouse d'un chef de brigade au talent reconnu. En fait, elle n'avait jamais fait que jouer d'artifices féminins pour satisfaire d'abord le vice de la curiosité qui imbibait profondément son caractère, ensuite pour œuvrer de son mieux au bonheur de son « homme », qu'elle accompagnait d'un amour exclusif. Réussite professionnelle, tranquillité familiale, confort moral étaient les trois objectifs qui l'avaient stimulée depuis son mariage avec Joseph.

L'épreuve de la mise à la retraite était prévisible. Claire l'avait donc abordée avec une résignation que sa pugnacité avait su transformer en décollage vers une nouvelle aventure. De longues semaines, elle avait bataillé contre son mari déprimé et contre ses supérieurs, aussi réticents qu'un code du travail restrictif, pour faire naître cette officine de police privée. Combes s'était laissé materner et convaincre, la hiérarchie avait accepté une dérogation à l'article sur la durée de probation. Quant à elle, elle s'était trouvé égoïstement de nombreux sujets de satisfaction : liberté de la vie civile, installation à Villefranche, qu'elle croyait connaître comme sa poche, aménagement d'une maison comme elle n'en avait jamais habité en seize ans de ménage. Et surtout, surtout, partager chaque jour que Dieu leur donnerait la joie de travailler aux côtés de Joseph, avec Joseph, suivant les directives de Joseph. Motivée comme toujours par son osmose avec Joseph. Et bien sûr par la satisfaction sans retenue de sa dévorante curiosité.

Seulement, Claire s'était sans doute persuadée que la routine du métier, dont elle n'avait connu jusque-là que des épisodes distrayants, passionnants ou dangereux, serait facile à acquérir. Elle avait pensé que l'imagination faisait surgir plus d'hypothèses que l'observation patiente ; elle n'avait pas même envisagé qu'autour d'un enquêteur phare devaient travailler ceux dont le lot consistait en lectures de vieux dossiers, recherches décourageantes et vérifications. En quelques jours, le développement de l'affaire Mabos lui avait révélé toutes ses lacunes. D'ordre matériel et psychologique. En somme elle s'était conduite comme ces fragiles jeunes femmes de romans policiers américains, héroïnes de faits divers, qui traitent les détectives professionnels d'incapables et se jettent dans les griffes de l'assassin pour faire avancer l'histoire.

Cette prise de conscience avait quelque chose d'extrêmement démoralisant. Après le départ de Joseph, qui semblait attendre monts et merveilles de sa visite chez les Baletoux, Claire resta de longues minutes piquée devant ses quatre assiettes sales, la tête perchée au-dessus de l'évier de la cuisine, les yeux fixés sur le bouchon de vidange comme si devait en jaillir la solution de son problème. Elle n'en vit sortir que quatre minuscules fourmis processionnaires en patrouille de ravitaillement. Son état dépressif la rendait peut-être cruelle. Le jet du robinet grand ouvert emporta les envahisseuses dans les abysses de la tuyauterie. La simplicité de ce geste criminel rendit à Claire toute sa combativité. Elle n'allait pas se laisser couler, elle aussi, parce qu'elle doutait de pouvoir dominer la technique. Il fallait...

Elle quitta sa cuisine en coup de vent, escalada les marches jusqu'au premier étage, traversa sa chambre et surgit dans la salle de bains sans fermer une seule porte derrière elle. Major, qu'un tourbillon avait réveillé sur le palier, arriva au galop, semblant croire que sa maîtresse voulait jouer. Elle le renvoya à sa sieste sans ménagement, s'assit devant le miroir de sa coiffeuse, tira la langue à son image et se força à sourire. Elle s'accordait une demi-heure pour se peigner, se maquiller et se changer. Se faire belle comme une femme heureuse de vivre, même dans la peau d'une humble auxiliaire de police privée.

Albertine Mantagnac ouvrit la porte de sa villa au troisième coup de sonnette. Visiblement, elle ne connaissait pas de truc pour se remonter le moral. Malgré son pyjama de plage jaune serin, ses sandales de cuir blanches et le long collier d'énormes perles de bois rouges qui lui pendait sur l'estomac, elle avait l'air dans le trente-sixième dessous. Son teint de blonde était brouillé, ses cheveux éteints. Privées de rouge, ses lèvres disparaissaient entre deux rides profondes qui lui faisaient un visage de vieille paysanne. A peine ses petits yeux châtaigne parurent-ils s'allumer d'irritation quand elle daigna regarder le mannequin debout dans le gravier au bas du perron. Teint éclatant de pêche dorée, frange courte et brune, cils angéliques, bouche fardée crispée sur un sourire froid, Claire Combes se sentait d'humeur belliqueuse.

Le regard malveillant d'Albertine Mantagnac enregistra la silhouette sans défaut, mise en valeur par un chemisier et une jupe droite d'une blancheur offensante dans sa fraîcheur toute simple, et s'arrêta avec répulsion sur le chien noir sagement assis au bout de sa laisse au pied de cette gravure de mode. Pour être d'origine campagnarde, le griffon Major savait se tenir quand il avait la chance d'accompagner sa maîtresse en représentation. Bien qu'il ait perçu en provenance de ce pyjama jaune l'odeur d'une ennemie de sa race, il se contenta d'un grondement d'avertissement en piétinant le gravier de deux pattes impatientes.

— Qu'est-ce que c'est ? grinça Albertine. Tenez votre chien. Je ne peux pas sentir ces animaux.

— Soyez tranquille, répliqua la visiteuse qui souriait

maintenant de toutes ses dents avec l'air d'une dompteuse voulant persuader que n'importe qui pouvait caresser son lion dressé sans se faire arracher un bras, Major ne bougera pas. Il ne mord presque jamais.

« Ma vieille, pensait Claire, pour une fille élevée chez un marchand de bétail, tu as drôlement régressé si tu as peur d'un chien de berger ! »

— Peut-être ne me reconnaissez-vous pas, dit-elle seulement. Je suis madame Combes, Claire Combes. Je suis venue chez vous avec mon mari, après la découverte de la voiture volée à votre époux. Vous vous en souvenez ?

— Evidemment, admit l'autre sans daigner faire un geste d'accueil. Que désirez-vous ? Votre détective a-t-il enfin découvert de quoi innocenter mon fils ? En partant ce matin à Rieupeyroux sur un chantier, Gaston me disait qu'il n'était pas satisfait du travail de votre agence et qu'il avait l'intention de se passer de vos services si vous n'avez rien trouvé de conséquent après-demain lundi. Vous voilà prévenue.

C'était une indéniable déclaration de guerre qui exigeait une riposte immédiate. La compagne d'un ancien soldat ne pouvait accepter un congédiement pareil.

— Puisque vous parlez d'éléments conséquents concernant cette affaire, soyez satisfaite. Mon mari s'est aperçu que votre bon garçon de Pierre était un menteur confirmé, ce qui risque de lui valoir la colère du commissaire de police. Je venais vous demander de sonder votre fils, que vous prétendez toujours franc avec vous. Excusez donc cette démarche, inutile puisque monsieur Mantagnac souhaite rompre notre contrat. Je vous adresserai la facture pour la durée de notre travail jusqu'à ce soir.

Claire était assez contente de sa contre-attaque, et plus encore de l'effet qu'elle avait produit. Albertine n'était manifestement pas de force.

— Au moins, demanda-t-elle sans plus d'acrimonie et bouleversée comme si s'était manifesté un témoin du meurtre de Michel Mabos par son fils unique, je vous en prie, dites-moi en quoi Pierre a menti à monsieur Combes.

— Vous voulez que j'étale toute cette histoire ici, à la vue de tous les passants ?

— Pardonnez-moi. Entrez, bien sûr. Je ne sais plus ce que je fais ; je suis tellement inquiète depuis deux jours !

« Je suis trop bonne fille », se dit Claire. Cette victoire était si rapide qu'elle en avait presque honte et commençait à plaindre cette mère faussement autoritaire qui craignait subitement de perdre la respectabilité sur laquelle elle avait bâti sa vie. En entrant dans le vestibule, elle prit soin d'attacher la laisse de Major à la poignée de la porte et lui intima l'ordre de rester sage. Le chien se coucha sur le dallage frais et lui jeta, du sol, un regard de chenapan farceur. « Fasse le ciel, songea-t-elle, que madame Mantagnac se montre aussi obéissante. » Après tout, elle n'avait aucune question précise à lui poser. Elle souhaitait seulement briser la carapace de cette bourgeoise mal intégrée. Une conversation entre femmes sensibles pourrait amener sa

« victime » à lui raconter, sans masque, comment était faite son existence.

« Vous savez, avait avoué Albertine après une heure de papotages de plus en plus intimes, mon mari est un coureur. Plus exactement, a été un coureur. Par goût de s'affirmer, autrefois. J'en ai souffert, bien sûr, mais il m'a toujours traitée avec respect et amitié. Aujourd'hui qu'il est arrivé à une position enviable, il fait semblant de s'intéresser à de jeunes femmes pour que sa réputation de joyeux garçon ne décline pas. Il me l'a même avoué. C'est pour ça que j'accepte d'inviter si souvent les Baltisse. Parce que la jeune Francine, qui est sa secrétaire au bureau, est plutôt jolie et décorative ; il pense que ça ferait bien qu'elle ait l'air d'être sa maîtresse. Moi, je suis certaine qu'elle ne l'est pas. C'est juste une sorte de tableau d'honneur où il serait normal d'être inscrit pour que ses amis puissent lui taper sur l'épaule en pensant : "Ah ! ah ! le Gaston, il ne s'ennuie pas avec sa petite secrétaire !" »

A présent qu'elle était en face de Francine Baltisse, assise de l'autre côté de son bureau de pitchpin, Claire se demandait si la jeune personne était jolie au point de pouvoir entretenir la dorure du blason d'un don Juan. Elle n'était pas vraiment « décorative » avec sa robe-chemise gris souris et sa coiffure sans éclat. Des traits réguliers, sans doute, mais sans rien de piquant et sans feu particulier dans le coin des yeux, marron et plutôt petits. Elle avait parfaitement l'air de ce qu'elle était, la secrétaire du patron d'une entreprise de moyenne importance, dont l'influence dans la maison n'était pas nécessairement liée à ses relations intimes avec le directeur. Très professionnellement, elle sourit à sa visiteuse, qu'elle supposait venue pour discuter d'un chantier. Claire se fit le petit plaisir d'aller droit au but ; Joseph lui avait toujours seriné que l'absence de préliminaires pouvait déstabiliser un témoin vraisemblablement rétif.

— Ma raison d'être ici est purement privée, dit-elle. J'appartiens à l'agence Combes. Police privée. Nous sommes chargés par monsieur Mantagnac d'une enquête sur les circonstances dans lesquelles a été volée sa voiture personnelle.

— Malheureusement, monsieur Mantagnac est absent jusqu'à ce soir, objecta madame Baltisse d'un air pénétré qui signifiait qu'elle ne pouvait se mêler d'une affaire aussi privée.

— Je suis au courant de ce déplacement, continua l'enquêtrice imperturbable. Madame Mantagnac me l'a dit. C'est vous que je désirais rencontrer, pour confirmer certains détails.

Du coin de l'œil, Claire nota que la secrétaire ne manifestait aucun trouble et la fixait avec ce qui n'était qu'une attention polie.

— Mercredi soir, continua-t-elle, vous êtes bien allée dîner avec votre mari chez votre employeur ?

— En effet. Sa femme nous invite assez régulièrement, parce que nous sommes les plus proches collaborateurs de son mari.

— Leur fils, Pierre, était bien présent à ce dîner ?

Pouvez-vous préciser comment il a quitté la table, et vers quelle heure ?

— Autant que je m'en souvienne, avant le dessert, en prétextant qu'il avait rendez-vous au cinéma. Il s'est levé, a dit qu'il allait être en retard, a ajouté qu'il prenait la Citroën et il est sorti.

— C'était un peu cavalier, non, en présence d'invités ?

— A vrai dire, nous nous connaissons bien ; ce garçon ne fait pas de manières avec nous. Il aurait même tendance à jouer les affranchis. Moitié ours, moitié rebelle. A la limite de l'agressivité. J'imagine que c'est l'âge qui veut ça.

Claire se pencha vers le bureau sur lequel Francine Baltisse était accoudée avec une disponibilité convaincante.

— A votre avis, l'âge est-il la seule cause de cette muflerie ? Ne croyez-vous pas qu'elle découle d'un autre sentiment ?

— Quel sentiment ?

— Un peu de jalousie, peut-être ? Voyez-vous, Pierre nous a fait part de la liaison qu'on vous prête avec son père. Il est normal qu'il en soit affecté.

— C'est un infâme ragot, dit sourdement la secrétaire, dressée et rouge de colère. Gaston Mantagnac est un patron charmant, travailleur, compétent et galant, comme le sont la plupart des quinquagénaires qui emploient des jeunes femmes. Sans plus. Il sait que j'aime mon mari, Raoul, qui gère d'ailleurs sa comptabilité. Il n'a jamais avec moi dépassé les limites, parce que je ne l'admettrais pas.

Appuyée sur le dossier de sa chaise, la tête levée vers cette image de l'indignation, Claire risqua un sourire qui se voulait de compréhension féminine.

— Je vous crois sans peine, ma chère. Je sais trop comment les bavardages dégénèrent dans une petite ville. Mais, peut-être, à défaut d'être réellement devenu votre amant, monsieur Mantagnac désire-t-il simplement qu'on le croie ?

Sur le visage de la jeune femme révoltée, la colère faisait place peu à peu à une surprise amusée.

— Vous voulez dire... que je serais un trompe-l'œil ? Une sorte de paravent pour camoufler une autre aventure ?

Pour s'accorder quelques secondes de réflexion, elle sembla vérifier d'un coup d'œil que les portes donnant sur le hall d'entrée et sur le bureau du grand chef étaient bien fermées. Visiblement, elle ne tenait pas à ce que quelqu'un de la maison entende ce qu'elle pensait de cette supposition vaudevillesque.

— A mon avis, bien qu'il porte beau, je ne crois plus monsieur Mantagnac en état, physique et nerveux, de mener ce genre d'intrigue. C'est trop compliqué pour lui et il travaille trop pour avoir assez de loisirs.

— C'est exactement l'opinion de madame Mantagnac, conclut Claire en se levant.

— Oh ! remarqua Francine, Albertine est plus fine qu'on se l'imagine.

En détachant, dans le hall, un Major boudeur qui décidément n'appréciait plus ces longues attentes et ces interminables allées et venues, la première associée de l'agence Combes fit part à son chien du bilan de son après-midi. Malgré tous les appâts qu'elle avait lancés, la rivière était restée désespérément vide. Sans doute parce qu'il n'y avait rien à pêcher. Ce qui était déjà un résultat en soi.

Quelques minutes plus tard, en descendant à pas précipités vers le pont sur l'Aveyron, tirée par le griffon qui devait avoir soif, elle ajouta une phrase qui donnerait à son compte rendu ce qu'il fallait de doute professionnel, lors du grand conseil quotidien.

De deux choses l'une, ou cette Francine Baltisse était la secrétaire sans histoire qu'elle prétendait être, et l'épouse fidèle de son comptable de mari, incorruptible malgré les galanteries de son patron, ou bien elle s'était montrée assez subtile pour devancer les questions gênantes, et bonne comédienne pour tromper une détective de choc.

Dans les deux cas, s'avoua Claire en pestant contre le trot soutenu de Major qui se prenait pour un chien de traîneau, elle n'avait rien rapporté de son après-midi, sinon l'éveil d'un mal aux talons dû à ses mocassins neufs. Heureusement, son accès de déprime d'après déjeuner était terminé. Rien de tel qu'une activité débordante pour se requinquer le moral.

14

La semaine s'était achevée, chez les Combes, sur une soirée somme toute paisiblement normale. A cause d'une invitation à dîner en ville qui limitait le temps libre du juge Massac, la réunion qui devait faire le point sur les avancées de l'affaire s'était limitée au temps qu'il fallait à deux hommes, fatigués par la chaleur et les palabres, pour engloutir un verre d'anisette frappée. C'était, avaient-ils constaté, amplement suffisant pour admettre que leur enquête ne pouvait guère aller plus loin que l'interrogatoire des voisins du lieu du meurtre, tant que certains barrages n'étaient pas levés. Côté Mabos manquait toujours le rapport d'autopsie. Côté Mélisson, le fait qu'il balançait entre la mort et plusieurs sortes de coma empêchait encore toute audition de la victime. Confiant dans les démarches entreprises par Fernande Baletoux, Combes affirmait qu'il verrait plus clair dans ce brouillard quand il aurait la possibilité d'entendre Olga Swalowska, qu'il tenait pour un témoin privilégié. Joseph et Massac avaient prononcé quelques mots de consolation cruellement polis pour les intéressantes quoique inefficaces recherches de Claire auprès du clan Mantagnac-Baltisse. Après quoi, rendez-vous pris pour le lundi – sauf événement inattendu d'ici là –, la séance avait été levée et Massac était parti à son dîner.

Fatigués par leur pique-nique autant que Major par sa promenade, Robert et Thi-Ba avaient failli s'assoupir sur leur assiette de ratatouille maison et n'avaient, exceptionnellement, pas regimbé quand Joseph les avait envoyés au lit.

Le programme de la télévision n'offrant qu'une énième diffusion de *La Prisonnière du désert*, qu'ils avaient déjà subie, Claire et son mari avaient opté pour une veillée abrégée, monsieur s'accordant le droit de lire à tête reposée le dernier numéro du *Petit Rouergat* paru le matin même, pendant que madame s'occuperait de régler quelques problèmes d'intendance, prévision des menus de la semaine à venir et tenue à jour de la facture destinée au seul client de l'agence.

Pendant près d'une heure, par la porte de communication ouverte entre le salon et le bureau où elle travaillait, Claire entendit Joseph ronchonner, maugréer et parfois adresser au ciel des jugements injurieux à l'encontre des échotiers de son journal. Ceux-ci avaient abondamment glosé sur le sort du jeune Mabos. Ils n'avaient rien négligé des pseudo-témoignages qu'ils avaient recueillis auprès de sa famille, des voisins et même de son milieu scolaire, ce qui avait nécessité une longue conversation téléphonique avec le principal de son collège de Rodez.

A l'oreille, le mécontentement du lecteur était passé

de l'agacement à l'exaspération, enfin à la colère déclarée. Au moment où sa femme, son labeur terminé, était allée le rejoindre pour se percher comme d'habitude sur le bras de son fauteuil, Combes venait d'exploser en jetant à travers la pièce un *Petit Rouergat* roulé en boule.

— Ce Loupiac est un salopard ; il écrit n'importe quoi sans se soucier du mal qu'il peut faire ! Il devrait être poursuivi pour diffamation !

— Tu veux dire le petit Loupiac ? Celui que tu avais plus ou moins embauché pour l'affaire Delgayroux ?

— Celui-là, oui. Ce garçon que tu ne pouvais déjà pas sentir. Ce grand flandrin efflanqué et mal tenu est devenu rédacteur en chef de notre feuille locale, s'il te plaît. Et il ose bâtir une hypothèse sur les commérages qu'il a collectés. Ecoute bien. D'après Mélisson, décrit comme un « honorable artisan », Michel Mabos aurait été un adolescent au caractère trouble, aux penchants homosexuels incompris de ses parents, qui le battaient ! On ne fait pas mieux comme insanité !

— Si je calcule bien, tu aurais pu croiser ce Loupiac hier, sur votre terrain de chasse commun ?

— L'important, pour lui, est que je ne le rencontre pas dans les jours qui viennent !

Ils avaient soupiré tous les deux, révoltés par la malignité du monde extérieur et en même temps apaisés par le calme qui régnait dans leur domaine. Joseph s'était levé pour ouvrir une fenêtre qui donnait sur l'arrière de la maison. Devant eux s'endormait une petite cour herbue, grande comme un terrain de tennis, programmée pour devenir un jardin fleuri l'année suivante. Il avait attiré sa femme contre lui pour lui faire partager la fraîcheur du soir. On n'entendait pratiquement rien de l'animation nocturne de la ville. Le ciel d'été était envahi d'étoiles. Ils les avaient contemplées ensemble, épaule contre épaule, pendant de longues minutes.

— C'est un spectacle si foisonnant et si ordonné à la fois, avait dit enfin Claire à voix basse. Alors que j'ai tant de brouillard dans la tête !

— Patience ! Demain il fera grand jour. Ce qu'il nous faut, c'est une bonne nuit de sommeil, suivie d'une grasse matinée pour retraités.

En montant l'escalier, Claire avait trouvé cette dernière phrase révélatrice. Joseph était encore malade d'avoir quitté le service actif...

Cette grande et tranquille nuit commença, une heure plus tard, à vingt-deux heures quarante-cinq exactement au réveil de la table de nuit, quand le téléphone rappela aux Combes l'existence du monde extérieur. A la troisième sonnerie, Claire manifesta sa répulsion pour cet « engin de malheur », poussa violemment Joseph en lui hurlant « TÉLÉPHONE ! » dans l'oreille et s'enfouit la tête sous un oreiller. A la cinquième sonnerie, à peine conscient, le malheureux mari réussit en tâtonnant à saisir le combiné.

— Allô ? Vous êtes bien chez Joseph Combes. Qu'y a-t-il ?

— Oh, monsieur Combes ! Ici Fernande Baletoux. Pardonnez-moi de vous appeler si tard ! J'espère que vous n'étiez pas déjà couché ? Je viens seulement d'obtenir une réponse au sujet des amis d'Olga, à Toulouse. Une de leurs connaissances du Capitole m'affirme qu'ils sont partis avant-hier à Prades, près de Perpignan, pour assister au festival Casals. Il est donc très possible qu'Olga soit allée les rejoindre. Elle aura seulement oublié de m'en avertir. Elle ne devrait pas être absente plus d'une semaine !

Joseph avait tenu sa partie grâce à des « Oui, oui » judicieusement espacés, et faillit oublier de remercier avant de dire bonsoir. Le combiné reposé, il remâcha longuement l'information, assis sur le lit, les paupières encore lourdes. Il n'arrivait même pas à s'irriter contre cette damnée ancienne artiste qui partait pour huit jours sans prévenir en retardant sans souci la résolution d'une énigme criminelle. Il en voulait surtout à madame Baletoux de l'avoir réveillé pour lui dire dès cette nuit qu'il ne fallait rien espérer d'elle avant quatre jours.

— Elle aurait bien pu attendre demain matin pour m'appeler, soupira-t-il en s'allongeant avec une satisfaction béate, persuadé qu'il allait se rendormir sur-le-champ.

Claire lui fit immédiatement comprendre, en surgissant de son abri de duvet, que le mariage exigeait certains efforts de communication.

— Qui était-ce ? voulut-elle savoir.

— C'était Fernande, souffla-t-il par-dessus son épaule.

Brièveté maladroite. L'explication obligatoire de l'intrusion de cette Fernande inconnue dans l'intimité du ménage entraîna celui-ci dans un long conciliabule chuchoté, où furent retracées la visite chez l'adjoint au maire, la vie d'Olga Swalowska et ses amitiés toulousaines. Pendant que son mari dévidait son histoire, Claire s'était rendormie comme un bébé en souriant aux anges. Parfaitement réveillé maintenant, Joseph se retourna longtemps entre les draps, hésitant à descendre boire un verre d'eau fraîche à la cuisine. Dans le silence de la nuit, il entendit sonner onze coups au clocher de la collégiale, puis le carillon grave de minuit. Il ne perdit conscience que vers une heure moins le quart, toujours assoiffé.

Il était juste deux heures quand il fut réveillé en sursaut. Ce n'est qu'un peu plus tard qu'il établit la vérité : il avait été réveillé par la lumière du plafonnier et par l'irruption d'une jeune personne qui se plaignait d'avoir envie de vomir. Thi-Ba était, sans qu'il se l'avouât, la préférée de son père. Sans doute parce qu'elle ressemblait tellement à sa mère, avec sa frange brune et ses yeux malicieux. En nuisette de vichy, elle avait l'air d'une délicieuse poupée. Mais Joseph, décidément, n'avait pas envie de compatir aux malheurs de sa fille. Par chance, juste partage des tâches, Claire s'était levée sans hésitation. Elle attrapa Thi-Ba par un poignet pour la haler vers la salle de bains, sans beaucoup de ménagement.

— Laisse ton père tranquille. Il est fatigué.

— Mais il fait rien que se promener toute la journée !

— Peut-être, mais il va voir des femmes ! C'est éreintant, surtout à son âge, de fréquenter en même temps une musicienne russe, la femme du maire et je ne sais qui encore.

— Mais alors, il te trompe ! s'enthousiasma la malade, dont les nausées s'estompaient devant le plaisir que lui procurait cette subite révélation.

La porte de la salle de bains claqua, empêchant Joseph d'en entendre davantage. Personne n'avait pensé à éteindre le plafonnier. Les yeux clos, il ne chercha même pas à réfléchir au sens de cette conversation féminine et de son acidité. Quand vrombirent jusqu'à l'aigu les borborygmes de la tuyauterie, qui auraient pu lui rappeler que le plombier de Mantagnac n'était toujours pas venu, il ne les entendit pas. Il s'était rendormi, placide, avec le souvenir vague d'avoir découvert la solution de son problème pendant son insomnie.

Sans doute par respect de la trêve dominicale, la sonnette de la porte d'entrée ne vint sortir la famille Combes d'un sommeil proche de l'anéantissement que bien après huit heures. Le trottoir étroit de la rue du Sergent-Bories était encore heureusement à l'ombre, ce qui encouragea l'inspecteur Romulon à se montrer patient. Etant célibataire, venir du commissariat en voiture ne lui paraissait pas une corvée, et ce Combes lui était plutôt sympathique. Quand la porte s'ouvrit enfin sur le détective ébouriffé, en peignoir de bain à fleurs, il le salua aimablement et lui tendit une enveloppe de papier kraft non cachetée.

— Je suis désolé si j'ai réveillé votre petite famille,

dit-il, mais j'exécute ponctuellement l'ordre du commissaire Battioli. Vachard comme vous le connaissez, il m'a ordonné de venir vous voir de bonne heure et de vous préciser de sa part, je cite : « Ce n'est pas parce qu'il est retraité que ce monsieur doit penser que sa boutique peut rester fermée le dimanche ! »

Combes se sentait reposé et content de vivre. Il secoua la tête en souriant et demanda, l'œil amusé :

— Vous voulez me faire croire que votre patron vous a envoyé chez moi en arrivant au commissariat ce matin ?

— Espérez un peu ! Il m'a dit ça hier soir, en partant du bureau. Le dimanche, il ne vient secouer ses subordonnés que si le préfet a annoncé sa visite, pas moins.

Les deux hommes éclatèrent de rire. Désignant d'un coup de menton l'enveloppe qu'il avait remise, Romulon reprit :

— Je vous ai mis là-dedans une photocopie du rapport d'autopsie de Michel Mabos, du rapport d'inspection, par notre garagiste assermenté, de la Citroën-Maserati volée et une copie du livret judiciaire du sieur Mélisson. Une saine lecture, quoi...

Combes soupesa la liasse de documents.

— Des nouvelles du photographe ?

— J'ai téléphoné ce matin à l'hôpital. Il a été opéré pendant huit heures. Pronostic réservé. Il est toujours dans le coma, bien que le toubib pense le sauver. Mais, au mieux, il restera un légume.

— Autrement dit, résuma Joseph, il sera incapable de nous avouer qui l'a assommé parce qu'il le faisait chanter.

L'inspecteur haussa les épaules d'un air résigné, refusa d'entrer boire un café, parce que, dit-il en plaisantant, il était interdit de boire pendant le service, serra la main de Combes et remonta dans sa voiture à gyrophare.

Le médecin légiste n'avait laissé poindre son dégoût pour la manière sauvage employée pour tuer le jeune Michel Mabos que par le choix de quelques adverbes distillés dans son rapport.

Après avoir noté que la victime, quoique parfaitement saine de corps, ne paraissait pas avoir été musculairement capable de résister à son agresseur, il avait donné quelques indications utilisables pour la recherche de celui-ci : il s'agissait vraisemblablement d'un homme, d'environ un mètre quatre-vingts à en juger par les marques de doigts sur les épaules du garçon ; la disposition sur la peau des hématomes, le long des clavicules et au centre des omoplates, prouvait que le tueur avait surpris l'adolescent de dos et l'avait immobilisé brutalement.

De même, une touffe de cheveux à demi arrachés au-dessus de l'occiput de la victime laissait croire qu'elle avait servi de poignée à l'assassin pour projeter la tête de son prisonnier sur une poutrelle métallique fortement armée afin de l'assommer.

L'examen du visage du mort permettait d'affirmer que ce geste avait été répété au moins deux autres fois, les plaies correspondant à trois étages de fractures, maxillaire supérieur, cloison nasale, arcades sourcilières et arc frontal. La nature de ces blessures confirmait que le visage n'avait pas été frappé sur une surface plane, comme un mur, mais bien contre un objet métallique en relief. Un tel *modus operandi* n'est concevable que dans l'optique d'un meurtre volontaire, sauvagement exécuté.

Les dommages subséquents avaient été nombreux, et compliqués dès le début par de violentes hémorragies, expulsions de dents, déchirures labiales, obturation des fosses nasales, fracture du voile du palais entraînant un encombrement du carrefour respiratoire, condamnant le sujet à brève échéance ; enfin perte de conscience après le choc du lobe frontal sur la paroi osseuse.

La dernière partie du rapport du médecin légiste était très révélatrice de son caractère. A propos des écorchures remarquées sur les doigts, il avait écrit :

« Il est certain que la cause du décès ne réside pas dans les lésions sérieuses infligées par les brutalités de l'assassin, mais que la mort est survenue environ dix minutes plus tard, par étouffement à l'intérieur du coffre à bagages ; alors que le corps était privé de la plupart des réactions vitales, les blessures des doigts sont dues à des gestes réflexes. La simple humanité aurait dû exiger du meurtrier qu'il achevât sa victime pour lui éviter ces dernières mutilations inutiles. »

Joseph, qui n'avait voulu lire que la page d'impressions générales du praticien, en laissant de côté les observations techniques détaillées faites au cours du dépeçage, s'arrêta un instant sur l'étrange formulation du légiste, qui en arrivait par humanité à prôner l'usage du coup de grâce.

Deux annexes prouvaient que l'équipe du commissariat connaissait son travail. Les inspecteurs avaient pensé à faire analyser les parcelles de sang séché présentes sur les montants du pare-brise de la Citroën et sur les arêtes métalliques de l'intérieur du coffre. Elles appartenaient toutes au même groupe, A+, qui était celui de Michel Mabos.

« Finalement, se dit Combes, ce rapport ne m'apprend rien que je n'aie déjà deviné dès ma découverte de jeudi. » La seule nouveauté apportée par une étude soigneuse tenait aux traits distinctifs du meurtrier. C'était un homme, grand et fort, dont on pouvait en outre supposer qu'il était impitoyable. Sans doute sous l'effet de la surprise.

Assis à la table de la cuisine, toujours en peignoir de bain, Joseph n'avait même pas pensé qu'il envahissait le domaine du petit déjeuner familial. Les bras croisés sur le dossier d'autopsie refermé, il poursuivait l'idée qui l'avait traversé si nettement au cours de la nuit et qu'il n'arrivait plus à préciser ce matin. C'était une question sur la surprise qui avait lancé l'assassin à l'attaque. Pourquoi cette réaction de violence ?

— Alors, tu parles tout seul ? demanda la voix enjouée de Claire.

Elle était descendue silencieusement, pieds nus, en tenue de nuit. Elle se pencha derrière lui, l'embrassa dans l'oreille et s'écarta en riant pour éviter une réaction qu'elle connaissait trop bien.

— Que lis-tu de si passionnant ?

Il sourit en admirant effrontément sa femme, réplique adulte de la Thi-Ba qui l'avait réveillé quelques heures plus tôt.

— Heureusement que l'inspecteur Romulon a refusé de venir boire un café. Te voir arriver dans ce négligé lui aurait donné un coup de sang !

— Que te voulait cet individu ?

— M'apporter quelques papiers, notamment le rapport d'autopsie du fils Mabos.

Claire le regarda avec sérieux et fit mine de regretter cette passion du travail qui déteignait sur les meilleurs instants de sa vie.

— Je comprends que cette lecture ne t'ait pas mis en appétit, mais tu vas me faire le plaisir de poser ces dossiers sur ton bureau. Tu iras les retrouver tout à l'heure, après avoir mangé tes tartines et bu ton chocolat du dimanche avec les enfants. Ouste !

Une fois de plus, il constata combien il était difficile de refuser d'obéir à sa femme. Jouer les grincheux ne servait à rien. Elle savait trop, quand elle le voulait, détendre l'atmosphère. Il alla donc jusqu'au bureau mettre en quarantaine les documents confiés par Romulon. Major jappait déjà dans l'escalier en accompagnant les bonds athlétiques de Robert qui dévalait les marches quatre par quatre. Il n'y avait plus qu'à sacrifier au rite du petit déjeuner dominical en famille.

Il avait bien l'impression qu'il venait d'interrompre ses réflexions à un carrefour important de son raisonnement, mais il se laissa submerger par la conversation générale, qui porta prioritairement sur l'ordre de passage dans la salle de bains et les délais accordés à chaque ayant droit.

Plus tard, une fois la réunion du personnel terminée, il fainéanta longtemps devant l'histoire des démêlés du sieur Mélisson avec la justice. Il paraissait très vraisemblable que le photographe, mûri par son expérience ruthénoise, ait renoué avec la pratique du chantage. Il sortait peu en ville, ne se rendait pas chez les clients, il l'avait affirmé. Il était donc logique de supposer qu'il avait découvert comment et pourquoi faire payer une victime au cours de son travail d'atelier ; ou dans son quartier.

Dans le premier cas, il serait nécessaire de répertorier tous les travaux qu'il avait effectués dans un passé récent, de regarder attentivement tous les développements réservés à sa clientèle en y cherchant le détail incongru révélateur. Ce serait un énorme travail d'archiviste, doublé de qualités de physionomiste dignes d'un préposé au casino. Joseph sourit en se souvenant que Romulon et ses sbires avaient saisi (dans quel état !) tous les contacts et tous les tirages accumulés par Mélisson. Si cette corvée devenait indispensable, le commissaire Battioli avait tous les éléments nécessaires pour s'en charger. Grand bien lui fasse.

Dans le petit quartier abrité derrière la collégiale, il était possible aussi qu'un récidiviste du chantage ait noté des allées et venues inexpliquées, des relations subreptices, des trafics dont la révélation ferait scandale. Combes passa en revue les voisins susceptibles d'être impliqués dans ces intrigues. Madame

Cassade-Autournet et ses moniteurs, sauf à se voir reprocher des magouilles pour l'obtention de permis de conduire, n'étaient pas plus des cibles que les Mabos, que le traitement d'un comptable du Trésor public ne suffisait pas à transformer en vache à lait très productive. Ce même argument valait pour les Lemitre, et sans doute pour Bouyssou. Restait, bien sûr, madame Swalowska, à laquelle les potins prêtaient des aventures sentimentales ; sa fortune était encore appréciable, et elle habitait au-dessus de l'antre de Mélisson, idéalement placé pour surveiller sa propriétaire. Sans doute n'avait-elle eu aucune part à la mise hors circuit du jeune Michel, ni à celle du photographe, puisqu'elle était partie en voyage avant son agression. Mais, menacée par son locataire, elle avait très bien pu se confier, avant de changer d'air, à l'un ou à l'autre de ses bons amis, qui s'était chargé de la basse besogne. Sauvagement.

A ce stade de la construction de son hypothèse, Combes entendit enfin la voix de sa fille, qui semblait avoir retrouvé son tonus. Elle appelait du vestibule :

— Papa, maman te fait dire que tu seras privé de dessert si tu ne montes pas t'habiller tout de suite !

15

— Ecoutez, monsieur Combes, j'en ai parlé à mon mari. Il trouve comme moi que votre insistance à relier mon amie Olga Swalowska à l'affaire dont vous vous occupez est nettement exagérée. J'ai bien voulu vous rendre service en appelant plusieurs connaissances de ses amis à Toulouse pour savoir où Olga pouvait s'être rendue. Je ne pense pas pouvoir faire plus.

Madame Baletoux avait pris son ton le plus pointu pour remettre à sa place ce détective qui dépassait les bornes. Ne réclamait-il pas, au téléphone, après deux appels qu'avait notés sa bonne pendant qu'elle déjeunait chez des amis, qu'elle recommençât à déranger ses connaissances du Capitole pour obtenir l'adresse de l'hôtel où étaient descendus les intimes d'Olga ?

— Je comprends très bien que je vous demande beaucoup, chère madame. Mais j'ai toutes les raisons de croire que madame Swalowska elle-même préférerait subir mon insistance que se voir recherchée dans toute la ville de Prades par un dispositif policier plus ou moins discret.

Pouce levé face à son mari, Claire semblait apprécier sa fermeté. Peut-être parce qu'il avait expliqué que sa correspondante était la Fernande de la nuit dernière, elle avait trouvé blessante la voix distinguée qui sonnait dans l'amplificateur. Joseph inclina la tête vers le combiné, muet comme si sa menace déguisée faisait sérieusement réfléchir l'adjoint au maire et sa femme.

Ce devait être le cas, car la voix de monsieur Baletoux était plus inquiète qu'excédée.

— Monsieur Combes ? J'ai entendu ce que vous venez de dire. Etes-vous certain de ne pas grossir démesurément le rôle de madame Swalowska dans la malheureuse affaire qui vous occupe ? Je sais, vous nous l'avez expliqué hier, que tous vos témoins vous ont dit d'elle n'importe quoi, et que son départ imprévu coïncide avec ce qui s'est passé sous ses fenêtres. Mais, croyez-moi, ce n'est sûrement que le fruit du hasard !

— Peut-être ne savez-vous pas, dit Combes assez froidement, que le photographe qui est, paraît-il, son locataire, a été si sauvagement agressé très tôt hier matin, au même endroit, qu'il est toujours dans le coma, sans beaucoup de chances de s'en sortir ?

— Je l'ai entendu dire à la mairie. Mais, justement, cela ne peut que confirmer le fait que notre amie Olga n'a rien à voir avec cette succession de crimes. Elle était partie deux jours auparavant.

— Au contraire ! Comprenez que ce photographe et votre amie ont dû être témoins, pratiquement au même endroit, à la même heure, du traitement infligé au fils Mabos. Ils ont réagi différemment, c'est tout.

Ce Mélisson a déjà eu maille à partir avec la justice pour affaire de mœurs et tentative de chantage à Toulouse et à Rodez. Il est plus que vraisemblable qu'il aura identifié le meurtrier et aura voulu faire payer son silence. Madame Swalowska, pour sa part, aura sans doute cru qu'elle courrait un grave danger à témoigner, et aura préféré s'éloigner pour quelques jours. Voilà pourquoi j'ai hâte de savoir ce qu'elle a vu exactement. Elle connaît certainement le coupable. Quelqu'un de dangereux qui n'a pas hésité à abattre son maître chanteur.

— Voulez-vous suggérer qu'Olga risque une réaction brutale de la part de l'assassin si elle dépose contre lui ? Alors pourquoi le ferait-elle ?

— Parce que seule l'arrestation du meurtrier lui permettra de revenir chez elle en toute sécurité. Parce qu'elle est la seule à ma connaissance à pouvoir me dire à quoi il ressemble.

La communication traversa une nouvelle plage de silence. Les Baletoux devaient tenir conseil. Joseph couvait de l'œil ce téléphone avec l'impatience d'un candidat au baccalauréat attendant la proclamation des résultats. Claire, admirative de la technique de persuasion de son mari, contemplait avec une adoration de jeune fille le profil de Joseph, toujours poupin, à peine marqué par l'âge. Son inquiétude s'était envolée : son retraité était toujours incapable de résister à la passion que faisait naître en lui une enquête difficile.

Dans l'appartement au décor impérial, l'adjoint au

maire avait dû se montrer convaincant, à en juger par la voix plus amène de madame Baletoux.

— Pardonnez-moi de vous faire attendre si longtemps, monsieur Combes. Et merci à vous de m'avoir fait comprendre que vous vouliez en définitive du bien à mon amie Olga. Je vais essayer d'obtenir l'adresse à laquelle sont descendus les amis d'Olga à Prades. Je vous téléphone dès que possible.

Joseph et Claire échangèrent un regard satisfait. A juste titre... A peine un quart d'heure plus tard, l'appareil grelotta sur le bureau et fut décroché à la première sonnerie. La grande Fernande paraissait encore réservée, mais on pouvait distinguer dans son élocution une nuance de triomphe.

— J'ai eu beaucoup de chance de trouver chez lui à cette heure-ci un ami de l'orchestre du Capitole qui ait su où vous pourrez joindre Bertrand Maslof ou sa femme. Ils sont chez les Benitez, propriétaires d'une villa à Codalet, à la sortie de Prades. Il m'a été recommandé de ne pas chercher à téléphoner à monsieur Maslof après dix-huit heures, car tout le monde doit être parti au concert à cette heure-là... Voilà. Je ne peux que vous demander d'agir discrètement et de me tenir au courant du résultat de votre démarche.

— Je peux vous l'assurer, madame. A titre indicatif, ce Maslof est bien le héros de l'histoire d'amour de madame Swalowska dont vous m'avez parlé hier ?

— Oui ; c'est une aventure vieille de dix ans déjà. Bertrand Maslof est premier violoncelliste au Capitole maintenant, après avoir été lui aussi un concertiste assez connu. Voyez-vous, ces idylles entre artistes sont fréquentes, mais les impératifs de carrière amènent presque toujours à leur extinction. Olga et Bertrand ont réussi à rester bons amis, ce qui est rare.

— Bien, conclut Joseph, qui s'impatientait. Merci de tous ces renseignements. Pardonnez mon insistance et présentez mes devoirs à monsieur Baletoux.

En trésorière responsable de l'agence, Claire avait fait remarquer que les frais de téléphone allaient ruiner leurs finances si tous les correspondants étaient aussi hésitants et aussi bavards. Joseph, ayant signalé que ces frais devaient être inclus dans les factures des clients, était parvenu à calmer l'inquiétude de sa femme. Ce fut donc avec une attention de plus en plus passionnée qu'elle participa, assise tout contre son mari, au long combat que l'agence Combes livra à l'administration des PTT.

D'opératrices occupées à papoter, en ce dimanche après-midi d'août, en coupures insolentes, de l'absence du nom de Benitez dans la rubrique Codalet de l'annuaire des Pyrénées-Orientales à l'apparition du même patronyme parmi les abonnés de Prades, il avait fallu une demi-heure à Joseph pour remporter cette première escarmouche. Le service des renseignements était un adversaire redoutable, mais il s'était armé de patience. Il était sûr, à présent, de pouvoir joindre ce Maslof avant dix-huit heures. Il tourna la tête vers Claire et lui sourit triomphalement. Penchée vers ce téléphone de malheur, elle avait suivi ces premiers engagements en manifestant un énervement croissant, une injure peu charitable aux lèvres à chaque chausse-trape.

— Alors, trépigna-t-elle, qu'est-ce que tu attends ?

— Calme-toi, ma belle. Je reprends mon souffle !

C'était un signe de prudence, qualité qui s'impose aux hommes d'expérience.

Il se décida enfin à composer le numéro de C. Benitez à Prades. Au moins, la ligne n'était pas en dérangement. Trois fois la sonnerie retentit dans le bureau, jouant avec leurs nerfs, avant que ne se fasse entendre une voix ensoleillée qui charriait toutes les rocailles pyrénéennes en annonçant un « Ici Carlos Benitez » tonitruant. Claire en retrouva le sourire et soupira de contentement.

— Monsieur Benitez de Codalet ? voulut s'assurer Joseph.

Le dénommé Carlos avait certainement une bonne humeur inaltérable. Il rit beaucoup et expliqua que les « pôvres gensses » le dérangeaient à tout bout de champ : son « couillon de cousin » Ramon Benitez, qui habitait Codalet, avait fait mettre son numéro sur la liste rouge, parce qu'il « se croyait ». Monsieur Combes s'étant présenté, moins discrètement qu'il l'avait promis à Fernande Baletoux, comme enquêteur pour le compte de la police, il n'eut pas grand mal à convaincre son correspondant de lui donner ce numéro secret. Le Benitez de Prades trouva que mettre quelqu'un de la *polizia* au courant des cachotteries du cousin Ramon serait une juste compensation au préjudice qu'il subissait lui-même chaque jour. Il s'exécuta dans un éclat de rire, souhaita bonne chance à monsieur Combes en riant toujours et raccrocha avec un joyeux « *Adicias !* ».

Cette dernière contrariété avait achevé d'exaspérer Claire. Elle se leva d'un bond et sortit du bureau en prétendant qu'elle devait préparer le goûter des enfants ; ce qui était mensonge ou panne de mémoire, puisqu'il était presque cinq heures de l'après-midi et que Robert et Thi-Ba avaient annoncé après le déjeuner qu'ils iraient chez leurs copains Lagarde jusqu'à l'heure du dîner. Entêté, Joseph reprit en main l'appareil, qu'il avait envie de lancer contre le mur, pour appeler à Codalet le très protégé Ramon Benitez. Il n'osait pas envisager que celui-ci serait un parfait inconnu qui prétendrait tout ignorer du violoncelliste Maslof. Cette remontée accidentée de la chaîne Baletoux – relais toulousain – Benitez-Maslof-Swalowska, au seul bénéfice d'un témoignage peut-être inexistant de la belle Olga, lui apparaissait tout d'un coup comme une démarche entreprise pour le seul plaisir de se donner une contenance. Au fond, toute sa théorie était basée, comme l'affirmait l'adjoint au maire, sur les ragots malveillants de trois ou quatre citoyens sans crédit particulier.

— Allô, allô, chantonna une petite voix mélodieuse, si vous voulez parler à mon papa ou à ma maman, ils ne sont pas là. Ils sont sortis avec mon tonton Bertrand. Ils doivent revenir à la maison tard ce soir, après le concert. Faut-il que je prenne une commission ? Parlez doucement parce que je n'écris pas très vite.

Une fois son tonus retrouvé grâce à la diction

soignée, à la précision et à la politesse de cette jeune personne à laquelle il ne donnait pas huit ans, Combes ne posa qu'une question pour confirmer qu'il arrivait au bout de sa traque :

— Ton oncle Bertrand, c'est bien celui qui joue de la musique à Toulouse ?

— Oui, c'est ça. Avec un gros violon. Pourquoi ?

— Pour que tu lui donnes un message quand il rentrera. Dis-lui qu'il doit me téléphoner, quelle que soit l'heure…

Il s'appliqua à l'énoncé de son numéro et vérifia que la fillette l'avait bien noté. Quand elle l'eut répété correctement, ainsi que son nom, il ajouta une petite phrase, après avoir hésité à employer des mots aussi définitifs pour une oreille d'enfant. Juste : « Question de vie ou de mort ».

Joseph ne s'était pas endormi beaucoup plus tôt que la nuit précédente, dans l'attente de l'appel de Bertrand Maslof. Si nécessaire, il voulait avoir l'esprit clair. Les enfants, après avoir monopolisé la conversation en racontant leur après-midi, étaient montés se coucher. Claire aussi. La séance consacrée à la recherche d'un numéro l'avait mise de mauvaise humeur. Contre son habitude, elle n'avait pas desserré les dents de toute la soirée et s'était même montrée vexée quand son mari avait dit, sur le ton de la plaisanterie : « Tu devrais tirer un enseignement de notre quête d'aujourd'hui. Notre métier exige beaucoup de patience et d'entêtement pour surmonter les difficultés et convaincre les gêneurs qu'ils ont tort de se mettre en travers. »

Dans la maison silencieuse, Joseph avait laissé passer les heures en essayant de s'intéresser au rapport de l'expert mécanicien de la police sur l'état de la Citroën-Maserati de Mantagnac. Sans doute pour faire du volume, les constatations, peu nombreuses, étaient entrelardées de détails techniques empruntés aux notices de la marque. Sans profit pour qui ne souhaitait pas acheter une Citroën-Maserati. A minuit, conscient que le sieur Maslof n'appellerait pas, il monta se coucher à son tour, aussi discret qu'une ombre.

Il resta éveillé de longues minutes, les bras croisés derrière la nuque, à se répéter ce qu'il avait distillé à sa femme. « Notre métier exige beaucoup de patience et d'entêtement... » Il concluait que le métier de détective en exigeait plus encore que celui de gendarme.

En se retournant dans son sommeil, Claire vint se caler contre sa hanche, et son bras se posa inconsciemment sur sa poitrine, en lui ouvrant la porte des rêves.

Le lundi matin s'annonçait mal. A huit heures et demie, quand les Combes ouvrirent les yeux, une petite pluie fine tapait mollement aux fenêtres. On se serait cru à Brest, en automne. Comme si c'était devenu une habitude depuis trois jours, une sonnerie acheva de réveiller le ménage. Cette fois, Joseph n'eut pas besoin de tâtonner à la recherche de son téléphone. La voix de celui qui s'annonça comme Bertrand

Maslof était aussi grave que les notes les plus basses de son instrument.

— Vous êtes le Combes qui cherchait à me parler hier ? Pardonnez-moi de ne vous répondre que ce matin, mais la petite Consuelo dormait quand nous sommes rentrés et je n'ai reçu votre message qu'il y a cinq minutes. Qu'est-ce que c'est que cette histoire de vie ou de mort ? Vous avez quelque chose à voir avec l'orchestre du Capitole ? Ils veulent que je rentre à Toulouse, ou quoi ? Pour une fois que le tableau de service me permet six jours de vacances !

— Non ! hurla Combes, que cette voix de tonnerre assourdissait. Il s'agit d'Olga Swalowska. Est-elle allée vous rejoindre à Prades ?

— Olga !

La basse-taille de Maslof s'était fêlée. Ce n'était encore que de la surprise, mais l'inquiétude ne tarda pas.

— Olga, nous ne l'avons pas vue depuis au moins trois mois. Comment aurait-elle eu l'idée de venir nous retrouver ici ? Il n'y a qu'une semaine que j'ai pu obtenir six jours de liberté pour venir écouter Casals. Qu'est-il arrivé à Olga, Dieu vivant ?

— Rien, j'espère, dit Joseph froidement. Nous pensons qu'elle est partie subitement en voyage après avoir été témoin d'un meurtre.

— Où est-elle partie ? Elle n'a plus aucune famille, elle ne doit pas savoir où aller ! Nous allons rentrer tout de suite à Toulouse. Elle nous attend peut-être là-bas.

— Ne vous retournez pas les sangs, c'est une grande

fille. Si elle est à Toulouse, elle saura trouver un hôtel et vous laisser trois ou quatre jours de plus. D'ici là, je vous appellerai chez Ramon Benitez si j'ai d'autres nouvelles. Au revoir et merci.

Un instant, assis sur son lit, Combes regarda le combiné avec rancune, comme s'il était responsable de sa déception. Assise derrière lui, Claire, qui avait oublié sa bouderie de la veille, se contenta de l'embrasser dans le cou en guise de bonjour.

— Que comptes-tu faire, maintenant ? demanda-t-elle.

Il se retourna en souriant, comme un enfant grondé qui fait mine de crâner.

— Te dire et te prouver que je suis heureux que tu sois là pour t'occuper des enfants, de la maison et du bureau. Et accessoirement pour me remonter le moral, dit-il rapidement avant de recevoir sur le crâne un maître coup d'oreiller.

En levant une main, il endigua l'assaut de sa walkyrie brune.

— Mais, auparavant, je vais te faire plaisir. Je vais jeter à bas de son lit impérial le ménage Baletoux pour les remercier de m'avoir lancé par erreur sur la route de Prades et leur annoncer que le fil qui menait vers cette piste a claqué dans un couac retentissant.

16

La Coccinelle était pleine comme un œuf. Les essuie-glaces chuintaient sur le pare-brise en couinant si régulièrement que les rares phrases que tentaient de prononcer les passagers en devenaient incompréhensibles.

Sur la banquette arrière, le juge Massac, les jambes haut relevées contre le dossier du siège de Claire, qui conduisait, avait la mine triste et le cheveu collé au front. Le véhicule des Combes l'avait arraché à la pluie alors qu'il arrivait chez les Baletoux. A côté du juge, Joseph prenait son mal en patience en tendant le cou pour essayer de voir la route par-dessus les épaules de Fernande, qui trônait sur le siège du mort avec l'air de comparer l'exiguïté de la Volkswagen au confort de la Mercedes de Baptiste.

C'était elle qui était à l'origine de cette expédition. En fin de matinée, après avoir cultivé pendant deux heures son inquiétude à propos de son amie Olga, elle s'était souvenue que trois ans plus tôt elle en avait reçu un jeu de clefs de secours qui lui permettrait d'avoir accès à l'appartement de la pianiste, « si je suis malade ou si je sors en oubliant mon trousseau à l'intérieur », avait dit celle-ci.

Il n'avait fallu que quelques minutes pour retrouver dans un tiroir du secrétaire Empire l'anneau équipé d'une étiquette portant l'inscription manuscrite « Appt. OLGA ». L'idée lui était alors venue d'aller visiter la thébaïde momentanément abandonnée, en espérant y trouver quelques signes permettant d'expliquer le pourquoi, le comment et, qui sait, la destination de ce voyage que ce Combes, le détective, présentait comme une fuite.

Consulté, monsieur Baletoux avait d'abord montré quelques réticences, redoutant que sa femme ne soit soupçonnée, voire accusée plus tard, si les choses tournaient mal, de destruction d'indices ou de preuves, même involontaire. L'épouse de l'adjoint au maire ne pouvait se laisser impliquer dans ce genre de scandale. Fernande ayant insisté, il avait finalement cédé, à la seule condition qu'elle soit accompagnée par un personnage qui puisse servir de caution, comme leur ami Massac. Celui-ci avait accepté, sur appel téléphonique immédiat, de passer prendre chez elle madame Baletoux et ses clefs. Rendez-vous avait été pris à quatorze heures.

Ayant réfléchi lui aussi à cette visite domiciliaire peu légale, le juge avait estimé qu'un témoin supplémentaire pourrait être utile. Il avait donc convoqué, toujours par téléphone, Combes, son enquêteur préféré, aussitôt ravi par la renaissance de la piste Swalowska.

Claire avait exigé à son tour, pour des raisons informulées de jalousie féminine à l'égard de Fernande la Poseuse, de faire partie de cette brigade.

« Nous irons tous en voiture, avait-elle décidé. Par ce temps de chien, ce sera plus discret que de remonter en procession toute la rue de la République jusqu'à la collégiale. »

La prise de contact sous la pluie avait été peu chaleureuse, mais le trajet, par les quais et le cours Saint-Jean, devait être bref.

Sous le soleil, quand celui-ci dorait, l'après-midi, les vieilles pierres du chevet majestueux de Notre-Dame, la petite place en dévers offrait un décor résolument paisible, égayé par les quelques enseignes de couleur. Les maisons modestes étaient juste assez de guingois pour paraître pittoresques.

La pluie fine mais dense qui assombrissait Villefranche depuis le petit matin avait transformé cette carte postale provinciale en un recoin froid de quartier abandonné. Les tuiles ruisselaient au bord des toits, leur ocre foncé par l'humidité, taché de lèpre noire. Des flaques et des traînées boueuses sourdaient entre les pavés disjoints et maculaient la plaque de goudron centrale. Les deux voitures de l'auto-école, immobiles comme des sentinelles noyées, avaient l'air d'épaves ; plus près du cours Saint-Jean, la camionnette de Bouyssou, le cul tourné vers la charcuterie aux volets de bois fermés, n'offrait, à qui aurait eu l'étrange idée de passer par là, que son museau camus couvert par une bâche d'un vert lugubre.

Claire arrêta la Coccinelle à dix mètres. L'équipage, sorti sous la pluie, trotta maladroitement vers la porte marquée du numéro 6, à côté de la vitrine obscure de Mélisson. Massac avait pris la tête du commando, s'attendant à buter sur quelque subordonné du commissaire occupé à continuer la fouille du rez-de-chaussée. Mais seule l'entrée du magasin du photographe était défendue par les scellés réglementaires. L'accès de l'immeuble n'avait apparemment pas intéressé les enquêteurs officiels.

Le juge s'écarta pour laisser Fernande Baletoux se pencher sur la serrure, donner deux tours de clef et pousser la porte. Combes nota machinalement qu'elle n'avait ni hésité ni tâtonné. Le couloir, dallé de tomettes sombres, était long d'une quinzaine de mètres. Une étroite et haute fenêtre à un seul panneau laissait filtrer une lumière crépusculaire, qui rendait encore plus austère la nudité monacale des murs. Celui de droite se terminait, aux deux tiers environ de la longueur de ce corridor, par une porte au nom de Mélisson, peint en lettres noires sur un agressif rectangle jaune citron. Comme devant la boutique, les scellés réglementaires interdisaient l'accès de l'appartement du photographe. Un mètre plus loin, le mur cédait la place à une cage d'escalier. Une volée d'une quinzaine de marches, revêtues de moquette clouée gris fer, menait à un palier dont la pénombre ne laissait voir qu'une balustrade de bois ciré et de volutes de fer forgé.

Ouvrant la route comme il se devait, eu égard à son statut supposé d'habituée des lieux, Fernande Baletoux manœuvra l'interrupteur qui commandait l'éclairage d'un large lustre de verroterie et d'éclats de vitraux de couleur. Cet aspect inattendu de ciel des Mille et Une Nuits transformait si joyeusement le décor que Claire, jusque-là silencieuse, poussa un faible cri d'approbation. Le pied sur la première marche et la main sur la rampe, Fernande se retourna vers elle, un sourire illuminant son visage ingrat.

— C'est joli, n'est-ce pas ? Quand je vous disais qu'Olga est une femme de goût ! N'empêche que, lorsque je viens chez elle, je me demande comment elle se contente de cet appartement modeste après avoir vécu dans les palaces du monde entier !

A la queue leu leu, les quatre visiteurs avalèrent hâtivement les quinze marches, comme s'ils ne se sentaient pas très à l'aise et souhaitaient en avoir rapidement fini avec cette irruption que, peut-être, rien ne justifiait. Fernande utilisa la troisième clef du trousseau pour ouvrir la porte palière, poussa le battant, et annonça fièrement :

— Au nom de mon amie Olga Swalowska, je vous souhaite la bienvenue chez elle !!

Personne ne sourit. Comme un guetteur brusquement alerté, Combes tendit le cou en avant, échangea un regard horrifié avec Massac et bouscula sans ménagement madame Baletoux pour entrer avant elle dans l'appartement. L'odeur ne l'avait pas trompé. Dans l'entrée de quatre mètres carrés, étalé à plat dos, un cadavre de femme aux yeux ouverts révulsés dans un visage presque noir leur souhaitait à son tour la bienvenue.

Joseph, que le dégoût, la colère et un peu de nausée avaient forcé à relever le menton, trembla sous le coup d'un deuxième choc en recevant, presque à bout portant, le regard plein de vie d'un portrait grandeur nature qui occupait la moitié d'un panneau de l'entrée. Le peintre avait miraculeusement saisi et rendu l'étincelle de charme animal d'une déesse de trente ans aux cheveux flous, dont le cadavre à ses pieds était trait pour trait une atroce réplique.

Contre ses jambes, Fernande, qui s'était jetée vers le corps, psalmodiait d'une étrange voix rauque une litanie pleine du seul nom d'Olga, résistant de tout son poids, inconsciemment, aux efforts du juge qui tentait de la relever.

— Claire, s'il te plaît, dit Combes d'un ton glacé, emmène madame Baletoux dans la pièce à côté. Et essayez de vous calmer, toutes les deux, ajouta-t-il après un coup d'œil au visage livide de sa femme.

Le juge aida les deux femmes titubantes à contourner la morte et à pénétrer dans ce qui devait être un salon, dont on devinait un coin de fauteuil et l'angle d'un sofa, éclairés par la lumière du jour. Ce fut bizarrement le premier détail que nota Joseph, sans en avoir conscience. La fenêtre n'avait été fermée ni par la victime ni par son assassin.

Massac revint dans l'entrée en fermant la porte

derrière lui. Il n'avait pas l'air beaucoup plus fier que celles qu'il avait éloignées.

— Je leur ai bien recommandé de ne toucher à rien, dit-il machinalement.

Il sortit de la poche de son imperméable un mouchoir plié et s'en couvrit les narines avec une grimace d'excuse en s'agenouillant bravement en face de Combes, de l'autre côté du cadavre. Ils se forcèrent, de longues secondes, à regarder le visage marqué par la décomposition, le cou bleui par les traces de doigts du meurtrier, le corps, gonflé par la chaleur, tendant un kimono de soie, les poignets sillonnés de cicatrices dues à un accident ancien.

— Elle n'était pas partie en voyage, finalement, souffla Joseph.

— Non ! C'est indéniablement Olga Swalowska. Dans quel état, mon Dieu ! et quelle puanteur !!

Le juge tourna la tête vers le portrait sur le mur, figé dans ce sourire à la fois rêveur et provocateur.

— Quand on pense à son charme et à sa beauté, c'est révoltant de la voir là, maintenant.

— Je m'en veux, dit Combes à voix basse, de n'avoir pas compris plus tôt comment les choses se sont passées. J'aurais dû remarquer qu'une fenêtre de cet appartement n'était pas fermée. On ne part pas en voyage en laissant son logement ainsi. Si j'y avais pensé avant, je ne l'aurais pas sauvée, mais nous ne l'aurions pas découverte dans cet état innommable, dont le souvenir va nous poursuivre longtemps.

— J'avoue que ce troisième crime me laisse hors d'état de réfléchir, constata Massac en se relevant.

Il avait le visage encore blême, et son regard hésitant disait qu'il n'était pas remis du choc.

— C'est tout à fait normal. Ce n'est pas un spectacle qui laisse impassible, dit Joseph en le fixant. Même un vieux fouilleur de poubelles comme moi, habitué à des trouvailles macabres, ne peut pas rester insensible. Alors quelqu'un comme vous, qui la connaissiez bien…

— Non ! coupa le juge très vite.

Trop vite ? Il crut nécessaire d'ajouter :

— Je ne l'ai vue que deux fois et lui avais à peine parlé. La première fois, je faisais partie des personnes conviées à la réception donnée par la mairie lors de son arrivée, après son accident. La deuxième fois, lors d'un dîner chez les Baletoux, dont elle était manifestement une intime.

— Peut-être, hasarda Combes avec un demi-sourire, l'instinct de marieuse de madame Baletoux l'avait-il poussée à réunir un éminent célibataire de Villefranche et sa meilleure amie ?

L'œil de Massac se fit plus direct et soutint le regard inquisiteur qui semblait à l'affût de ses réactions.

— Si vous supposez, dit-il froidement, que j'aurais pu avoir une aventure avec madame Swalowska, vous faites fausse route. Elle avait certainement beaucoup de qualités, une grande beauté, l'habitude du monde que confère la célébrité, une évidente aisance matérielle. Mais on sentait trop chez elle une instabilité que son accident avait exacerbée, un besoin destructeur de s'affirmer à elle-même qu'elle pouvait revivre. Très peu pour un petit juge. Il me faudrait trouver une femme sans problème et sans complexe. Je vous avoue que je ne cherche pas. Etes-vous satisfait ?

Son ton amer laissait entendre que cette supposition d'une idylle avec la belle Olga l'avait vexé. Encore n'avait-il sans doute pas compris l'intention de Joseph, auquel était revenu, en un éclair, le soupçon distillé l'avant-veille par Claire : « Ton cher juge d'instruction, en bon célibataire qu'il est, pourrait être un des amis très chers et très proches de ta concertiste. »

Maintenant que l'aveuglante chronologie de l'affaire l'avait convaincu, Combes ne pouvait s'empêcher d'envisager cette hypothèse scandaleuse. En se remettant debout à son tour, il fit son possible pour effacer la mauvaise humeur compréhensible de son protecteur.

— Pardonnez-moi cette réflexion de mauvais goût, dit-il. Je voulais avoir votre opinion sur l'éventualité d'une liaison de madame Swalowska qui aurait mal tourné.

La formulation parut froisser Massac encore davantage :

— Merci d'avoir pensé à moi comme exécuteur de ma supposée maîtresse. C'est extravagant. Pourquoi ne pas penser que ce meurtre est l'œuvre d'un rôdeur, d'un cambrioleur ou simplement du voleur de la voiture de Mantagnac ?

— Parce que n'importe qui ne se serait pas introduit dans cet appartement fermé et occupé, à en juger par la musique entendue dans tout le quartier. Un assassin occasionnel, comme un amant rendu furieux par une dispute, aurait usé de la seule arme disponible, ses mains. Après cette première victime, il est descendu comme un fou, est tombé sur le fils Mabos, qu'il a éliminé de peur d'être reconnu. Toujours avec les moyens du bord. Contacté par Mélisson qui voulait le faire chanter, il l'a assommé avec une arme de circonstance. Toujours du travail d'amateur. Notez au passage que le photographe devait avoir une certitude concernant ce meurtrier. Il savait qu'il rencontrait discrètement chez elle sa propriétaire ; il l'avait vu entrer dans l'immeuble, l'avait entendu parler avec Olga, l'avait ou les avait pris subrepticement en photo.

Malgré sa colère mal dissimulée, le juge avait écouté cette démonstration argumentée avec l'intérêt propre à sa fonction. Les événements avaient dû se succéder ainsi. Il admettait même, honnêtement, qu'on eût pu lui prêter une romance avec l'ancienne pianiste.

— En somme, dit-il une fois calmé, vous avez résolu toute l'affaire. Il ne vous reste plus qu'à trouver le nom du coupable. Bien sûr, ce n'est pas moi, ajouta-t-il avec un reste d'amertume.

— Bien sûr ! surenchérit Combes platement. Découvrir cette identité ne sera pas facile. Si j'osais suggérer...

— Allez-y.

— D'abord, que nous couvrions le corps avec votre imperméable. Ensuite, que vous fassiez sortir d'ici ma femme et madame Baletoux. Claire la raccompagnera chez elle au plus vite, en nous laissant son jeu de clefs. Je ne pense pas indispensable qu'elles soient toutes les deux mêlées aux premières constatations officielles. Enfin, que vous alliez raconter au commissaire Battioli notre intrusion, qui n'a rien de vraiment illégal puisque l'habitante des lieux avait reconnu ce droit à son amie Fernande.

— Et vous, pendant ce temps ?

— Je commencerai à chercher dans l'appartement des traces de monsieur X.

Massac regarda ce détective débutant qui se conduisait avec l'autorité d'un adjudant-chef de gendarmerie en service.

— Vous n'avez pas changé, apprécia-t-il, vidé de toute rancune. Vous pensez toujours à tout !

— J'essaie, seulement, conclut Joseph avec modestie, en se baissant à nouveau pour étaler délicatement le trench-coat humide du juge sur le cadavre pitoyable d'Olga Swalowska.

17

Diriger un hebdomadaire est une épreuve souvent frustrante pour un journaliste. Il faut se résoudre à voir les événements se produire tous les jours, faire la une des quotidiens immédiatement alertés, et trouver philosophiquement assez de hauteur pour réussir à les relater fidèlement dans leur ensemble, plusieurs jours après. Avec, si possible, un petit plus que les lecteurs n'ont pas lu dans les torchons de la concurrence.

Déjà perceptible dans les salles de rédaction des périodiques nationaux, qui gèrent l'actualité sous forme de « dossiers » et de « billets d'opinion » rédigés souvent par des spécialistes inconnus qui traitent de ce qu'ils pensent bien plus que des faits eux-mêmes, cette amertume inavouée devient aigreur déclarée chez ceux qui besognent dans un hebdomadaire à diffusion locale. Ils n'ont pas beaucoup de spécialistes à interviewer, un budget serré qui limite les notes de frais, c'est-à-dire l'ampleur des enquêtes, et, malgré les services rendus par ailleurs, ils ont parfois des démêlés avec l'administration.

Surtout quand ils montrent dans leurs rapports avec celle-ci une tendance à la récrimination ouverte. Lucien Loupiac, rédacteur en chef du *Petit Rouergat*, que Combes traitait de « grand flandrin efflanqué et mal tenu », était de cette veine-là.

Ce lundi après-midi, déjà conditionné par une désagréable promenade sous la pluie jusqu'au commissariat de police, où il avait l'intention d'arracher aux inspecteurs et au commissaire quelques renseignements sur les progrès de l'enquête concernant Mabos fils et Mélisson, il avait continué par une séance pénible sur la chaise de pitchpin où Battioli l'avait cloué de reproches abrupts à propos du dernier numéro de son « libelle » et de ses élucubrations concernant Mélisson et la famille de l'employé du Trésor. Et voilà qu'au milieu de cette irritante algarade, le juge Massac, le visage grave et la démarche pressée, avait fait irruption chez le commissaire. Il en avait expulsé de façon insultante le représentant du quatrième pouvoir :

— Vous, le plumitif, dehors ! Et n'écoutez pas aux portes !

Ulcéré, Loupiac venait tout juste de glisser sa longue carcasse dans le réduit réservé aux inspecteurs, quand le scoop du siècle le rejoignit, traversant les cloisons, porté par une excitation qui jetait tout le personnel dans une ambiance d'urgence maximale :

— On vient de trouver le corps de madame Swalowska, assassinée ! Au-dessus de l'atelier de Mélisson !

Mal embouché et volontiers hâbleur, Loupiac n'en

connaissait pas moins son métier. En quelques secondes, il avait appelé son agence sur le poste téléphonique de Romulon, et avait expédié en quatrième vitesse son ami Sistrac, le photographe du *Petit Rouergat*, avec mission de rapporter au moins un cliché du corps de la seule vedette internationale de Villefranche.

— Une exclusivité ! cria-t-il dans le combiné. On va peut-être sortir une spéciale. Que tout le monde se tienne prêt !

C'était exactement l'ordre que Battioli et Massac venaient donner à Lacouzelle et Romulon. Loupiac tenait encore le combiné dans la main.

— Monsieur Loupiac, dit le juge furibond, je vous interdis formellement de faire état de ce que vous avez pu entendre ici avant la sortie de votre prochain numéro, dans quatre jours. De même que j'interdis, à titre définitif, toute photo prise aujourd'hui, qu'elle soit publiée dans vos colonnes ou dans tout autre organe de presse, qui ne pourrait la tenir que de vous.

— La liberté d'informer... voulut s'insurger le rédacteur en chef avec un beau mouvement de menton.

Massac s'était redressé. Il avait l'air dangereux.

— Vous écrirez tout ce que vous voudrez vendredi, cracha-t-il. Mais si je vois paraître où que ce soit un cliché du cadavre de madame Swalowska, je vous jure que je vous fais foutre à la porte par le directeur de *La Dépêche*, dont vous dépendez et qui est de mes amis. Bien vu ?

Le juge ne l'avait pas plus tôt laissé seul, debout à côté du corps étendu sous l'imperméable, que Combes avait refermé la porte d'entrée et s'était glissé dans le salon jusque-là à peine entrevu.

A peu près de la même superficie que le magasin du photographe, au rez-de-chaussée, la pièce paraissait plus petite. Peut-être parce qu'une seule des deux fenêtres donnant sur la place avait ses persiennes ouvertes. Plus sûrement parce que l'espace laissé à la circulation était réduit par une accumulation de meubles, de styles différents et de valeur variable, mais tous participant à ce que Joseph s'imaginait être une atmosphère de mollesse confortable d'origine slave. Dans un apparent fouillis, fauteuil, canapé, chaises, coussins, sofa, chauffeuses et poufs, tous couverts d'épais tissus indiens en camaïeu de brun et de bistre, marquaient, sur un immense tapis beige qui devait être chinois, des îles de conversation, de lecture, de dégustation de thé, de rêverie, semées de guéridons aux pieds contournés, de tables basses, de plateaux et d'aiguières marocains en cuivre gravé. Peints uniformément d'un blanc cassé aussi épais qu'un brouillard anglais, les trois murs sans fenêtre, percés chacun d'une seule porte, dessinaient autour de cet archipel, dense comme une salle de spectacle, un hémicycle de photographies en noir et blanc ; alignés côte à côte, ces grands formats, d'un mètre vingt sur soixante-dix centimètres, étaient tous consacrés au même sujet : l'orchestre symphonique. Il se dégageait de ces neuf cohortes de personnages en tenue de cérémonie, queue-de-pie ou robe longue, tous semblables malgré la diversité des salles où ils avaient posé, l'impression troublante qu'il y avait six ou sept cents spectateurs autour des occupants du salon. Comme si Olga Swalowska avait voulu retrouver sa place au piano sous les yeux de ses amis concertistes.

En pivotant sur lui-même, Combes tenta de déchiffrer quelques-unes des discrètes étiquettes scellées sous chacune de ces phalanges célèbres. Les dates qui les accompagnaient devaient marquer les étapes d'une carrière. Pleyel, concert Colonne, 1957 ; Chicago, 1958 ; Philharmonique de Berlin, von Karajan, 1960 ; Montreux, Suisse romande, 1960 ; Glyndebourne, 1961 ; Mozarteum de Salzbourg, 1964 ; Capitole de Toulouse, 1965. Tous ces fantômes silencieux avaient l'air de constituer une haie d'honneur, et d'attendre que Joseph voulût bien amener Olga au centre de la scène pour qu'elle vive devant eux ses derniers instants.

Il se secoua pour échapper à cette morbide et solennelle ambiance et s'approcha du seul meuble vraiment imposant, qui trônait entre les deux fenêtres. C'était un énorme et vieux bahut dont on avait enlevé les portes et dont les étagères étaient pleines de disques, soigneusement empilés et répertoriés selon le nom du compositeur. Sur le plateau ciré, un tourne-disque, visiblement très moderne, s'était arrêté en fin d'écoute. Relevé, le bras de lecture attendait que l'on retire un enregistrement du concerto en *do* mineur de Franz Schubert. Sur le meuble, à côté de l'appareil, un autre disque avait été fracassé et laissé là, comme une signature.

Combes se pencha pour lire l'étiquette ronde déchirée ; cela avait été une interprétation par Olga Swalowska du concerto pour piano n° 2 en *fa* mineur de Chopin, avec l'orchestre philharmonique de Varsovie. Peut-être l'assassin avait-il été assez négligent pour laisser traîner une empreinte sur le disque ou sur l'appareil ? De toute façon, cette recherche appartenait à la police. Etrangement, les questions techniques n'intéressaient plus Joseph. Il souhaitait, bien sûr, mettre fin à la brutale série de crimes de cet amateur coléreux et affolé, mais il désirait surtout comprendre comment une femme qui avait eu le monde à ses pieds avait fini par se faire étrangler dans sa maison discrète, au sein d'une petite ville à peine effleurée par sa célébrité passée.

Cette pièce théâtrale, qui n'avait été pour la morte qu'une chapelle où elle venait vivre ses souvenirs, ne lui apporterait aucune explication. Il s'en assura d'un coup d'œil circulaire avant de slalomer entre les sièges jusqu'à la porte qui faisait face à la fenêtre ouverte. Il poussa le vantail.

Passer de la bonbonnière surchargée et de son armée de musiciens figés à cette chambre presque nue, où brillaient depuis plus de quatre jours deux lampes tamisées, faisait immédiatement penser au retour de l'artiste dans le repos des loges, après la tension du concert et l'explosion des acclamations.

Du seuil, Combes enregistra la batterie de placards qui occupait tout le mur de gauche, le lit large à un seul oreiller et à la couverture rabattue pour le coucher, la table de chevet, simple comme un tabouret, et le secrétaire délicat, au battant ouvert devant une chaise droite à coussin de tapisserie. Il ne se sentit même pas indiscret en pénétrant dans cette chambre, où le dépouillement monacal s'accommodait du luxe du bois de rose du secrétaire et de l'authenticité d'un tapis de Perse étalé sur le parquet ciré. Il ne voulait voler aucun secret. Il recherchait les traces du passage d'un criminel. Oublié, disparu, le syndrome du retraité. Sa passion pour la chasse le tenait comme autrefois.

En trois pas, il fut devant le battant du secrétaire et faillit se brûler en déplaçant la lampe pour mieux voir le contenu du meuble. Aurait-il la chance d'y trouver une photographie révélatrice ? Rapidement, car il voulait avoir terminé sa quête avant l'arrivée des sbires de Battioli, qui n'allaient pas tarder, il ouvrit tout grands les quatre tiroirs à poignées de bronze, pêcha dans le premier une liasse de factures et de devis, qu'il feuilleta avant de la rejeter. Le second contenait un trésor : sous un stylo de grande marque étaient empilés trois carnets ordinaires, marqués chacun d'une date, 1972, 1971, 1970. La première page survolée ne laissait aucun doute : Olga Swalowska avait tenu un journal intime au cours de ces trois dernières années !

Sans vergogne, Combes enfouit ce butin dans la poche de la canadienne dont il n'avait même pas pensé à se dépouiller depuis son arrivée. Assuré qu'il aurait du grain à moudre, il ne fouilla les deux autres tiroirs que pour la forme. Il triait d'un doigt, dans le dernier, quelques broches de pacotille, quand un coup de sonnette impérieux le fit sursauter. Massac avait fait vite, pensa-t-il.

A peine eut-il le temps de refermer les tiroirs, de regagner le salon, de le traverser et de surgir dans l'entrée, où l'odeur de charogne paraissait encore plus insupportable, que la sonnette s'impatienta de nouveau.

— Voilà ! Voilà ! cria Joseph à la cantonade en contournant soigneusement le trench-coat du juge.

Il tourna le verrou, ouvrit grand la porte et poussa un barrissement de colère et de douleur dans l'éblouissement d'un flash de photographe déclenché quasiment à bout portant.

Quand survint le juge Massac sur le palier du premier étage, en tête de la cavalerie constituée par les inspecteurs Romulon et Lacouzelle, suivis à une dizaine de marches par Gruspet et deux gardiens de la paix, il marqua un temps d'arrêt devant la porte entrouverte. Il s'était plutôt attendu à un excès de précautions de la part de Combes. Cette négligence commandait la prudence.

Les trois premiers de la colonne franchirent le seuil comme s'ils donnaient l'assaut, animés de sentiments divers : Massac, inquiet sur le sort de son ami Joseph, Romulon, la main sur son arme de service, dont il ne s'était jamais servi, Lacouzelle, prêt à raffûter d'une manchette quiconque tenterait de le stopper. L'odeur et la forme du cadavre les ralentirent, mais ils s'y attendaient. La vue d'une deuxième victime les arrêta.

Celui-là, assis dans une encoignure à même le sol, geignait assez pour qu'on fût rassuré sur son avenir. Vêtu d'une chemise à carreaux et d'un pantalon de plage sang-de-bœuf, il avait les chevilles attachées par une ceinture de cuir et les poignets liés dans le dos par trois tours d'une sangle de toile kaki. Une blessure à la racine du nez, qui avait provoqué une hémorragie sur les lèvres et le menton, commençait à blêmir. Lacouzelle se pencha sur lui et diagnostiqua, en ancien rugbyman appréciateur :

— Un maître coup de boule. Il n'a pas dû faire ouf !

— Ce salopard m'a positivement attaqué, expliqua avec rancune la voix un peu incertaine de Combes, debout sur le pas de la porte du salon.

Il tenait à la main un gant de toilette mouillé marqué d'une large tache brune de sang épongé. Sa lèvre supérieure était fendue, et sa pommette droite, brillante et enflée, annonçait un arc-en-ciel pour le lendemain.

— Que s'est-il passé ? Qui est-ce ? demanda Massac, qui sentait que la compassion n'était pas de mise.

— Je vous présente monsieur Sistrac, jeta le vainqueur, photographe au *Petit Rouergat*. Il a sonné, je lui ai ouvert, croyant que c'était vous, et il m'a aveuglé d'un coup de flash en m'expliquant qu'il venait sur l'ordre de Loupiac pour photographier le corps de madame Swalowska. J'ai prétendu le lui interdire mais, quand il a voulu quand même soulever votre imperméable pour découvrir le corps, je me suis interposé. Alors il m'a frappé au visage avec son appareil. Je n'avais pas le choix.

L'inspecteur Lacouzelle considéra avec respect ce petit quinquagénaire qui se montrait si efficace dans la bagarre.

— En tout cas, salua-t-il, vous ne l'avez pas raté !

— J'espère que les embêtements ne vont pas me poursuivre, soupira Joseph. Je crois que j'ai piétiné son Rolleiflex au cours du pugilat.

— Avez-vous gardé la pellicule ? s'enquit Romulon.

— Je regrette. Je l'ai jetée en petits morceaux dans la cuvette des toilettes.

— Ne vous inquiétez pas des suites, conclut le juge. Vous n'avez fait que vous défendre. J'avais déjà prévenu Loupiac. Après ce coup-là, lui et cet imagier à scandale pourraient bien être envoyés sur un causse perdu pour y compter les moutons. En attendant, vous allez rentrer chez vous et vous soigner. Je ne voudrais pas que madame Combes m'en veuille parce que je lui rends son mari abîmé. Je pense que ces messieurs n'y verront pas d'inconvénient ; je devrais suffire à les renseigner sur ce que nous avons trouvé ici.

Lacouzelle sourit et leva une main conciliante. Romulon n'osa pas se montrer plus tatillon :

— Pour la forme, monsieur Combes, n'avez-vous touché à rien dans cet appartement ?

— Mon Dieu, si, accorda Joseph en souriant de travers à cause de sa lèvre. Aux poignées de porte, à la chaîne de la chasse d'eau et à ça, que je vous rends volontiers, monsieur l'inspecteur ! acheva-t-il en tendant son morceau de tissu éponge maculé.

Il se baissa pour récupérer la ceinture de sa

canadienne qui immobilisait les mains du sieur Sistrac, salua à la ronde et sortit sur le palier.

— Voulez-vous qu'on vous reconduise en voiture ? demanda Massac depuis la porte. Il pleut toujours autant...

— Non, merci ! La pluie me rafraîchira la figure et les idées. A ce soir, monsieur le juge.

18

Au cours de cet après-midi-là, Claire avait compris certains comportements de son mari durant les années écoulées. Elle l'avait cru lunatique, atrabilaire et grincheux, incapable par moments de manifester de l'intérêt pour les choses simples de la vie. En rentrant chez elle, après avoir raccompagné Fernande Baletoux, elle n'avait pas cessé de revoir, à chaque seconde, le cadavre à demi décomposé de cette femme de son âge, qui fixait le plafond de ses yeux révulsés. Son propre dégoût, sa répulsion l'avait mise dans un état second où la rage le disputait à un dramatique sentiment d'inutilité. Sans avoir ni connu ni même rencontré cette victime, elle éprouvait du chagrin, et une amertume diffuse, accordée à la tristesse du ciel pluvieux.

En franchissant la porte de l'agence, elle entendit la voix criarde de Thi-Ba, qui se chamaillait avec son frère au premier étage comme tous les jours. Ce tumulte familier ne réussit pas à réveiller sa joie de vivre. Elle s'effraya à l'idée de la soirée prochaine ;

arriverait-elle à s'empêcher de parler d'Olga Swalowska, de son assassinat, du pénible spectacle qu'elle avait offert à ses visiteurs ? Ce n'était pas un sujet à aborder devant un adolescent de quatorze ans et une fillette de douze.

Ce ne fut qu'alors seulement qu'elle saisit la vraie raison des humeurs sombres de Joseph, dont elle s'était sottement irritée par le passé. Elles n'étaient que le résultat de la contrainte qu'il s'était imposée de taire à sa famille les abominations qu'il avait vécues pendant le service.

De l'avoir rejoint dans cette obligation de réserve ne la consolait pas, mais elle en admira davantage « son » Joseph. Elle se précipita en tornade dans le bureau et courut se réfugier au fond du fauteuil en cuir, larmoyante et tout amollie.

Longtemps après, quand il rentra, elle était à la même place. Elle s'était essuyé les yeux mais cauchemardait encore. Du vestibule, une voix presque joyeuse appelait à la cantonade les enfants et Claire. Elle se leva d'un bond, jaillit dans l'entrée et se jeta au cou de son mari, avec un sanglot de petite fille soulagée. Ce ne fut que lorsqu'il l'écarta à bout de bras en lui adressant un grand sourire consolateur, et tordu, qu'elle remarqua la lèvre fendue et la pommette lie-de-vin.

— Seigneur ! Ne me dis pas que les sbires de Battioli t'ont passé à tabac !

Il se força à rire pour détendre l'atmosphère, mais avec précaution parce que sa joue était douloureuse. Avec un entrain parfaitement simulé, il raconta l'irruption du journaliste-photographe, la bousculade qui s'était ensuivie, le lancer du Rolleiflex en pleine figure, et son propre « coup de boule » victorieux qui avait mis fin à l'engagement.

Pendant qu'ils dévalaient les marches, Robert et Thi-Ba avaient entendu la deuxième moitié de ce récit guerrier.

— Bravo ! exulta Robert, débordant de fierté filiale.

Ce qui ne le retint pas de constater :

— Il t'a quand même bien arrangé !

Thi-Ba avait sauté dans les bras de son père pour l'embrasser. Elle fronça les sourcils en voyant les traces du pugilat et distilla sa leçon de morale :

— Tu en fais trop, papa. Tromper ta femme, c'est déjà fatigant. Si tu dois te battre, en plus !...

Soumise au regard interrogateur de Joseph, Claire devint rouge sous son bronzage et répondit d'un haussement d'épaules gêné. En quelques mots énergiques, elle envoya la jeune classe à la recherche de la trousse de pharmacie et s'affaira autour de son blessé comme s'il venait d'être admis aux urgences. Elle le débarrassa de sa canadienne trempée avec la moue d'une infirmière-major prête à envoyer à l'incinérateur les loques d'une victime de bombardement.

— Ne la jette pas, dit-il, elle pourra sûrement resservir ! Et fais attention : j'ai là-dedans trois carnets de notes très importants que je voudrais consulter en détail dès demain. Pour ce soir, je crois que nous en avons assez fait.

D'un coup de téléphone passé à la hâte du commissariat, Massac confirma cette heureuse disposition ; le conseil vespéral était remis au lendemain.

Là-haut, les enfants piaillaient à nouveau, chacun prétendant au transport de la sacoche de premiers secours. Pour Joseph et Claire, c'était presque du silence. Il passa un bras autour des épaules de sa femme et la regarda gravement dans les yeux.

— J'ai pensé que certains aspects de ce métier étaient trop difficiles à supporter pour toi. Je m'en suis terriblement voulu cet après-midi de t'avoir entraînée dans cette horreur. Nous devrions réduire les ambitions de l'agence au simple travail de filature ou de renseignement.

Le regard qu'elle lui rendit était déjà courroucé, embrasé par le réveil d'un irréductible entêtement.

— Je ne suis pas une femmelette, dit-elle. Je reconnais que j'ai eu un choc, mais je n'ai pas flanché devant des tiers. Si tu ne veux pas d'un divorce, tu feras bien de ne plus me traiter comme si j'étais une malade dépressive.

Tout étant dit, elle retrouva sa sérénité et montra beaucoup de doigté et de délicatesse quand elle orna la lèvre fendue de Joseph d'un morceau de sparadrap et quand elle badigeonna sa pommette multicolore et enflée d'un onguent malodorant, malgré les regrets de Robert, qui préconisait une tranche de bœuf cru en guise d'emplâtre.

Comme l'avait décidé le chef de famille, le programme de la soirée fut on ne peut plus conforme aux habitudes. Avant de monter se coucher, les

Combes n'oublièrent pas de regarder, derrière la fenêtre du salon, la pluie qui continuait d'arroser leur futur jardin.

Beaucoup plus tard, pendant quelques instants, Joseph se réveilla, dans le noir. Il ne pleuvait plus. Claire dormait goulûment contre son flanc, la tête nichée sur son épaule. Apparemment sans rêve.

Adoucie par la pluie de la veille, la température de ce beau mardi d'août était encore de celles qui paraissent trop fraîches aux lève-tard juste sortis de leur lit, et que les lève-tôt se persuadent être en marche vers la canicule prophétisée pour l'après-midi. Vêtue d'un tee-shirt trop grand de deux tailles et d'un short trop petit d'une, qu'elle réservait pour son seul domicile, Claire se sentait en pleine forme. L'esprit libre, les muscles détendus.

Depuis son réveil, vers huit heures, elle s'était promis de faire preuve d'initiative et de justifier son titre d'associée de l'agence Combes et compagnie par une avancée significative de l'enquête. Le juge Massac avait cueilli son mari dès la fin du petit déjeuner, lui promettant une « joyeuse matinée de discussion dans les locaux de la police » et le sermonnant pour qu'il garde son calme face aux outrances prévisibles de Battioli. « Si le commissaire te frappe, avait-elle comiquement conseillé à Joseph, traite-le comme Sistrac ! »

Robert était parti à bicyclette au stade municipal pour un entraînement de l'équipe de football du collège, et Thi-Ba, étonnamment aimable ce matin-là, avait décrété qu'elle allait terminer ses devoirs de vacances « sans gêner personne ».

Ronronnant de satisfaction, Claire mit quelques secondes à s'installer sur le siège directorial, dans le bureau soigneusement fermé, et prit dans le tiroir les trois carnets qu'elle y avait rangés la veille. Joseph avait précisé qu'il s'agissait du journal intime de la Swalowska, et que personne ne devait savoir qu'il les avait en sa possession. Elle considéra avec une certaine révérence cette confession intime et secrète d'une morte, regarda les trois dates inscrites sur les couvertures et se décida, assez logiquement, à commencer sa lecture par le carnet le plus ancien, celui de 1970.

« Décidément, avait écrit la rédactrice à petites lignes régulières aussi lisibles que la copie soigneuse d'une partition, je suis très satisfaite des travaux que j'ai fait faire. L'escalier m'inspire confiance, le palier est sobre et, depuis que les cloisons ont été abattues, les proportions du salon conviennent tout à fait à ce que je voulais. Je n'avais vraiment pas besoin de l'ancien petit boudoir étriqué et d'une salle à manger. Que ferais-je d'une salle à manger ? L'important est d'avoir pu regrouper dans une même pièce tous mes trésors. L'entrepreneur, que Baptiste a sûrement endoctriné, ne m'a fait payer qu'une somme très raisonnable, très en dessous du prix auquel j'ai vendu mon studio de la place des Ternes. Même en déménageant tout ce que j'y avais entreposé depuis dix ans, j'ai gagné assez d'argent pour vivre des années à Villefranche. Les panneaux de photos de tous mes amis du monde entier n'ont pas souffert du transport et aucun de mes précieux disques n'a été même éraillé. Avec eux, je crois que je vais réussir à me remettre complètement. Il faut que j'accepte cette mise à la retraite forcée. Un peu anticipée, c'est vrai. Mais d'autres que moi ont dû interrompre leur carrière parce qu'ils étaient accidentés ou malades, arthritiques par exemple. Ils ont connu l'épreuve d'un long déclin, de plus en plus sensible, l'oubli des organisateurs de concerts et du public, les regards triomphants ou condescendants des rivaux plus jeunes. Sans le vouloir, j'ai du moins réussi une belle sortie. J'ai encore quelques amis très fidèles. Je suis certaine qu'ils sauront m'aider. Après tout, je dois me dire que Dieu m'a accordé un don merveilleux. Je l'ai utilisé au mieux avant que Dieu ne me le reprenne. »

C'était finalement une lecture déprimante. Claire referma le carnet, songeuse. Sans doute comprenait-elle mieux dans quel état d'esprit Olga Swalowska avait voulu se créer un décor où évoquer ses souvenirs. Mais l'image de cet étrange salon surchargé, de ces disques empilés et de cette parade de centaines de musiciens sur papier glacé, entrevus la veille pendant de trop longues minutes, lui avait donné une impression dont elle n'arrivait pas à se défaire. A son avis, malgré ses bonnes résolutions, la pianiste n'avait pas surmonté l'épreuve. Du moins moralement. Cette mise en scène du passé, ses rituelles auditions nocturnes de ses anciens succès avaient quelque chose de morbide.

Elle soupira en pensant que rien ni personne ne pourrait désormais guérir Olga de ses obsessions et de son dérèglement mental. Ce n'était pas une raison pour abandonner sa lecture. Elle y mettrait un peu plus de légèreté dans le survol des pages, attentive seulement à la découverte d'un détail révélateur.

— Alors, s'écria Battioli avec un sourire de bonne humeur lorsque Combes entra dans son bureau derrière Massac, monsieur Combes retrouve ses bonnes habitudes villefranchoises ! Dès qu'il surgit sur le théâtre des opérations, les cadavres se ramassent à la pelle. Trois, déjà ! Pouvez-vous me dire, cher détective, si vous espérez en trouver un quatrième ? Et où je dois envoyer mes inspecteurs pour l'adresser au médecin légiste ?

— J'en étais resté à deux seulement, dit Joseph en se forçant au calme.

Le commissaire gomma son sourire.

— Parce que vous ignoriez encore que Mélisson est mort cette nuit, sans avoir repris conscience. Je l'ai appris il y a une heure.

— Dommage ! Il ne nous dira jamais le nom de celui qu'il faisait chanter, regretta Massac, visiblement désolé de ce coup du sort.

— Peut-être ne faisait-il chanter personne. Il y a d'autres raisons possibles à son agression. Par exemple le vol.

Bien que Combes ne tînt pas à jouer du sourcil ou à grimacer, car sa lèvre et sa joue étaient toujours douloureuses, l'affirmation benoîte de Battioli lui parut une provocation.

— Voulez-vous nous faire croire, demanda-t-il avec

véhémence, qu'un cambrioleur aurait pris la peine de saccager tout l'atelier et toutes les archives de ce pauvre bougre simplement pour maquiller un vol ? Et qu'aurait-il dérobé ?

Le commissaire se rengorgea sur son fauteuil.

— Ne croyez pas que vous êtes seul à réfléchir et à travailler sur toutes ces affaires. Dimanche dernier, pendant que vous passiez votre temps à lire les rapports que je vous avais envoyés et à grossir votre note de téléphone, à ce que m'a dit monsieur le juge, nous avons épluché les papiers saisis chez Mélisson. Notamment un bordereau de livraison d'une vingtaine d'appareils photographiques de différentes marques et de différents prix destinés à la vente. D'après le livre de caisse, fort bien tenu d'ailleurs, quatre d'entre eux ont été vendus depuis le début de juillet. Quand mes hommes ont fouillé la boutique après le saccage, les seize autres appareils avaient disparu. Nous avons les marques et les numéros de série, que je tiens à votre disposition. Voilà quelque chose de concret, je pense. Il s'agit au total d'un assez bon prix, capable de tenter un simple cambrioleur. Quant au maquillage que vous supposez, admettez que je puisse soutenir exactement le contraire. Pour moi, on a volontairement maquillé ce vol important en opération punitive pour faire croire à l'ultime défense d'une victime de chantage.

Battioli paraissait très satisfait de lui. Même s'il avait réussi à maîtriser sa voix tout au long de sa tirade, un éclair de triomphe avait brillé dans son regard quand il s'était appuyé au dossier de son fauteuil. Il attendait des félicitations, un sourire condescendant au coin des lèvres.

— Eh bien, bravo pour vos inspecteurs, salua le juge, rendant à Romulon ce qui n'appartenait pas à son commissaire. Si l'on arrive à retrouver la trace d'une partie de ce butin, nous aurons le coupable !

— Franchement, dit Combes avec une apparente sincérité, quelle que soit l'hypothèse retenue, votre trouvaille pèsera lourd pour l'identification de notre homme.

Ravi d'avoir contraint ces amateurs à reconnaître la qualité d'une enquête de professionnel, Battioli daigna montrer son ouverture d'esprit et pria Combes, d'un ton bonhomme, de retracer le raisonnement qui l'avait conduit à cette visite domiciliaire, hum ! à peine légale, chez madame Swalowska.

Joseph remercia l'enquêteur officiel de la patience dont il témoignait et se mit, paisiblement, avec les pauses qu'exigeait son sparadrap-moustache, à raconter le cheminement de ses recherches depuis la découverte du cadavre de Michel Mabos. Il cita les témoignages des voisins, les Lemitre, le charcutier Bouyssou, la directrice d'auto-école, Mélisson, fit état de leurs ragots concernant la concertiste et l'anormalité du voyage qu'elle avait prétendument entrepris. Ayant ainsi justifié son désir de la retrouver, persuadé qu'elle avait pu assister à ce premier meurtre, il narra sa visite chez les Baletoux, les renseignements recueillis sur la belle Olga, puis sa recherche téléphonique de ce témoin évaporé. Il termina par la proposition, très naturelle, estima-t-il, de la femme de l'adjoint au maire, que de très forts liens d'amitié avec la concertiste autorisaient à pénétrer dans son appartement supposé abandonné.

Sans doute la mention du nom de Baletoux avait-elle éveillé la prudence de Battioli. Ce petit Combes, pour simple retraité qu'il fût, avait apparemment des alliés à respecter.

— Remarquable chasse, admit-il avec chaleur, dont le résultat pourrait étayer votre hypothèse sur la chronologie de nos trois assassinats, dont monsieur le juge m'a fait part hier après-midi. Peut-être pourrions-nous hâter les choses grâce à une commission rogatoire qui nous permettrait d'entendre tous les amis toulousains de la morte ?

— Je ne signerai rien de tel, dit Massac fermement. Du moins tant que je penserai possible de mener l'enquête sur le plan local. Je ne crois pas à un coupable venu d'ailleurs.

— Ce n'était que pour montrer ma sportivité, s'excusa le commissaire avec un sourire poli. Nous nous contenterons donc pour le moment d'attendre les résultats d'autopsie de la dame. Le légiste me les a promis pour demain soir.

Les trois hommes échangèrent des regards où la satisfaction se colorait d'étonnement. Aucun d'eux n'avait imaginé que l'entretien se déroulerait avec une telle urbanité.

Battioli aborda même avec dérision le chapitre de la rixe avec Sistrac, en ironisant sur la plainte déposée par *Le Petit Rouergat* pour voies de fait et détérioration volontaire de matériel.

— D'après l'inspecteur Lacouzelle, qui s'y connaît, il paraît que vous avez chargé ce journaleux comme un rhinocéros !

Combes se raidit devant cette allusion à un animal à cornes, qui lui rappelait la façon dont sa fille l'avait accueilli la veille. Dès son retour chez lui, il se promettait d'en demander l'explication à Claire.

— *Le Petit Rouergat* avait été prévenu, s'encolérait le juge. S'il le faut, c'est moi qui poursuivrai ces jean-foutre pour agression d'un auxiliaire de justice.

19

« Bien ri ce soir avec Fernande, qui s'entête à me chercher un compagnon. Elle prétend que mon tempérament individualiste s'estompera au fil des années et que je serai contente plus tard de ne pas vivre seule. Je lui explique que je suis très capable de trouver toute seule un partenaire lorsque j'en ai une envie très temporaire, mais elle en fait une affaire de morale et veut me convaincre de la vertu du seul conjungo. Je lui ai raconté ma liaison torride, il y a six ou sept ans, avec un Américain rencontré au Met et qui ne m'a pas quittée de toute ma tournée pendant vingt-quatre jours de New York à Boston, Chicago et Los Angeles avec un crochet par Ottawa. Un Texan riche et généreux qui voulait être préféré à la Musique, le pauvre. Fernande en était horrifiée, comme une grande sœur provinciale, mais j'ai confondu son hypocrisie : elle était la première à me demander des détails ! ! !

« Evidemment, cet excellent Baptiste ne doit pas être un amant romantique ! »

L'index en marque-page, Claire laissa tomber sur le

drap la main qui tenait le journal intime « année 1970 ». Les yeux dans le vague à hauteur de sa lampe de chevet, elle rêva de longues minutes à la vie qu'avait connue Olga Swalowska. Les voyages, les hôtels, la foule des concerts, les aventures. De quoi enflammer l'imagination d'une femme qui n'avait jamais quitté sa province du Sud-Ouest que le temps d'un voyage de noces à Fréjus et celui d'une permission de son mari dans le Marais poitevin. Tout de même, en dehors de ces heures de triomphe, de luxe ou de passion, il devait bien y avoir eu autre chose dans l'existence d'une musicienne célèbre ?

Elle se dressa sur son oreiller, s'accouda face à la lumière et rouvrit le carnet après avoir tourné une ou deux pages.

« Alors que j'avais pris la résolution de ne plus écouter de musique le matin, il a suffi que le facteur m'apporte les derniers enregistrements qu'Alfred Brendel a faits à Vienne et que j'avais commandés à Paris pour que je décide de les entendre sur-le-champ. Je fais toujours la même bêtise : quand on m'offre une boîte de chocolats ou de marrons glacés, il faut que j'en croque un sans attendre. Cette fois, j'ai été punie. Alfred a interprété quelques polonaises de Chopin, notamment la fantaisie en *la* bémol majeur opus 61, qui était un de mes chevaux de bataille. Il y a mis un brio, un sens des nuances, une patience dans le tempo et une telle fougue dans les élans que j'en ai pleuré. D'émotion et aussi de jalousie idiote, parce que je n'arriverai jamais à améliorer ce que j'étais capable de faire autrefois. Comme j'aurais voulu me retrouver devant mon clavier, pour deux ou trois heures de travail appliqué sur une partition, indispensables pour découvrir la fraction de seconde où telle note doit être entendue et avec quelle rondeur ou quelle sécheresse ! Dans ces moments-là, mon courage s'évanouit. Et pourtant il faut que je me répète, encore et encore, que je ne jouerai plus jamais de piano ! »

Cette fois, l'image de la frivole et légère Olga s'était effacée de l'esprit de Claire. La frustration et le chagrin avaient évidemment causé des blessures qui ne deviendraient jamais cicatrices. En pensant tout à coup que cette héroïne romanesque était décédée, elle hésita à se demander si cette mort n'était pas un don du ciel qui avait épargné à cette veuve de la musique d'interminables années de tortures mentales. Elle soupira avec accablement, posa le carnet sur la table de chevet, éteignit sa lampe et bascula à plat dos après avoir tapoté hargneusement son oreiller.

A côté d'elle, Joseph se livra au même cérémonial de fin de lecture. Depuis une demi-heure qu'il était plongé dans le journal de l'année 1972, celui du dernier carnet, il n'avait pas prononcé un mot.

— Alors, demanda Claire d'une voix étouffée, comme si elle veillait Olga, as-tu appris quelque chose de nouveau sur ton assassin ?

— Rien encore, dit-il sur le même ton. Et toi, quoi de neuf sur les premières années de la recluse ?

— C'est très triste, souffla Claire en fermant les yeux.

Peut-être Albertine Mantagnac, après la visite de Claire quelques jours plus tôt, avait-elle suffisamment réfléchi pour se faire écouter de son mari. En tout cas, lorsqu'il se présenta le mercredi matin, à une heure décente, devant la plaque de l'agence Combes, il ne montrait plus ni impatience ni suffisance. Il était toujours aussi grand et aussi rustique d'allure malgré la recherche vestimentaire dont il faisait preuve ; au goût de Joseph Combes qui vint lui ouvrir, c'étaient déjà deux défauts majeurs, mais après tout il pouvait bien se montrer tolérant envers son premier client. Il en fut moins sûr quand il s'effaça pour introduire Mantagnac dans son bureau et qu'il respira malgré lui l'odeur de la lotion après-rasage de l'entrepreneur.

— Monsieur, dit le visiteur, bien que je ne veuille pas que vous me traitiez d'homme inquiet ou trop pressé, j'ai pensé que vous pourriez me dire où en est votre enquête, après tout juste une semaine. Je sais bien que vous avez brillamment retrouvé ma voiture. Mais j'aimerais savoir quand la police acceptera de me la rendre, ajouta-t-il avec une grimace après tout justifiable.

— Monsieur Mantagnac, vous devez bien comprendre que la présence dans le coffre arrière du corps de Michel Mabos retardera la restitution de votre bijou, tant que le commissaire et ses inspecteurs n'en auront pas terminé avec leurs recherches.

Debout, appuyé au revers de son bureau, Joseph avait retrouvé le plaisir de dominer cet athlète, vautré devant lui au fond du fauteuil de cuir. L'entrepreneur leva vers lui un visage où se lisaient un peu d'énervement, tempéré par un triste sourire d'excuse, et une inquiétude paternelle encore compréhensible.

— Vous avez raison pour la voiture, admit-il, mais vous deviez également travailler à innocenter définitivement mon fils dans cette histoire. Le temps passe et je ne voudrais pas que son inscription en faculté à Toulouse soit compromise.

Combes soupira.

— Il faut quand même ajouter que quelques incidents sont venus compliquer la donne, dans cette enquête. L'agression, et la mort, du photographe qui habitait à côté de chez les Mabos est une énigme supplémentaire qui doit certainement être rattachée à la première affaire. D'autre part, je vous livre une information dont la presse n'a pas encore parlé : le juge Massac et moi avons découvert avant-hier un troisième cadavre, celui d'une femme dont l'appartement occupait l'étage au-dessus du magasin de Mélisson. Nouveau casse-tête. Il s'agit d'une personnalité assez en vue, à laquelle la rumeur prête quelques aventures. Non encore prouvées. Votre fils pourrait être compromis, ces deux nouvelles fois. Sur ce chapitre aussi, il faut de la patience.

Mantagnac parut très abattu par cette rafale de mauvaises nouvelles. Il tenta néanmoins une protestation.

— Comment Pierre pourrait-il avoir trempé dans une intrigue qui concerne visiblement un groupe d'individus du même quartier, avec lesquels il n'a jamais eu de rapports ?

— En êtes-vous certain ? Savez-vous par exemple dans quelle auto-école votre fils a préparé son permis ?

— Ma foi non ! Je lui ai donné un chèque couvrant le montant de ses cours et l'ai laissé choisir la boîte qu'il préférait. Pourquoi ?

— Parce qu'en prétendant tout ignorer de cette petite place derrière la collégiale et n'avoir jamais rencontré le fils Mabos votre vertueux rejeton a menti. Il y a six mois, il suivait fidèlement les séances de conduite et de code de la route de madame Cassade-Autournet, dont l'officine, voisine de la maison de ses parents, recevait très souvent la visite de notre première victime. Alors, de là à prêter à Pierre une liaison ou une ébauche de liaison qui aurait mal tourné avec madame Swalowska, notre troisième assassinée, il n'y a qu'un pas, que le commissaire Battioli n'aura aucun mal à franchir.

Cette fois, Mantagnac se leva du fauteuil comme un diable en colère.

— Supposition stupide ! dit-il avec emportement. Il se trouve que j'ai rencontré cette dame il y a deux ans, quand elle m'a commandé des travaux pour moderniser sa maison. Elle m'a paru un peu folle, mais pas au point de débaucher mon fils de seize ans, alors qu'il avait déjà commencé son amourette avec la petite Sagnol. Si les choses avaient évolué, Pierre m'en aurait parlé. Il s'en serait même vanté. Vous faites fausse route, croyez-moi.

— Tant mieux, acquiesça froidement Joseph. Je ne demande que le nom du vrai coupable, ce qui ne saurait tarder. Soyez certain que je vous avertirai dès que j'aurai un suspect plus présentable.

— Pourquoi pas le voleur de ma voiture ? hasarda l'entrepreneur.

— Pourquoi pas, en effet. Bien qu'il soit un gibier plus difficile à attraper.

Il ne faisait pas de doute que le client avait eu son content d'informations et qu'il les avait digérées avec peine. Il tenta tout de même de se conduire en homme civilisé, proposa de verser un acompte pour solder cette première semaine d'enquête. Combes ayant refusé, il renouvela sa promesse d'envoyer au plus tôt un plombier et prit congé.

Au début de l'après-midi de ce même mercredi, Joseph se décida à profiter de la température clémente pour aller faire un peu de footing en ville.

Claire, après une matinée consacrée aux courses et aux travaux du ménage, avait fait preuve au déjeuner d'une humeur mi-dolente, mi-acariâtre, s'irritant en particulier du manque de rentrées dans la caisse de l'agence. Joseph n'avait pas osé lui avouer qu'il avait refusé le premier versement de Mantagnac, et avait écouté avec une résignation coupable une longue liste des dépenses prévisibles avant la rentrée des classes. Cette humeur orageuse avait incité les enfants au silence. Sitôt la table desservie, leur mère avait annoncé à la cantonade qu'elle souhaitait continuer, dans le calme, la lecture d'un certain journal. Elle avait ajouté à l'adresse de son mari :

— Puisque tu vas te promener, emmène donc Major. Ce chien devient d'un paresseux, c'en est déprimant. Il ne sait plus que manger, grossir et dormir.

Le griffon avait sûrement senti une certaine animosité dans la voix de Claire. Par instinct, ou par calcul, il se montra empressé, joyeux et obéissant lorsque son maître accrocha à son collier la laisse synonyme de « grande virée ». Il remua la queue avec politesse, quitta sans résistance la fraîcheur des tomettes, si agréables à l'heure de la sieste, lécha la main qui s'approchait de sa truffe et leva la tête vers Joseph, gueule ouverte et langue pendante, comme s'il demandait : « Chic ! On sort ! Où m'emmènes-tu ? »

— On verra bien, dit le chef aimablement.

Ils remontèrent paisiblement la rue du Sergent-Bories, à une allure de retraité qui permettait les arrêts indispensables au reniflement d'un pavé, à la contemplation frémissante d'une chienne boxer passant sur le trottoir d'en face, voire à quelque relâchement de vessie au coin d'une borne de pierre. A mi-pente, ils firent le détour jusqu'à la fontaine des Quatre-Sergents. Combes marqua une longue pause devant la plaque scellée à la gloire posthume des quatre carbonari victimes de Richelieu. Il voulait faire le vide dans son esprit et n'avait qu'une pensée en tête : « Si je fumais la pipe, j'aurais tout l'air de Maigret déambulant au hasard pour se mettre dans l'ambiance. »

Il dut reconnaître qu'en fait de commissaire, c'était Battioli qui l'occupait. Il rechignait à aller demander une faveur à ce désagréable personnage, tout en sachant pertinemment que la réussite de cette démarche pouvait considérablement accélérer son enquête. Serait-il assez diplomate pour convaincre son ennemi intime de le laisser aller fouiner dans l'appartement de madame Swalowska, sans s'arrêter aux scellés mis en place l'avant-veille ?

Brusquement résolu, il se dirigea d'un pas ferme vers la rue de la République. Direction la collégiale, le cours Saint-Jean et le commissariat. Rétif à ce changement d'allure, Major tenta vainement de freiner des quatre pattes, avant de se résigner à trotter à côté de son maître. Tout juste manifesta-t-il un excès de cabotinage en haletant d'une langue plus baveuse qu'il n'était nécessaire.

Il ne retrouva un semblant de dignité qu'à l'intérieur du commissariat, où une batterie de ventilateurs brassait un air poisseux et enfumé. Combes était compassé, raidi à l'idée de l'effort d'urbanité qu'il allait devoir s'imposer pour séduire Battioli. Mais, d'une incompréhensible façon, celui-ci paraissait d'humeur charmante. Il tapota jovialement le crâne du chien, fit asseoir civilement son visiteur et sonna pour appeler un gardien, auquel il commanda d'apporter deux bières.

— Bien fraîches, ajouta-t-il, de ma réserve !

Après quoi, ses mains potelées paisiblement jointes sur une liasse de tapuscrits, un sourire anormalement franc humanisant son masque de centurion, il contempla longuement le détective muet.

— Voyez-vous, dit-il enfin, je viens juste de parcourir le rapport d'autopsie de madame Swalowska, que notre toubib a bien voulu activer. Ce que j'y ai trouvé m'a converti. Je crois maintenant que vous aviez raison de penser que cette femme était l'élément moteur de cette cascade de meurtres. D'abord le sien, puis celui du fils Mabos, enfin de Mélisson. Le morticole nous dit même pourquoi on l'a supprimée. Tenez, lisez.

Le médecin légiste avait travaillé vite et ne semblait avoir oublié aucune analyse.

« Ce cadavre, sur lequel la canicule de ces derniers jours a accéléré le processus de désagrégation des tissus, est celui d'une femme d'une quarantaine d'années, parfaitement constituée et en excellente santé. L'imprécision résultant de la mauvaise conservation du corps ne permet de dater la mort qu'entre cinq et sept jours. Elle est incontestablement due à un étouffement par strangulation, ainsi que le prouvent l'examen des globes oculaires, celui des bronches engorgées de sang coagulé, et les traces très nettes de doigts sur la région du cou. Bien que la question ne m'ait pas été posée, j'ai comparé ces empreintes avec celles relevées sur les épaules du cadavre Mabos ; elles sont indéniablement celles de mains de même forme, de même taille et de même force ; ce qui ne permet pas d'assurer absolument qu'il s'agit du même assassin. L'analyse du sang de la victime n'a décelé que de très faibles traces d'un soporifique très courant, du Mogadon, souvent utilisé pour combattre les insomnies chroniques.

« D'importantes cicatrices autour des poignets et dans les paumes des deux mains sont certainement le résultat d'opérations lourdes sur les mains du sujet, qui a dû ensuite souffrir d'une raideur incapacitante des phalanges.

« Aucune autre marque particulière sur le corps.

« Tous viscères sains.

« Le sujet était enceinte de douze semaines au moment du décès. »

Cette conclusion abrupte faisait naître dans l'esprit de Combes mille détails prêts à construire l'atmosphère dans laquelle s'était déroulé le meurtre d'Olga. Il avait oublié sa prévention à l'égard du commissaire, comme sa gêne à solliciter une faveur.

— Si j'osais… avança-t-il.

— Vous iriez tout droit visiter à fond l'appartement de cette Swalowska pour tenter d'y trouver un moyen d'identifier le géniteur de ce bâtard. C'est bien ça ? Etant donné les circonstances, je préférerais que vous y alliez avant que mon équipe de bras cassés ait saccagé preuves et indices, rit carrément Battioli qui acheva sa bière d'une lampée. Tenez-moi au courant, ajouta-t-il. Je vous fais confiance parce que vous m'avez vraiment l'air d'un pro, mais n'oubliez pas que je suis la puissance officielle ! A bientôt.

Major sortit dignement du bureau derrière son maître, insensible au « joli chien » bienveillant jeté par ce poussah qui n'avait même pas eu l'idée de faire servir une écuelle d'eau à un assoiffé.

20

L'odeur qui régnait encore dans l'entrée de l'appartement d'Olga Swalowska était si entêtante qu'elle eût réussi, à elle seule, à dissuader quelqu'un d'y pénétrer. En quarante-huit heures, les policiers n'avaient pas pensé à faire aérer la pièce ni à faire nettoyer la moquette, maculée de taches inquiétantes. Ils n'avaient d'ailleurs pas fait grand-chose d'autre dans le reste de l'appartement. Le salon ressemblait toujours à celui d'une datcha russe peuplé de centaines d'hommes en habit, la chambre avait encore l'air d'attendre, avec son secrétaire ouvert et son dessus-de-lit rabattu, le retour de la salle de bains de la maîtresse de maison, prête à se coucher après avoir écrit dix lignes de journal.

Major avait été attaché à la belle balustrade du palier, avec des consignes de sentinelle correspondant à son tempérament aboyeur. Combes se sentait à la fois libre de suivre son inspiration et gêné comme s'il se conduisait en voyeur dans le boudoir d'une jolie femme. Il partit à la découverte des pièces qu'il ne connaissait pas.

La salle de bains, où il n'avait fait qu'une incursion, et dont la porte faisait suite aux placards, ne le retint que le temps d'enregistrer la présence de meubles recherchés. Baignoire, bidet, lavabo, cuvette des toilettes étaient de marbre noir. Sur une coiffeuse, les brosses avaient des manches d'ivoire et les flacons de parfum devaient coûter chacun la solde mensuelle d'un gendarme. Ce n'était pas là qu'il trouverait le nom du séducteur d'Olga. Se promettant de revenir le lendemain pour fouiller l'armoire à pharmacie, il retourna au salon, entrouvrit une porte minuscule qui donnait sur une cuisine de poupée, aux deux tiers occupée par une armoire frigorifique digne de l'office d'un palace. Par comparaison, la plaque de cuisson électrique semblait venir d'un bazar et devait être indigne des recettes versifiées du père Lemitre.

Il n'y avait aucune autre porte à ouvrir. La visite était terminée. Joseph, une nouvelle fois, se retrouva face au maestro von Karajan, qui le fixait avec un sourire étroit, méprisant et dominateur, dans la lumière venant de la fenêtre, dont les hommes de Battioli n'avaient même pas tiré les volets.

Qu'une femme dont la vie avait été aussi romanesque, jusqu'à ses derniers jours, n'ait pas gardé, dans son cadre le plus intime, la moindre trace de ses secrets lui paraissait impossible. Il trouverait sûrement quelque part la marque du passage d'un autre personnage. Un bijou offert, abandonné au fond d'un tiroir ; l'ordonnance du médecin qui avait constaté sa grossesse ; la bouteille d'un alcool destiné à l'autre ; une dédicace sur un livre. Il arrêta tout net sa litanie de suppositions. Il n'avait pas vu un seul livre dans l'appartement. Tout ce qui y ressemblait était cette pile de grands albums aux reliures de cuir noir, au fond du bahut à disques.

Il se jeta à genoux et délesta fébrilement la dernière étagère du bahut de ces encombrantes reliures. C'était, une fois de plus, un espoir déçu. Sous les couvertures de maroquin, les seules lignes écrites en lettres d'imprimerie étaient celles de notules destinées à l'interprète : *allegro, piu forte, larghetto*... Des partitions, des centaines de partitions, de Bach, de Beethoven, de Mozart, de Chopin, de Liszt, de Debussy, de Fauré, de Schumann, de Gershwin, de Satie... Hissé sur un pouf contre cet amoncellement de culture musicale, Combes eut un bref accès de découragement.

Désespérant de découvrir là un indice valable, il se traita en grommelant de qualificatifs malsonnants évoquant l'incompétence, le manque d'attention et l'usure de l'âge. Avait-il pensé trouver le nom de l'amant d'Olga brodé sur un oreiller ? Mettre la main sur une photo de couple montrant l'élégante pianiste abandonnée au bras d'un galant au physique révélateur ?

Il en était là de son constat de fiasco quand il entendit le bruyant signal d'alarme aboyé du palier par un Major furieux. Le temps de renfourner les partitions dans le bahut et d'arriver à la porte palière, le tumulte avait fait place aux modulations d'une voix aimable coupées de gémissements d'extase.

— Qui est là ? demanda Combes à travers le vantail, se souvenant malgré lui de l'irruption du journaliste, l'avant-veille.

— C'est l'inspecteur Romulon, monsieur. Comme il est dix-huit heures passées, le commissaire m'a envoyé remettre les scellés, si vous avez terminé vos recherches.

Sur le palier, l'inspecteur chafouin était tout sourire, accroupi au-dessus de la sentinelle, vautrée sur le dos dans une posture infamante.

— Un gentil toutou que vous avez là, constata le policier en se relevant.

L'air plus calculateur que réfléchi derrière ses lunettes en fausse écaille, une musculature de bouteille de Saint-Galmier, Modeste Romulon, candidat malheureux depuis trois ans au concours de commissaire, s'était depuis une semaine entiché de l'adjudant-chef en retraite Joseph Combes. La réputation professionnelle de ce détective, jeté par un juge dans les jambes de son supérieur Battioli, lui avait paru suffisante pour en attendre au moins quelques satisfactions d'amour-propre, si l'ancien gendarme triomphait du commissaire.

Aussi accepta-t-il avec enthousiasme la proposition de faire route commune jusqu'au bout de la rue Fabre, où il habitait en célibataire.

Encadrant un Major revigoré par sa sieste de garde, les deux hommes occupaient toute la largeur des trottoirs. Romulon, s'ingéniant à la sympathie, souligna d'abord l'étonnant revirement de son supérieur en faveur de Combes.

— Battioli est un paresseux, dit-il, mais ce n'est pas un imbécile. Il avait choisi l'hypothèse la plus facile, mais, dès que le rapport du légiste vous a donné raison, il a décidé de vous faire faire tout le boulot de recherches, soi-disant avec son appui de façon à pouvoir s'auréoler de la réussite finale ! C'est un véritable exploiteur, toujours prêt à s'octroyer vos succès, tout en gardant sous le coude des renseignements capables de contredire vos théories !

— Pour le moment, objecta prudemment Joseph, qui ne tenait pas à prendre parti dans cette rivalité policière, je ne vois pas avec quoi il pourrait me faire trébucher.

Romulon parut peiné de cette incrédulité.

— Savez-vous qu'il a chaleureusement accueilli hier matin monsieur Loupiac, quand il est venu porter plainte contre vous ? Et pas plus tard que ce matin, juste avant midi...

— Eh bien ?

— Je ne devrais pas vous en faire part, mais j'ai trouvé malhonnête qu'il ne vous mette pas au courant quand vous êtes passé tout à l'heure. Après votre départ, il m'a glissé qu'il était bon d'avoir parfois une peau de banane en réserve dans un tiroir.

— De quoi s'agit-il, nom d'un chien ? s'impatienta Combes en s'arrêtant tout net devant un étalage d'articles de cuisine en chaudronnerie rustique qui bouchait le passage.

L'inspecteur sonda d'un œil méditatif la profondeur

d'un poêlon comme s'il espérait en voir jaillir la justification d'une rupture de secret professionnel.

— Un quidam, qui habite sur la route de l'Alzou, lâcha-t-il enfin, est venu témoigner qu'il avait vu passer devant chez lui, jeudi dernier, vers neuf heures du matin, la Citroën-Maserati volée que vous avez retrouvée l'après-midi derrière la collégiale.

— Est-il sûr d'avoir reconnu la voiture ?

— L'inspecteur Gruspet, qui a pris sa déposition, l'a emmené jusqu'à notre garage où le carrosse se trouve encore. Le bonhomme est formel.

— Pourquoi n'est-il pas venu témoigner plus tôt ?

— Il n'a lu le journal qu'hier après-midi. Les travaux des champs l'occupent beaucoup.

— Evidemment, il n'a pas vu, et encore moins reconnu, le ou les passagers ?

— Ce serait trop demander, s'excusa Romulon.

Joseph essayait de réfléchir aux modifications que cette déposition à retardement pouvait apporter à son hypothèse. Toute cette histoire était bancale. Rien ne fonctionnait dans ce nouveau scénario. Quand avait-on jeté le corps de Michel Mabos dans la voiture ? De nuit ou de jour ? Si c'était de nuit, pourquoi, après avoir quitté la ville, le voleur y était-il revenu, à l'endroit même du crime ? A quel moment Olga Swalowska avait-elle été étranglée ?

— Mon cher inspecteur, dit-il avec conviction, vous allez travailler pour moi. Rassurez-vous, vous ne trahirez pas le règlement. Je vous demande seulement de me téléphoner demain matin le nom et l'adresse de ce témoin de dernière heure, ainsi que le détail de ses déclarations et tout ce que vous aurez pu apprendre sur son compte. Etant donné ce que vous m'avez dit de votre commissaire, ma demande ne devrait pas vous paraître impossible à satisfaire. Qu'en pensez-vous ?

Le malheureux Romulon ne pensait rien d'aimable sur le compte de son supérieur, mais il ne s'était pas attendu à devoir s'engager aussi nettement dans une rébellion active. Le regard sarcastique posé sur lui le décida pourtant à sauter le pas.

— J'aurai ces tuyaux demain matin, dit-il avec un soupçon de fermeté. En échange, évitez de faire savoir à Battioli que je vous répète ses secrets.

— Soyez tranquille. Quel intérêt aurais-je à griller une taupe si bien en cour chez mon concurrent ?

L'inspecteur suivit d'un œil dubitatif le détective qui disparaissait avec son chien au bout de la rue, après un joyeux salut de la main. Il était arrivé devant l'entrée du *carrerou* où il habitait, mais n'était plus tellement pressé de retrouver sa solitude. Il avança d'une dizaine de pas jusqu'au bar de la poste, dont le patron était de Montauban comme lui.

Claire avait eu le temps de ruminer son mal de vivre. Et de l'oublier. Sans doute n'y serait-elle pas parvenue si elle était restée seule avec les pages mélancoliques du journal d'Olga. Mais, comme il arrive aux gens généreux de consoler volontiers un affligé plus aisément qu'eux-mêmes, Claire avait assez de tonus, de chaleur humaine et de pouvoir de persuasion pour redonner du courage à qui en avait besoin. Et cet après-midi-là, elle avait reçu une visite inattendue de quelqu'un qui avait grand besoin de consolation. Fernande Baletoux s'était heureusement annoncée par téléphone, quelques minutes avant de sonner à la porte. Claire avait eu le temps de mettre sous clef les trois carnets griffonnés au jour le jour par Olga Swalowska. Outre que Joseph voulait que l'on tînt secrète leur existence, elle ne souhaitait pas dévoiler les pensées intimes de la morte, même à celle qui se disait sa meilleure amie.

Fernande savait se tenir. Elle n'était pas venue étaler son chagrin, bien réel à en juger par les cernes de deux nuits sans sommeil. Malgré son teint hâlé, sa simple mais élégante robe de toile bleu marine assortie à ses sandales de cuir, et un strict collier, apparemment en or, ses rides, aux pommettes et aux ailes du nez, lui prêtaient, comme son regard éteint, dix ans de plus que son âge. Mais elle maîtrisait le tremblement de ses longues mains brunes marquées par les premières taches de vieillesse et refusait la voussure que le poids de sa peine imposait à ses épaules de sportive patricienne.

— Je suis venue, dit-elle dès son arrivée, vous remercier de la délicatesse et de la chaleur que vous m'avez manifestées avant-hier.

Entamé de la sorte, le long entretien entre les deux femmes évolua insensiblement jusqu'aux promesses d'une nouvelle amitié. Après un quart d'heure de généralités, Claire ne se souvenait même plus qu'elle avait été stupidement jalouse, sans la connaître, de cette bourgeoise racée, sensible et sans pose. Un rafraîchissement citronné plus tard, Fernande souriait au récit animé que cette femme sympathique faisait de sa vie d'épouse de gendarme et de compagne d'un tout nouveau retraité. Plus tard, après l'offre d'un thé, organisé à la fortune du pot, qui se transforma par manque d'approvisionnement en tasse de chocolat, peu appropriée à la température, la conversation dériva tout naturellement sur Olga. Fernande racontait avec confiance et abandon, Claire écoutait avec une compréhension que la lecture des premières pages écrites par la concertiste avait déjà aiguisée.

Il s'en fallut de peu que la consigne de secret ordonnée par Joseph ne fût transgressée. Au moment d'avouer que son mari et elle avaient entrepris de déchiffrer ligne après ligne le journal trouvé dans le secrétaire de la morte, Claire se représenta soudain la gêne qu'elles ressentiraient toutes les deux si elles se mettaient à lire ensemble ces carnets intimes. Toute allusion ambiguë d'Olga à ses rapports avec les Baletoux risquait de blesser sans recours cette malheureuse Fernande ! Mieux valait se taire.

D'elle-même, la femme de l'adjoint au maire aborda le sujet que sa nouvelle amie brûlait d'introduire.

— Quand il est venu nous voir, sourit-elle rêveusement, votre mari, sur la foi des ragots qu'il avait entendus, s'inquiétait des conquêtes qu'Olga avait pu faire dans notre petite ville. Je lui ai expliqué qu'elle n'était pas disposée à ce genre d'intrigue. Autrefois, peut-être. Mais ses malheurs avaient calmé ses ardeurs, semblait-il. Elle était toujours sensuelle et brillante, dans sa mise et sa conversation. Elle aimait être remarquée, entourée, voire courtisée, mais elle savait fort bien rester gaie et quand même lointaine.

Un souvenir précis fit rire doucement celle qui s'était dite la sœur aînée d'Olga. Elle raconta :

— Je me souviens qu'après son installation à Villefranche, alors qu'elle avait visiblement besoin d'échapper à sa solitude, je me suis mise à penser qu'il y avait quelque chose entre elle et mon pauvre Baptiste ! Vous savez, il la connaissait depuis aussi longtemps que moi et lui était tout aussi attaché. Depuis deux jours, son chagrin est aussi fort que le mien. Mais j'ai vite compris alors que je m'étais fait des idées : Baptiste était pour elle l'homme mûr et solide de la famille. Quand je lui ai parlé, plus tard, de mes soupçons, elle en a ri comme une folle.

Claire rit également, par mimétisme. Et aussi parce qu'elle s'imaginait l'étonnement indigné de Joseph quand elle lui apprendrait, à son retour, que monsieur Baptiste Baletoux, adjoint au maire et industriel respecté, avait peut-être été l'amant d'Olga Swalowska.

Ce retour ne se déroula pas exactement comme attendu. Il était sept heures passées et les rues commençaient à se peupler à l'appel d'une brise rafraîchissante qui balayait le cours de Gaulle. Suivant une expression qui n'avait plus cours chez un détective, Combes en avait « ras la visière du képi ». De sa déambulation, de sa vieille jambe douloureuse, de l'apathie de Major qui jouait les arthritiques et surtout de cette déposition surprise qui venait bouleverser le synopsis qu'il avait si péniblement élaboré.

Il n'était pas plus tôt rentré chez lui que Claire apparut dans le vestibule. Elle était pimpante, la frange nette, l'œil brillant et la bouche tendre. Pour ajouter à la joie du retour du grand chasseur blanc, elle tenait en offrande un grand verre de pastis tout emperlé de buée.

Malgré lui, il sourit à ce spectacle, détacha la laisse du chien qui gravit l'escalier avec la fougue d'un miraculé, et soupira :

— Je suis crevé ! As-tu passé un après-midi tranquille ?

— Un après-midi très intéressant. J'ai eu la visite de ton amie Fernande, qui est finalement charmante et avec qui nous avons beaucoup bavardé. Elle m'a appris quelque chose qui va te passionner. Olga Swalowska aurait eu une aventure avec son mari. Elle ne m'a rien affirmé, mais…

— Baptiste Baletoux, l'amant d'Olga ?

Joseph s'était écarté et son aboiement était loin d'être aimable.

— C'est ce qui ressortait de son histoire, à mots couverts.

— A-t-elle été jusqu'à te dire qu'il était le père de l'enfant d'Olga ?

— Elle avait un enfant ?

— Elle allait en avoir un ; dans six mois.

21

— *Macarel dé Diou !* sacra le bonhomme en colère. Vous allez pas me faire raconter cette histoire encore une fois, non ? Si j'aurais su qu'on en parlerait pendant des jours, je serais pas été ouvrir ma grande gueule à la police !

D'une solide complexion de bovidé, plus épais que large et, suivant une expression de boucherie, bien « viandé » de partout, campé dans un pantalon de coutil crasseux et un maillot de corps autrefois blanc qui laissait passer les poils d'une palatine grisonnante, les pieds nus dans des espadrilles effrangées, le protestataire avançait un mufle apoplectique. Posée sur son crâne rond, une casquette de toile d'un vert olive patiné ne semblait pas en mesure d'apporter assez d'ombre pour prévenir une crise menaçante. Derrière lui, la maisonnette de garde-barrière avait l'air d'une maison de poupée. Bien que le dernier train fût passé aux aurores et que le prochain ne fût pas attendu avant la fin de l'après-midi, les barrières à manivelle étaient baissées, interdisant la route champêtre menant à Veuzac.

Il était onze heures du matin et le soleil profitait du déboisement de ce carrefour pour faire fondre le goudron de la belle route départementale bordant les méandres de l'Alzou où Combes avait été obligé d'arrêter sa Coccinelle. Même peu fréquentée, la route était dangereusement sinueuse. Il avait dû se garer sur le talus, à cinquante mètres après la pancarte « VEUZAC », avait ronchonné en revenant à pied, et s'était écorché les mains pour ouvrir les portillons rouillés de part et d'autre de la voie ferrée. C'est dire qu'il était d'humeur massacrante. L'accueil du garde-barrière déclencha l'explosion.

— Vous vous appelez bien Albin Rigal et vous êtes bien allé hier au commissariat de Villefranche pour faire une déposition concernant une voiture qui serait passée devant chez vous jeudi dernier ? Oui ou non ?

— Si j'aurais su... répéta le nommé Rigal.

— Je sais, vous auriez fermé votre grande gueule. Alors ?

— Je vois pas pourquoi je devrais vous répondre, voulut ergoter le gros lard.

— Parce que j'enquête sur ordre du juge d'instruction de Villefranche et qu'il s'agit d'une affaire criminelle, asséna Combes avec une froideur dangereuse.

C'était un mensonge. Il n'avait pas eu le temps, après le coup de fil tardif de Romulon, de prévenir Massac, qui ignorait encore tout de ce témoignage à retardement. En cas d'urgence, s'était dit Joseph, un détective pouvait bien se permettre certaines irrégularités au nom de l'efficacité.

En tout cas, cette mise au point brutale avait impressionné le sieur Rigal. Ses petits yeux, brillant à travers la broussaille des sourcils, évaluèrent pendant quelques secondes le degré de méchanceté que pouvait atteindre ce David en tenue de toile kaki bien repassée, que son gabarit de Goliath n'avait pas l'air d'impressionner.

— Fallait le dire tout de suite, concéda-t-il enfin avec un sourire d'apaisement, personne ne m'avait prévenu qu'il s'agissait de quelque chose de grave.

— Qui donc aurait dû vous prévenir ?

— Ceux à qui j'ai demandé conseil pour savoir si ça valait la peine que j'aille chez les flics raconter ce que j'avais vu.

— Le nom de ce conseiller ?

— C'est juste un parent, quoi. Il est venu casser la croûte chez moi avant-hier ; il m'a assuré que je devais pas garder pour moi ce que j'avais vu et que j'avais intérêt à en parler à la police !

— De quel intérêt parlez-vous ? De l'argent ? Qu'est-ce que vous appelez « en valoir la peine » ?

A chaque assaut de Combes, de plus en plus pressant, Rigal se dégonflait un peu plus. Il fallait lui arracher un aveu après l'autre. Insensiblement, il en arriva à dévoiler un scénario capable d'affaiblir considérablement la crédibilité de sa déposition chez Battioli. Le parent de mauvais conseil s'appelait Justou Rigal et habitait à Maleville, un peu plus haut près de la route de Rodez. Cinq mois plus tôt, ce cousin du garde-barrière s'était abîmé un genou et le cadre de sa bicyclette dans une rencontre avec une voiture. Mauvaise et bonne fortune : contre un retrait de sa plainte, le propriétaire du véhicule lui avait sans sourciller donné quelques billets de la main à la main. Et voilà que cette même voiture, dont l'immatriculation était restée gravée dans la mémoire du cousin Justou, faisait les manchettes du *Petit Rouergat* de la semaine passée. Comment ne pas penser que le généreux propriétaire mettrait une fois de plus la main au portefeuille pour éviter qu'on ne parle davantage de lui ?

— C'est un gentil chantage, apprécia Joseph, glacial. Comment deviez-vous manœuvrer ?

— Oh ! dit paisiblement Albin avec un ricanement satisfait, c'est mon cousin qui devait aller voir le payeur. Après, je serais été au commissariat dire que je m'étais peut-être trompé, que c'était pas la bonne voiture.

— En somme, vous n'avez vu personne ? C'est bien ça ?

— C'était pas bien méchant, estima le gros homme. Sans commenter que quelques billets de mille auraient été les bienvenus. Si vous saviez ce que je touche de la SNCF !

— En attendant, conclut son confesseur de son air le plus officiel, nous allons écrire ensemble l'histoire de cette aimable arnaque et vous me signerez le papier.

— Pourquoi je ferais ça ?

— Pour ne pas être inculpé de faux témoignage, de tentative de chantage et, si je ne me trompe pas, de complicité de meurtre. Ça vous suffit ?

Manifestement, cela suffisait à Albin Rigal.

Une demi-heure plus tard, la Coccinelle de Combes s'arrêtait aux premières maisons de Maleville. Par chance, on put lui indiquer assez exactement où il trouverait le cousin Justou.

Le demandeur présentait les aveux écrits d'Albin, et il eut la simplicité d'accepter une tranche de pain tartinée de pâté de canard et arrosée de quelques gorgées de rouge. Le Rigal de Maleville ne fit aucune difficulté pour dévoiler le nom du véritable instigateur de cette embrouille, ou du moins celui de son transparent intermédiaire.

A une heure pile, heureux de n'avoir rencontré sur la route aucun de ses anciens collègues gendarmes, peut-être tatillons sur la conception d'une conduite prudente, Joseph fit un arrêt spectaculaire devant le tribunal de Villefranche. Fatigué par une longue matinée de bureau, le juge Massac allait sortir pour déjeuner. Il invita son enquêteur à partager un sandwich ; Combes était trop excité par ce qu'il venait d'apprendre pour accepter. Il répéta en quelques mots les confidences de Romulon, raconta son expédition de la matinée, assura qu'il tenait la solution de toute l'affaire, demanda quelques heures pour rassembler les dernières preuves et proposa d'organiser le lendemain une confrontation générale comme il avait coutume de le faire.

Après quoi, abandonnant sur le trottoir un Massac éberlué, il oublia sa voiture devant le tribunal et regagna à pied, pour se calmer, la rue du Sergent-Bories. Il ne pensa même pas à s'inquiéter de la réaction de Claire, qui devait certainement faire la tête à côté de son déjeuner dédaigné.

Claire n'était pas femme à bouder quand arrivait pour Joseph l'heure de l'épreuve définitive. C'est ce qu'il prit soin d'annoncer dès son arrivée. Il dit le pourquoi de ses visites aux Rigal, avança un nom qui conviendrait pour le rôle du coupable et il n'en fallut pas davantage pour qu'elle se sentît prête pour le combat final.

— Va te reposer un peu à ton bureau, dit-elle tout sucre et tout miel. Je vais t'apporter de quoi te remettre.

Cinq minutes plus tard, elle posa devant lui un plateau contenant une assiette de salade de tomates d'aspect rafraîchissant, deux pêches blanches, un verre de liquide ambré plein de glaçons et une serviette de table pliée. Elle expliqua avec le sourire :

— La mangeaille, c'est pour équilibrer ton étouffe-chrétien de Malleville, et le whisky-Perrier pour commencer à fêter ton nouveau succès. Dans la serviette, tu trouveras les trois carnets de la pianiste. Je les ai lus tous les trois ce matin et j'y ai mis des marque-pages pour signaler quelques passages intéressants. Tu seras tranquille, les enfants sont chez les Lagarde jusqu'à ce soir.

Elle se pencha pour embrasser légèrement son mari sur la tempe, là où les cheveux courts commençaient à grisonner, et s'éclipsa en refermant la porte du vestibule.

« Hier soir au moment de rentrer à l'hôtel », avait écrit Olga Swalowska en fin de carnet 1970, en date du 21 novembre, « j'ai rencontré un visage que j'ai eu du mal à reconnaître. Voir ce Villefranchois, que j'avais cru un peu lourdaud, tiré à quatre épingles, en compagnie de deux jolies femmes, manifestement pas des parentes, dans le décor d'un grand restaurant de Toulouse, m'a d'autant plus amusée qu'il m'a saluée d'un air gêné, comme s'il avait peur que je raconte cette rencontre en rentrant au pays ! »

Joseph hocha la tête. Il referma le carnet 1970 et ouvrit le suivant, marqué de deux signets. Le premier, à la date du 20 juillet, était doté d'un point d'exclamation à l'encre rouge.

« Comme j'ai été contente de revoir Bertrand ! Maintenant qu'il est titularisé au Capitole, il va pouvoir mener sa petite vie de musicien pantouflard auprès de la femme pour laquelle il était fait. Bon musicien, d'ailleurs, qui m'a gratifiée chez lui cet après-midi d'une très sensible interprétation d'une piécette de Tortelier. Mais l'existence bourgeoise ne convient physiquement pas à ce cher Maslof. Il grossit trop pour me rappeler que j'ai, un temps, cru en faire l'homme de ma vie. Quel contraste, en rentrant au Capoul, de trouver là, à l'hôtel où je descends depuis quinze ans quand je viens à Toulouse, le Brummell villefranchois déjà vu il y a six ou sept mois en bonne fortune. Cette fois, il était seul et m'a abordée comme une vieille connaissance en m'invitant à boire un verre au bar. C'est indéniablement un beau mâle, un peu rustique, mais qui a l'air de savoir ce qu'il veut. Pour le moment, c'est moi qu'il veut : il ne me l'a pas caché, et je suis restée assez ahurie de cette attaque brusquée d'un presque inconnu. Je l'ai finalement remis à sa place, poliment ; j'ai insisté sur le fait que je ne voulais pas que cette rencontre due au hasard soit le début de relations quelconques à Villefranche, où la rumeur publique aurait vite fait de nous orchestrer un duo. »

Joseph, alléché par le point d'exclamation rouge, avait étudié chaque mot de ce compte rendu. Il y avait trouvé un possible départ de roman, mais aucune preuve formelle de l'identité de celui qu'il voulait confondre. Il se jeta donc sur la page marquée par le deuxième signet, que Claire, la romanesque, avait orné d'un cœur dessiné du même stylo rouge.

« Aujourd'hui, 10 octobre. Souvent femme varie. Revu B. au Capoul, où il descend, dit-il, régulièrement dans l'espoir de m'y rencontrer. Plus empressé et plus séduisant que jamais. Je n'ai pas honte d'avoir cédé, cette fois ; j'avais besoin de cette avidité masculine, de cette satisfaction pleinement sensuelle qui m'aidera peut-être à me rééquilibrer. Maintenant que B. m'a laissée seule dans ma chambre, en revivant ces quelques heures je ne peux m'empêcher de penser aux réactions horrifiées de Fernande si elle apprenait ce qu'elle appellerait mon “faux pas” ! Quant à B., dont l'enthousiasme m'a attendrie, je veux qu'il promette de m'ignorer totalement à Villefranche. Nous nous retrouverons discrètement ici, tous les deux mois, pour deux ou trois jours de débauche ! Je suis vraiment une femme dissolue ! ! ! »

Ce n'est plus un roman dont il avait lu les premiers

chapitres. La tournure d'esprit inquisitrice de Combes le poussait à sauter sur son téléphone et à appeler l'hôtel Capoul à Toulouse. La réception confirmerait certainement que son suspect avait bien occupé une chambre le 20 juillet et le 10 octobre 1971. Puis il se souvint qu'il n'était chargé d'aucune mission officielle, qu'il n'avait aucune commission rogatoire. L'enquête sur les trois meurtres était légalement du seul domaine de Battioli. Aucun réceptionniste digne de ce nom ne consentirait à donner ce genre de renseignement, au téléphone, à un obscur détective privé. Agacé, il avala d'un coup de fourchette quatre rondelles de tomate, vida d'un trait le verre de la victoire en se disant qu'il n'était pas encore tout à fait mérité, et se demanda s'il n'allait pas s'en servir un autre.

Le sens du devoir le ramena au carnet de l'année 1972, dont il avait parcouru en diagonale les trois premiers mois sans y trouver matière à accusations. A en juger par la densité des marque-pages, six petites bandes de papier blanc sans annotations, Claire avait été plus attentive.

« Les fêtes de Noël et du jour de l'an ont retardé mon voyage à Toulouse. Comme j'ai pu prévenir B. par un courrier anodin, il a lui aussi décalé son voyage d'affaires. Nos retrouvailles, ce soir, 10 janvier, après trois mois de séparation, ont été pleines de chaleur. Attendrai-je facilement les deux prochains mois ? »

« Revu B. comme prévu ce 11 mars. Même s'il veut continuer à jouer les protecteurs, il m'apparaît de plus en plus que nous n'avons pas grand-chose en commun, à part l'attirance mutuelle de nos deux peaux. »

« 25 mai. L'orchestre du Capitole m'a fait le grand honneur de m'inviter à participer au jury chargé de l'élection de futurs interprètes, dont un remarquable jeune pianiste japonais. Nous avons eu quelques auditions mémorables, mais je crois avoir déçu en votant contre l'adoption pour une année de leur merveille nippone : trop de technique flamboyante, trop d'énergie, pas assez de sensibilité dans le toucher. Dommage. Presque les mêmes mots pour la prestation de B. au Capoul. Je lui ai dit, avec les précautions d'usage. Il a eu l'air vexé. Toujours dommage. »

Quand il avait parcouru, sur l'oreiller, les premières notations de cette dernière année, Joseph les avait à peine remarquées. La mention de ce B. amoureux de la concertiste l'avait orienté vers Bertrand Maslof, que Fernande Baletoux avait annoncé comme le seul véritable complice sentimental d'Olga. Grâce soit rendue à la perspicacité tenace de Claire, qui avait rendu à Brummell ce qui n'appartenait pas au violoncelliste.

« 5 juillet. J'arrive à peine à digérer ce qui m'arrive, mais le docteur que j'ai consulté est formel : je suis enceinte de plus de quatre semaines. Un bébé, à l'âge que j'ai, c'est à la fois terrorisant et merveilleux. Il paraît que tout se passera bien sur le plan physique, le docteur me l'a affirmé. Je pense n'avoir aucun problème financier pour élever un enfant. Et je sais que cette naissance va m'éveiller à une nouvelle vie et me libérer de mes nostalgies d'ancienne vedette, de mes regrets de carrière et de mon aigreur de mutilée.

Comme je vais être heureuse ! Je bouillonne déjà de projets. Je l'appellerai Franz, comme Schubert. »

« 10 juillet. J'ai fait le voyage de Toulouse, parce que j'en étais convenue avec B. et que je trouvais juste de le remercier pour le cadeau qu'il m'a fait, même involontairement. Grave erreur. Cet imbécile l'a si mal pris que j'ai cru qu'il allait m'assommer dans ma chambre du Capoul. Il ne veut pas entendre parler de bébé et m'a quasiment ordonné de m'en débarrasser. Il ose prétendre que le secret s'ébruitera à Villefranche et rendra sa position sociale intenable ! J'ai réussi à clore cette scène pénible en lui notifiant que je refusais de le revoir de ma vie, qu'il serait à tout jamais rayé de mes souvenirs et que Franz Swalowski ne saurait jamais combien son père était lâche. Je n'ai pu mettre B. dehors qu'en sonnant le garçon d'étage, que j'ai prié de chasser cet importun. »

« Villefranche 16 août. Ce soir, comme ces dix derniers jours, j'écoute la sonate en *do* mineur de Schubert, que j'ai enregistrée à Vienne en 1967. Cette musique, dont chaque note m'est familière, atténue toutes mes angoisses ; car B., même ici, refuse de me laisser en paix. Il m'a téléphoné une dizaine de fois, repenti, furieux, suppliant, menaçant, toujours exigeant que je me fasse avorter ! C'est un fou dangereux ! Je crois que le mieux à faire pour l'obliger à me laisser tranquille est de mettre Fernande et Baptiste au courant de la situation. La peur d'un esclandre l'amènera peut-être à m'oublier. En attendant, j'ai demandé au photographe, mon locataire du rez-de-chaussée, d'écouter les bruits suspects dans l'entrée de la maison. Je ne veux pas que mon fou furieux vienne nous empêcher, Franz et moi, d'écouter paisiblement notre Schubert. »

Combes rêva un long moment sur ces dernières lignes. Il aurait presque pu en écrire la suite. Le coup de sonnette bref, Olga cessant d'écrire et se précipitant à la porte. Brummell tapant au vantail et quémandant un dernier entretien, protestant de sa compréhension et de sa tendresse retrouvées. L'huis entrouvert, les mots définitifs annonçant que toute la ville serait le lendemain au courant de cette histoire scandaleuse, la colère de l'intrus, les lourdes mains aux doigts puissants qui se lèvent vers le cou fragile...

22

Le processus choisi par Combes pour résoudre son affaire n'était pas inscrit dans les manuels de police. L'eût-il été, suivi de la mention « à éviter le plus possible », que l'on n'eût pas manqué de souligner qu'il s'accompagnait généralement d'un désordre regrettable, d'un tumulte propice aux échauffourées, et le plus souvent d'un manque total de résultats. Mais Joseph tenait à sa confrontation générale.

Entrepris au téléphone sitôt terminée la lecture du journal d'Olga, Massac avait confirmé qu'il était d'accord sur le principe. Il avait même promis d'user de son autorité pour convaincre le commissaire, dont la présence paraissait indispensable au bouclage du dossier. Battioli commença par refuser d'assister à une telle pantalonnade, qui ne servirait, dit-il aigrement, « que la publicité de l'agence Combes ». Massac ironisa, remarquant que s'attendre au succès de cette publicité, c'était reconnaître d'avance le succès des théories de Combes sur l'affaire. Lorsque le commissaire, toujours rétif, eut demandé combien de personnes assisteraient à cette « kermesse » et qu'il lui fut répondu qu'il fallait compter sur un effectif de deux douzaines, il s'esclaffa :

— Je ne vois que trois lieux de rassemblement possibles pour cette pétaudière trop importante pour mon commissariat : la salle d'audience du tribunal, qui est le décor de la Loi, la nef de Notre-Dame, qui abrite à la fois le Mystère et la Lumière, et le théâtre municipal, dont la scène convient à votre dramaturgie échevelée !

Echauffé par ces insolences, le juge trancha sèchement. La confrontation générale se ferait le lendemain, dans un local qui serait désigné dans la soirée de ce jour ; toute personne qui refuserait de se rendre à la convocation serait passible de poursuites. Quant au commissaire de police, il y assisterait, bon gré mal gré, avec le nombre d'estafiers qu'il jugerait bon de mobiliser.

Battioli s'inclina, avec un sourire chargé de bile, même pas consolé à l'idée que le choix du local était dévolu à ce détective intrigant. Jolie corvée !

Mais on pouvait faire confiance à Joseph pour la mise en scène de ces assemblées générales des « actionnaires » d'une affaire criminelle. Avant d'avoir décidé celle-ci, il avait imaginé le cadre où il souhaitait qu'elle se déroulât. Le grand salon Empire des Baletoux était assez vaste pour que le nombre des participants soit supportable, l'austérité du décor entretiendrait une certaine réserve, de même que la position sociale de l'adjoint au maire préviendrait l'excès d'éventuelles récriminations.

Après avoir sollicité par téléphone l'autorisation de venir si tard déranger la veillée recueillie du ménage, Combes, traînant encore avec lui le juge Massac, caution officielle en même temps que représentant des notables, s'était donc présenté à l'appartement du cours Guiraudet.

Fernande, la mine marquée par le chagrin, et Baptiste, étrangement ravagé par une peine profonde, accueillirent le duo avec reconnaissance, comme en attente de consolateurs.

— Je crois, attaqua Joseph sans faux-fuyant, qu'en tant qu'amis les plus proches d'Olga Swalowska, vous avez droit à la vérité dans cette histoire, même si elle vous réserve de pénibles surprises.

Sans recherche d'effets, il raconta dans un silence religieux les voyages à Toulouse de leur jeune amie, le vide de sa vie sentimentale, l'origine et le déroulement de son aventure avec un Villefranchois rencontré là-bas auquel il laissa le surnom de Brummell. Il insista sur l'apparent détachement d'Olga et l'attirance uniquement sexuelle à laquelle elle cédait. Il fit mine d'ignorer le sursaut stupéfait des Baletoux quand il leur apprit tout à trac la grossesse de la pianiste, et enchaîna sur la réaction violemment négative de Brummell, sur la rupture, l'hésitation d'Olga à réclamer l'aide de Fernande et de Baptiste pour prévenir un drame. Sans leur laisser le temps de demander quelques détails supplémentaires, il raconta froidement ce qui s'était passé le soir du 17 août dans l'entrée de l'appartement d'Olga Swalowska, la peur panique de Brummell, sa rencontre imprévue avec

Michel Mabos, abattu sur-le-champ parce qu'il aurait pu témoigner, puis deux jours plus tard l'agression meurtrière contre Mélisson qui tentait de faire chanter l'assassin.

Raide sur son canapé, Fernande balançait la tête comme si elle n'arrivait pas à croire à ces horreurs. Sur son fauteuil, Baptiste avait changé de mine. Il dominait mal la colère qui lui sculptait un faciès de fanatique, sourcils froncés, regard incendiaire et mâchoires crispées.

— Bien sûr, souffla-t-il, vous savez qui est ce Brummell ?

— Je crois que oui, dit Combes. Avec votre aide, je pense que nous l'arrêterons demain.

— Dites-nous ce que nous pouvons faire, dit l'adjoint au maire. C'est d'accord d'avance.

D'un coup d'œil, Joseph passa le relais à Massac, jusque-là muet. Avec moins de froideur qu'on en eût attendu d'un juge, celui-ci expliqua ce que Combes et lui attendaient de cette confrontation générale, qui pouvait tourner à la pagaille et au tumulte, mais permettrait, si elle était bien menée, de sécuriser l'assassin, ni plus ni moins houspillé que les autres témoins, avant de l'isoler soudainement par des preuves au centre de l'hostilité et de l'horreur générales. Baletoux comprit du premier coup.

— Vous voudriez que cette réunion ait lieu ici ?

— Je crois que c'est un hommage que nous rendrions aux meilleurs amis de madame Swalowska, répondit trop solennellement Joseph.

— Combien d'assistants prévoyez-vous ?

— Entre vingt et vingt-cinq personnes, vous deux et nous compris.

Baletoux haussa les sourcils et estima de l'œil la capacité du salon Empire.

— Nous y arriverons très bien en regroupant tous les sièges de l'appartement, intervint Fernande. Est-ce que quatorze heures vous conviendrait ?

C'était un horaire convenable, qui permettrait des débordements éventuels. Massac et Combes prirent congé en remerciant leurs hôtes, que la promesse d'une conclusion proche avait tirés de leur abattement. Devant le portail, sur le trottoir du cours Guiraudet, le juge ne s'attarda pas.

— Donnez-moi votre liste. Il faut que ce vieux Cadaquès tape ce soir toutes les convocations pour que vos amis de la gendarmerie les remettent aux intéressés à la première heure demain matin.

— N'oubliez pas de mentionner qu'il est prudent de s'équiper d'une petite laine, sourit Combes. Il fait un froid de canard dans ce salon !

Il pleuvait depuis la fin de la nuit. L'orage du réveil, en sabotant le temps pour la journée, avait fait place à un tenace crachin breton, qui traversait les pull-overs de secours des derniers touristes et rappelait que les vacances étaient bientôt terminées.

Pour éviter d'éventuels attroupements devant l'entrée et par souci d'accueil, un vantail avait été ouvert dès une heure et demie. Solennel comme un huissier de ministère, Cadaquès attendait en sentinelle sous le porche voûté, prêt à pointer les convoqués.

Presque seuls à trotter sous la pluie, dans les rues ou depuis la place où ils avaient parqué leur véhicule, ils arrivaient par petits groupes effilochés, brandissant leur convocation comme un sauf-conduit. Les Mabos et les Lemitre, en tête du défilé, étaient venus ensemble sous deux parapluies, vêtus de noir, les hommes cravatés comme pour une cérémonie. La gravité attendue de cette réunion se traduisait dès qu'ils gravissaient les marches moquettées menant au premier étage, avec une appréhension palpable. La porte du salon franchie, l'austérité des tapisseries vertes et du mobilier les intimida davantage encore ; ils obéirent en silence à Claire Combes, qui faisait office de placeuse.

Le deuxième groupe fit preuve de plus d'assurance. Raoul et Francine Baltisse ne tempérèrent leur décontraction qu'à la vue de cette grande pièce semée de sièges, qui avait l'air d'une salle d'attente de luxe ; ils allèrent s'asseoir sans mot dire au pied des gravures guerrières. Sur leurs talons entra le couple Mantagnac. L'air offusqué de Gaston, en élégante veste de sport gris chiné, montrait qu'il s'étonnait de la qualité des visiteurs. Il saisit le coude nu de Claire, sans doute pour demander la raison de cette convocation, mais elle se dégagea sans répondre et lui désigna un fauteuil d'un index comminatoire. Piquée au centre du salon sous une capeline mauve d'inspiration britannique, sa femme Albertine inspectait les trésors impériaux des Baletoux avec l'air dégoûté d'une cliente de Dufayel confrontée aux délicatesses du Petit Trianon. Elle se laissa guider en pinçant les lèvres jusqu'à l'angle d'un canapé, dont elle balaya d'une main la poussière imaginaire avant d'y poser son corps dodu trop serré dans un tailleur bleu roi. La scène avait amusé la compagnie comme un lever de rideau. L'arrivée bruyante de Bouyssou, escortant madame Cassade-Autournet, acheva de détendre l'atmosphère. Le charcutier fut d'ailleurs le seul à saluer bruyamment à la cantonade et à remarquer à voix haute que « *Milladious !* C'était pas tous les jours qu'on l'invitait au théâtre ! », ce qui fit sourire ses voisins, à l'exception de madame Mabos.

L'entrée discrète de Pierre Mantagnac, accompagné de Gaby et de madame Sagnol, fut à peine remarquée, mais Claire nota qu'il alla s'asseoir avec les deux femmes à côté des Baltisse sans même adresser un regard à ses parents. Tout le monde, par contre, tourna la tête vers le gendarme qui claqua des talons sur le seuil en annonçant avec la voix d'un aboyeur qu'il venait livrer les cousins Rigal au juge Massac. La placeuse envoya le trio vers trois chaises côté fenêtre. Les deux cousins, tenue de pêche pour l'un, négligé de garde-barrière pour l'autre, n'étaient pas menottés, mais leur dégaine, trop résolument rustique, avait quelque chose de si choquant dans ce cadre qu'elle rembrunit toute l'assistance.

Deux tintements aigrelets venus de la pendule sous globe de la cheminée coïncidèrent avec les arrivées simultanées des officiels. Le commissaire Battioli, qui avait sans doute cru manifester spirituellement sa rébellion, avait revêtu son uniforme et sa casquette chamarrée. Debout à la porte du salon, flanqué de l'étroit Romulon et du puissant Lacouzelle, il toisa d'un air mussolinien tous ceux qui étaient là, dont il ne connaissait pas la moitié de vue. Il n'eut pas le temps de s'indigner de l'absence des organisateurs ; la porte donnant sur le couloir intérieur s'ouvrit sur le juge Massac, veste bleu marine et pantalon de flanelle, précédant le petit Combes, le visage fermé d'un candidat à un examen, pâle au-dessus d'un cardigan de laine grise. Baptiste et Fernande Baletoux suivaient, la mine grave, devant Cadaquès qui tenait son chapeau de feutre trempé à la main et cherchait où s'en débarrasser.

Un petit ballet murmurant de quelques secondes permit aux derniers arrivés de se trouver un siège libre, au petit bonheur la chance.

— Mesdames et messieurs, dit le maître de maison adossé à sa cheminée, les mains croisées derrière le dos, vous tous qui êtes ici avez été plus ou moins mêlés à l'abominable succession de vols, délits divers, agressions, chantages et meurtres qui scandalise notre ville depuis dix jours. Monsieur le juge Massac, qui instruit toutes ces affaires, m'a fait part hier de l'heureux résultat de ces enquêtes. En tant que meilleurs amis de la première en date des victimes, madame Swalowska, ma femme et moi avons tenu à vous réunir chez nous pour éclaircir définitivement ce dossier aux yeux de tous. Nous avons tout l'après-midi pour en discuter calmement. Tout à l'heure, ma femme a, je crois, prévu quelques rafraîchissements pour nous permettre de garder le cœur serein.

Battioli se tapa grossièrement sur la cuisse en marmonnant qu'il « n'avait jamais vu ça ! » et Mantagnac grimaça un sourire d'opposant politique prêt à dénoncer ce procédé électoraliste.

De son siège au fond de la pièce, le juge leva une main apaisante et dit seulement :

— Mon enquêteur et ami, monsieur Combes, que vous avez tous eu l'occasion de rencontrer ces jours-ci, va vous exposer comment à son avis s'est déroulée cette sinistre affaire et vous présentera les preuves qu'il a réunies pour confondre le coupable. Après quoi, s'il le désire, la parole sera donnée à monsieur le commissaire de police Battioli, que je remercie d'avoir voulu assister à notre réunion.

23

— Je vais commencer par vous raconter l'histoire de quelqu'un que vous avez presque tous connu ou au moins rencontré. Certains même, très bien connu. Parce qu'il s'agissait d'une femme, qu'elle était belle, apparemment assez riche, qu'elle avait été célèbre dans le monde entier, on a beaucoup parlé d'elle à Villefranche. Et parce qu'elle avait les moyens de vivre confortablement sans travailler, qu'elle était par nature aimable avec tout le monde et que les hommes la trouvaient agréable à regarder, on a commencé à raconter des histoires sur son compte. Sans preuve, bien sûr. Ce qu'on appelle des ragots, des inventions de coucheries, de dépravations, de scandales. Elle était si différente, si étrange ; pensez donc, elle écoutait de la grande musique tous les soirs jusqu'à des minuit !

Combes avait pris la parole paisiblement, sans forcer le ton, vieux truc pour exciter l'attention des auditeurs. Mais il se sentait petit à petit poussé à aiguillonner un peu son public. Battioli lui-même était penché en avant, bras croisés sur les genoux, dans la posture du spectateur pris par le sujet.

— Bien sûr, personne n'a pensé que la grande musique c'était autrefois sa vie, son travail de tous les jours, et qu'un accident l'avait privée de son travail. Tenez, vous, monsieur Bouyssou, si vous vous blessiez d'un coup de tranchoir et ne pouviez plus exercer votre métier, cesseriez-vous de penser saucisses, boudins ou pâtés, de comparer à la vôtre la technique de vos confrères ? Je ne crois pas. Et vous, madame Lemitre, cesseriez-vous aussi de parler de vos petits pains, de vos éclairs et de vos fougasses ? N'empêche que cette femme, dont vous ne saviez pas grand-chose, vous m'en avez dit les pires horreurs, madame Lemitre. Voyons, maintenant que vous avez autour de vous plusieurs hommes qui ont connu votre voisine, madame Swalowska, pouvez-vous m'en désigner un ou deux que vous êtes sûre d'avoir vus avec elle ?

Sous son chapeau noir étriqué, le visage pointu de la boulangère trahissait à la fois sa timidité et sa colère d'être ainsi mise sur la sellette. Elle se souleva à demi, comme une écolière.

— J'ai jamais rien inventé, moi, siffla-t-elle. Je vous ai seulement répété ce que tout le monde disait. Quant à ces messieurs, c'est vrai que j'en ai vu quelques-uns passer devant ma boutique. Tenez, celui-là, ricana-t-elle en tendant un doigt vers l'adjoint au maire, et celui-là aussi, ajouta la vipère en se tournant vers Mantagnac. Je vous parle pas du Bouyssou, qui lui livrait sa charcutaille à domicile. Dieu sait...

— Ni de votre mari qui livrait tous les matins les

croissants du petit déjeuner, je sais aussi. Maintenant, madame Lemitre, rasseyez-vous et taisez-vous. Messieurs, pouvez-vous nous donner quelque justification à votre présence devant le domicile de madame Swalowska ?

Bouyssou fut le premier à réagir en levant la main pour demander la parole :

— Un bon commerçant a le droit de rendre service à la clientèle, quand elle est sympathique et qu'elle paie rubis sur l'ongle. A mon avis, c'est à cette satanée commère que l'assassin aurait dû tordre le cou !

S'ensuivit un début d'échauffourée que la voix grave du maître de maison musela avec l'autorité d'un habitué des meetings.

— Nous ne sommes pas ici pour nous battre, tonna-t-il. Un peu de tenue, je vous prie. Je tiens à conseiller à madame Lemitre d'éviter de voir le mal partout. Quand j'ai connu Olga Swalowska, il y a trente-deux ans, elle avait sept ans, j'en avais trente-trois et j'étais marié depuis un an. Quand elle est venue s'installer à Villefranche après son accident, ma femme et moi avons fait ce que nous avons pu pour l'aider. Je ne nie pas qu'il m'est arrivé de la raccompagner chez elle après un dîner...

— Madame Lemitre considère que la différence d'âge est un mobile aggravant, dit Combes avec dérision. Elle n'a pas hésité devant moi à accuser votre amie, proche de la quarantaine, d'avoir cherché à séduire, en lui achetant des éclairs, le jeune Michel Mabos qui n'avait pas quinze ans !

Tassée sur sa chaise, madame Mabos renifla en

balbutiant un « Quelle horreur ! » inaudible. Au centre du canapé, entre Albertine et Claire, Battioli souriait jusqu'aux oreilles, avec un geste d'applaudissement silencieux. Madame Lemitre préféra se taire.

— Monsieur Mantagnac ? reprit le meneur de jeu, nous n'avons pas entendu votre défense ?

L'entrepreneur se leva d'un jet, suivant son habitude, et plongea les mains dans les poches de sa veste.

— Il est exact que j'ai connu cette musicienne pour avoir réalisé dans sa maison, à sa demande, d'assez importants travaux de rénovation. Elle a paru satisfaite du résultat, m'a payé le prix prévu sur le devis, et nos relations se sont arrêtées là. J'en profite pour féliciter madame Lemitre sur la qualité de sa mémoire, car ma dernière entrevue avec madame Swalowska remonte à deux ans et demi.

Mantagnac ne faisant pas mine de se rasseoir, Combes l'interrogea d'un coup de menton.

— Je suis venu bien que mon emploi du temps soit fort chargé, continua le beau Gaston d'un ton conciliant, mais à présent que je vous ai donné les éclaircissements nécessaires, j'aimerais avant de me retirer que vous me disiez quand je pourrai récupérer ma voiture volée.

— Cette affaire est plus compliquée qu'une simple question de vol de véhicule, monsieur Mantagnac. Nous aborderons ce chapitre un peu plus tard. Accordez-moi encore un peu d'attention et asseyez-vous.

L'entrepreneur haussa les épaules et jeta à la ronde un coup d'œil résigné avant de retrouver son fauteuil.

Ces premières péripéties avaient éveillé l'intérêt de la majorité du public, si elles n'avaient pas suffi à combattre la température glaciale entretenue par le climatiseur. Les femmes, surtout, sentaient quelques frissons les parcourir. Madame Cassade-Autournet, dans son tee-shirt orné du sigle de l'auto-école, comme la mère de Gaby Sagnol, dans sa casaque noire, commençaient à claquer des dents. Madame Mantagnac puisait dans sa jalousie de décoratrice irritée assez de dignité pour tenir encore bon. Madame Mabos gelait dans ses larmes avec de petits reniflements saccadés.

De sa poche-revolver, Combes sortit une grande feuille de papier qu'il déroula avec solennité.

— Pour que vous compreniez tous la naissance de cette affaire, je vais vous lire quelques extraits du journal intime tenu par Olga Swalowska.

Le commissaire Battioli jaillit à son tour, protestant qu'il n'avait pas eu connaissance de ce journal, ce qui était un grave manquement au règlement. Cette fois, ce fut Massac qui rétablit l'ordre.

— Calmez-vous, commissaire. Ces pièces sont en ma possession et je vous les communiquerai dès la fin de cette réunion. Continuez, Combes, s'il vous plaît.

D'une voix plate, en évitant de souligner par une diction trop sensible les sentiments qu'avait dû éprouver la rédactrice, Joseph lut lentement les neuf paragraphes qui résumaient l'aventure amoureuse d'Olga et de celui qu'elle appelait Brummell, de la première rencontre à la soirée fatale du 17 août.

Pour toute l'assistance, balayée par des exclamations

d'étonnement, cette intrusion brutale du drame avait fait son effet. Combes s'empressa d'exploiter cette attente d'une tragédie annoncée.

— Bien sûr, les personnes ayant un sens moral développé vont triompher en disant que madame Swalowska était bien aussi amorale qu'elles le prétendaient. Mais nous ne sommes pas là pour juger cette dame. Nous sommes ici pour découvrir qui était Brummell.

Tout le monde, ou presque, poussa le grand soupir qui précède l'entrée en scène du méchant.

— Revenons une heure en arrière, reprit le manipulateur. Pierre Mantagnac, pour ne pas être en retard à son rendez-vous au cinéma avec mademoiselle Sagnol, s'y rend avec la voiture de luxe de son père et la laisse sur un parking en oubliant les clefs à l'intérieur. Un peu plus tard, l'anonyme Brummell vole la voiture, l'arrête au hasard à côté de la camionnette de Bouyssou et se précipite dans l'escalier de sa maîtresse, sans prendre garde qu'il a alerté le photographe Mélisson, auquel sa propriétaire a confié une mission de guetteur. Là-haut, Brummell parlemente, arrive à se faire ouvrir la porte. Il veut convaincre Olga de se faire avorter, mais elle refuse une fois de plus et le menace de prévenir ses amis influents s'il ne la laisse pas tranquille. Fou de rage, il l'étrangle dans l'entrée même et s'enfuit. Dans le salon, la musique ne s'est pas arrêtée. Le disque tourne toujours devant la fenêtre ouverte. Fin du premier meurtre.

— Vous n'avez pas plus le temps de souffler que l'assassin, continua de sa place Massac, auquel Joseph avait fait la leçon pendant une partie de la matinée. Voilà Brummell dehors, courant vers la voiture volée, affolé par ce qu'il vient de faire. C'est là qu'entre en scène Michel Mabos, qui rêve sur la place chaque soir de ses vacances, quand il fait beau. Il écoute la musique sous la fenêtre de la Polonaise et remarque cette voiture de luxe, au milieu de la place. Il s'est depuis longtemps intéressé aux voitures. Il s'approche de celle-ci et essaie de regarder à l'intérieur. Brummell lui tombe sur le dos. Laisser un témoin qui l'aura peut-être reconnu ? Impossible ! De toute sa force il assomme ce gamin contre un montant du pare-brise et le balance dans le coffre à bagages, sans vérifier s'il est bien mort. Après quoi, il décide de s'enfuir à pied, abandonnant la voiture. Fin du deuxième meurtre.

Ce récit à deux voix avait tétanisé les auditeurs. Le même soupir d'horreur avait salué les deux conclusions, mêlé, la deuxième fois, aux sanglots de madame Mabos, que son mari et Fernande Baletoux tentaient vainement de consoler.

— Mais ce n'était pas fini, reprit Combes d'une voix claire qui fit se retourner vers lui tous les participants. Je vous rappelle que Mélisson, le locataire de la première victime, avait guetté le bruit causé par la dispute entre sa propriétaire et Brummell. De sa porte entrebâillée, il a vu s'enfuir l'assassin et l'a reconnu. Grimper un étage, constater la mort d'Olga, refermer la porte ne prend pas longtemps. Il croit tenir le meurtrier. Il faut vous dire que Mélisson est un maître chanteur déjà condamné à Toulouse et à Rodez. Cette fois, il entrevoit la fortune. Malheureusement, deux nuits plus tard, Brummell réapparaît ; pas pour le payer. Pour tenter de le tuer. Pour faire bon poids, il ravage l'atelier du photographe, détruit ses archives et simule un vol d'appareils photo neufs. La victime meurt sans être sortie du coma. Brummell se croit sauvé. Fin du troisième meurtre.

Cette fois, dans le salon Empire où presque tout le monde etait debout, personne ne sentait plus le froid. Se dire qu'à leur modeste place ils avaient tenu un rôle dans cette sombre série de crimes leur donnait une importance inattendue. Comme des combattants célèbres, ils étaient presque fiers de pouvoir dire : « J'en étais. » Résumant la pensée de tous, Battioli, debout lui aussi, fit trois pas jusqu'à Combes et lui tapa sur l'épaule.

— Vous racontez bien, complimenta-t-il. Même moi, j'ai marché. Ça ferait un très bon film. Mais nous aurions tous voulu savoir le fin mot de l'histoire. Qui est réellement ce Brummell ?

— Brummell était un séduisant célibataire britannique du siècle dernier qu'on disait le roi de la mode, expliqua Joseph aimablement.

— Non ! Je veux dire, votre assassin ?

— Figurez-vous, monsieur le commissaire, que pendant un temps j'ai pensé que ce pouvait être vous !

Le silence tomba d'un coup, en même temps que s'élargissait le cercle formé autour des deux jouteurs. Puis Battioli éclata d'un rire tonitruant. Ce détective était vraiment un humoriste hors pair ! Il se calma aussi soudainement.

— Pourquoi avez-vous changé d'avis ?

— Vous n'auriez pas tué le garçon. Trop de sens moral. Ni la femme.

Le commissaire devait être réellement de bonne humeur. Son sourire amical paraissait sincère quand il répliqua :

— J'ai pourtant souvent eu envie d'étrangler madame Battioli !! Maintenant que vous êtes revenu, je vais me tenir à carreau !

Toujours au fond du salon, le juge Massac s'impatientait de cette récréation impromptue.

— Mesdames et messieurs, cria-t-il, veuillez reprendre vos places ! Nous n'en avons pas encore fini.

La classe s'était bien un peu dissipée, mais le ton de l'apostrophe suffit à rendre leur sérieux à la plupart, surtout au ménage Baltisse, qui n'avait vu jusque-là dans cette réunion qu'un happening à la française. Quand le mari, Raoul, vit les cousins Rigal, poussés par leur gendarme d'escorte, se lever et s'avancer vers Combes, toujours debout au centre du salon, il saisit la main de sa femme et s'y cramponna comme un enfant inquiet.

— Avant d'aller plus loin, dit Joseph en regardant Battioli, je souhaite éclaircir le petit mystère qui entoure une déposition très tardive, celle de monsieur Albin Rigal, garde-barrière de la SNCF au carrefour Veuzac. Il aurait vu passer devant chez lui, dans la matinée qui a suivi les deux premiers meurtres, la voiture volée utilisée par notre inconnu Brummell. Je suis allé demander quelques explications à monsieur Rigal, qui m'a avoué avoir fait une fausse déclaration. A ce qu'il croyait, afin d'exercer un chantage.

L'instigateur de cette manœuvre était, me dit-il, son cousin Justou Rigal, domicilié à Maleville, auquel j'ai arraché une autre version : blessé il y a quelques mois dans un accrochage avec cette voiture facilement identifiable, Justou Rigal avait accepté de retirer sa plainte en échange d'une somme d'argent payée par un employé du propriétaire. Or, il y a trois jours, ce même employé s'est présenté chez lui, à Maleville, pour lui demander, toujours contre finance, d'aller dire à la police que ce véhicule si reconnaissable roulait sur la route de l'Alzou dix heures après les assassinats. Ce qui était faux. Ai-je correctement résumé vos aveux, monsieur Rigal ?

Misérablement, le Rigal en tenue de pêche se dandina dans ses bottes de caoutchouc et admit en grommelant qu'après tout il n'avait rien fait d'autre qu'accepter un travail bien payé.

— Gendarme, appela Combes, vous pouvez ramener ces deux lascars à la brigade, où le juge vous fera parvenir les ordres les concernant.

L'assistance suivit, dans un silence hostile, la sortie des Rigal et de leur escorte. Cette rapide passe d'armes en forme de règlement de comptes avait-elle un lien avec la recherche de ce Brummell mystérieux ? Baptiste Baletoux, toujours debout devant sa cheminée, posa la question que devaient se poser la plupart des convoqués.

— Cette péripétie a-t-elle un rapport avec notre affaire ?

— Ce n'est pas une péripétie, dit Joseph gravement. C'est une tentative de brouiller les pistes, de faire croire que la voiture volée n'était pas présente devant chez madame Swalowska et devant chez les Mabos la nuit des meurtres. N'est-ce pas votre avis, monsieur Baltisse ?

Dix-neuf paires d'yeux convergèrent vers l'angle du mur aux gravures. Raoul Baltisse était trop gras dans son blazer bleu marine et, malgré le froid qui régnait dans le salon, il haletait et transpirait comme un marathonien pris de défaillance.

— Allons, debout ! intima Combes sans pitié. Vous n'avez pas à avoir peur. Vous n'avez pas le physique à être appelé Brummell par une femme de goût. Mais c'est bien vous qui avez été proposer de l'argent aux Rigal pour cette fausse déposition, inutile de nier.

Replié, tassé contre le dossier de sa chaise, le comptable paraissait au bord de la syncope. Sa femme, Francine, se dressa comme une furie, le visage livide.

— Raoul a seulement...

A dix mètres de là, à l'autre bout de la diagonale, la voix excitée du juge lui coupa la parole.

— Monsieur Mantagnac, asseyez-vous sur-le-champ, ou je vous fais arrêter par le commissaire Battioli.

La poigne de l'inspecteur Lacouzelle était trop lourde et trop rude pour la cinquantaine de l'entrepreneur. Il s'écroula sur son siège, maté, le front entre les mains.

Le tonnerre était tombé au milieu d'eux. L'apparition du diable ne les aurait pas secoués davantage. Sur son fauteuil, Albertine Mantagnac était en pâmoison, capeline basculée sur le front, agitée de « non » plaintifs. D'un geste de la main, Combes dépêcha auprès d'elle Claire et Fernande Baletoux, auxquelles il fit signe de l'emmener, avant de reprendre :

— Madame Baltisse allait dire : « Raoul a seulement exécuté les ordres », n'est-ce pas ? Car c'est bien vous, Gaston Mantagnac, qui êtes le « méchant » dans toute cette affaire. C'est vous qui avez rencontré Olga à Toulouse, chaque fois qu'elle l'a noté dans son journal. Le juge Massac l'a vérifié ce matin par téléphone auprès de la direction de l'hôtel Capoul. Vous étiez d'accord avec votre conquête pour que cette liaison restât inconnue à Villefranche. Votre femme n'aurait pas supporté le scandale et c'est elle qui a l'argent. Alors, quand Olga vous a annoncé qu'elle était enceinte, vous avez paniqué. Elle voulait garder l'enfant et vous étiez sûr qu'un jour ou l'autre quelqu'un de Villefranche apprendrait qui était le père. Elle ne voulait rien entendre.

— C'était une garce, cracha Mantagnac-Brummell entre ses mains.

— C'était une femme qui avait connu un grand malheur et qui espérait pouvoir être heureuse. De toute façon, ce n'était pas une raison pour la tuer.

— Mais c'était un accident ! Nous nous sommes battus et...

— Un accident prémédité, oui ! Le soir de ce fameux dîner, après le départ des Baltisse, vous avez envoyé votre femme se coucher, vous avez pris les clefs de secours de votre luxueuse voiture et vous êtes allé à pied récupérer votre carrosse sur le parking du cinéma. Histoire, j'imagine, de faire une belle peur à votre sacripant de fils. Parce que vous étiez furieux qu'il ait emprunté la Citroën si cavalièrement, et parce que c'était le meilleur moyen d'aller vite et discrètement chez Olga. Vous grimpez à l'étage, vous vous faites ouvrir, vous vous battez, vous l'étranglez. Au passage, remarquons qu'à l'autopsie les mains de votre victime ne portaient aucune trace de lutte. La suite, nous la connaissons tous, y compris ce que vous croyez un coup de génie, abandonner la voiture contenant le corps de Michel Mabos sur place. Tout le monde croira qu'elle a été volée au cinéma, comme le dira votre fils. Mais vous avez fait une énorme erreur. Vous avez laissé les clefs de service à l'intérieur et vous avez refermé avec les clefs de secours que vous étiez seul à posséder, et que vous m'avez prêtées le lendemain matin en venant chez moi jouer au client. Ai-je oublié quelque chose d'important ?

— Oui ! Vous avez oublié de dire que cette femme m'avait rendu fou ! Je ne voulais pas la perdre.

Gaston Mantagnac avait reposé ses mains sur ses genoux. Tête levée, le visage ravagé, il fixait sur Combes un regard où il se lisait toute la désolation de la terre.

Baptiste Baletoux n'en pouvait plus de contenir sa rage et son dégoût.

— Commissaire, dit-il d'une voix blanche, faites sortir cette ordure de chez moi.

24

Les uns après les autres, les participants à cette confrontation spectaculaire étaient partis. Un peu hagards, mais faisant preuve d'assez de civilité pour serrer la main des Baletoux en les remerciant longuement, comme s'ils étaient les créateurs de ce psychodrame. Madame Mabos avait pleuré encore un peu sur l'épaule de Fernande, qui lui avait promis une visite prochaine. Même la femme du boulanger avait trouvé la force de sourire en assurant qu'elle avait tiré de tout ça bien des enseignements sur ses concitoyens. Seule de tout le lot, Albertine Mantagnac, effondrée, vieillie de vingt ans, décoiffée et les yeux battus, n'avait pas prononcé un mot quand son fils Pierre l'avait emmenée, aidé par les Sagnol et par les Baltisse.

Fernande n'avait plus pensé aux rafraîchissements annoncés, et personne n'y avait fait allusion, glacés qu'ils étaient tous par la climatisation et par ce qu'ils avaient entendu.

Ne restaient plus dans le salon, où les sièges vides et en désordre donnaient une impression d'abandon, que l'adjoint au maire et sa femme, Massac et Battioli, qui avait laissé à Romulon et à Lacouzelle la responsabilité de jeter Mantagnac au violon, Claire et Joseph, serrés l'un à côté de l'autre sur le canapé.

Combes se sentait éreinté par la tension qui l'avait encouragé tout au long de la journée et qui s'était évanouie à la fin de ses interminables monologues. Il était sans force, incapable d'attention. Il n'avait même pas entendu le dixième des félicitations ou des remerciements qui lui avaient été adressés par les Mabos éplorés, par les Baletoux et par un Battioli beau joueur, qui avait l'admiration lyrique et promettait de faire désormais lui-même appel au détective chaque fois que ses « bons à rien d'inspecteurs le laisseraient en panne ».

Baptiste, qui réfléchissait à tout ce qu'il avait appris pendant l'après-midi, avait cru bon de demander ce qu'il était advenu des appareils photo volés chez Mélisson, dont la découverte eût constitué une preuve de la culpabilité de Mantagnac dans le troisième crime. Joseph s'était contenté de sourire d'un air las, et c'était le juge qui avait répondu avec détachement :

— Ce n'est pas important. Nous les trouverons en perquisitionnant dans la villa de Brummell ou dans les entrepôts de son entreprise. A moins qu'ils n'aient déjà été coulés dans un bloc de béton sur un de ses chantiers.

Sensible à la fatigue de son mari, Claire décida qu'il était temps de rejoindre la rue du Sergent-Bories. Elle remercia les Baletoux pour leur aide et leur accueil, salua à la ronde et entraîna un Joseph amorphe. Il ne retrouva un peu de tonus que sur le trottoir du cours Guiraudet, sous le crachin. Ils n'avaient pas deux cents mètres à faire à pied.

— Ce métier de détective est bien plus fatigant que celui de gendarme, dit-il en serrant le bras de sa femme. Et par-dessus le marché, nous avons travaillé pour rien. Ce n'est pas le meurtrier qui nous paiera pour l'avoir fait arrêter. Je suis désolé.

— Tu as travaillé pour la gloire, dit-elle. C'est déjà beau.

Derrière la porte de l'agence Combes et compagnie retentissaient des aboiements excités. Les enfants jouaient avec le chien dans le vestibule. Major sauta joyeusement à la poitrine de son maître.

— Bonsoir, les enfants, dit Claire. Quelque chose de neuf cet après-midi ?

— Rien du tout, répondit Thi-Ba. Pas de coup de téléphone et personne n'est venu. Pas même le plombier qu'on attend depuis une semaine !

— Il ne viendra pas. Ton père l'a décommandé.

PRODUCTION JEANNINE BALLAND

Romans « Terres de France »

Jean Anglade
Un parrain de cendre
Le Jardin de Mercure
Y a pas d'bon Dieu
La Soupe à la fourchette
Un lit d'aubépine
La Maîtresse au piquet
Le Saintier
Le Grillon vert
La Fille aux orages
Un souper de neige
Les Puysatiers
Dans le secret des roseaux
La Rose et le Lilas
Avec le temps…
Sylvie Anne
Mélie de Sept-Vents
Le Secret des chênes
La Couze
Ciel d'orage sur Donzenac
La Maîtresse du corroyeur
Un horloger bien tranquille
Jean-Jacques Antier
Autant en apporte la mer
Marie-Paul Armand
La Poussière des corons
La Courée
tome I *La Courée*
tome II *Louise*
tome III *Benoît*
La Maîtresse d'école
La Cense aux alouettes
Nouvelles du Nord
L'Enfance perdue
Un bouquet de dentelle
Au bonheur du matin
Victor Bastien
Retour au Letsing
Françoise Bourdon
La Forge au Loup
La Cour aux paons
Le Bois de lune
Annie Bruel
La Colline des contrebandiers
Le Mas des oliviers
Les Géants de pierre
Marie-Marseille
Jean du Casteloun
Les Amants de Malpasset
Michel Caffier
Le Hameau des mirabelliers
La Péniche Saint-Nicolas
Les Enfants du Flot
Jean-Pierre Chabrol
La Banquise
Alice Collignon
Un parfum de cuir
Didier Cornaille
Les Labours d'hiver
Les Terres abandonnées
La Croix de Fourche
Etrangers à la terre
L'Héritage de Ludovic Grollier
L'Alambic
Georges Coulonges
Les Terres gelées
La Fête des écoles
La Madelon de l'an 40
L'Enfant sous les étoiles
Les Flammes de la Liberté
Ma communale avait raison
Les blés deviennent paille
L'Eté du grand bonheur
Des amants de porcelaine
Le Pays des tomates plates
La Terre et le Moulin
Les Sabots de Paris
Yves Courrière
Les Aubarède
Anne Courtillé
Les Dames de Clermont
Florine
Dieu le veult
Les Messieurs de Clermont
L'Arbre des dames
Le Secret du chat-huant

Paul Couturiau
En passant par la Lorraine
Annie Degroote
La Kermesse du diable
Le Cœur en Flandre
L'Oubliée de Salperwick
Les Filles du Houtland
Le Moulin de la Dérobade
Les Silences du maître drapier
Le Colporteur d'étoiles
Alain Dubos
Les Seigneurs de la haute lande
La Palombe noire
La Sève et la Cendre
Le Secret du docteur Lescat
Marie-Bernadette Dupuy
L'Orpheline du bois des Loups
Elise Fischer
Trois Reines pour une couronne
Les Alliances de cristal
Laurence Fritsch
La Faïencière de Saint-Jean
Alain Gandy
Adieu capitaine
Un sombre été à Chaluzac
L'Enigme de Ravejouls
Les Frères Delgayroux
Les Corneilles de Toulonjac
L'Affaire Combes
Les Polonaises de Cransac
Le Nœud d'anguilles
Gérard Georges
La Promesse d'un jour d'été
Michel Hérubel
La Maison Gelder
La Falaise bleue
Tempête sur Ouessant
Le Démon des brumes
Denis Humbert
La Malvialle
Un si joli village
La Rouvraie
La Dent du loup
L'Arbre à poules
Les Demi-Frères
La Dernière Vague
Yves Jacob
Marie sans terre
Hervé Jaouen
Que ma terre demeure
Jean-Pierre Leclerc
Les Années de pierre
La Rouge Batelière
Hélène Legrais
Le Destin des jumeaux Fabrègues
Louis-Jacques Liandier
Les Gens de Bois-sur-Lyre
Les Racines de l'espérance
Jean-Paul Malaval
Le Domaine de Rocheveyre
Les Vignerons de Chantegrêle
Jours de colère à Malpertuis
Quai des Chartrons
Les Compagnons de Maletaverne
Le Carnaval des loups
Dominique Marny
A l'ombre des amandiers
La Rose des Vents
Louis Muron
Le Chant des canuts
Henry Noullet
La Falourde
La Destalounade
Bonencontre
Le Destin de Bérengère Fayol
Le Mensonge d'Adeline
L'Evadé de Salvetat
Michel Peyramaure
Un château rose en Corrèze
Les Grandes Falaises
Frédéric Pons
Les Troupeaux du diable
Les Soleils de l'Adour
Jean Siccardi
Le Bois des Malines
Les Roses rouges de décembre
Le Bâtisseur de chapelles
Le Moulin de Siagne
Jean-Michel Thibaux
La Bastide blanche
Le Secret de Magali
La Fille de la garrigue
Le Roman de Cléopâtre
La Colère du mistral
L'Homme qui habillait les mariées
La Gasparine
L'Or des collines

Jean-Max Tixier
Le Crime des Hautes Terres
La Fiancée du santonnier
Le Maître des roseaux
Brigitte Varel
Un village pourtant si tranquille
Les Yeux de Manon
Emma
L'Enfant traqué
Le Chemin de Jean
L'Enfant du Trièves
Le Déshonneur d'un père
Colette Vlérick
La Fille du goémonier
Le Brodeur de Pont-l'Abbé
La Marée du soir
Le Blé noir

Collection « Sud Lointain »

Jean-Jacques Antier
Le Rendez-vous de Marie-Galante
Marie-Galante, La Liberté ou la Mort
Erwan Bergot
Les Marches vers la gloire
Sud lointain
tome I *Le Courrier de Saïgon*
tome II *La Rivière des parfums*
tome III *Le Maître de Bao-Tan*
Rendez-vous à Vera-Cruz
Mourir au Laos
Jean Bertolino
Chaman
Paul Couturiau
Le Paravent de soie rouge
Le Paravent déchiré
Alain Dubos
Acadie, terre promise
Retour en Acadie
Hervé Jaouen
L'Adieu au Connemara
Dominique Marny
Du côté de Pondichéry
Les Nuits du Caire
Cap Malabata
Juliette Morillot
Les Orchidées rouges de Shanghai
Bernard Simonay
Les Tigres de Tasmanie
Jean-Michel Thibaux
La Fille de Panamá
Tempête sur Panamá

Romans

Alain Gandy
Quand la Légion écrivait sa légende
Hubert Huertas
Nous jouerons quand même ensemble
La Passagère de la « Struma »
Michel Peyramaure
Les Tambours sauvages
Pacifique Sud
Louisiana
Le Roman de Catherine de Médicis

Impression réalisée sur CAMERON par

BUSSIÈRE CAMEDAN IMPRIMERIES

GROUPE CPI

à Saint-Amand-Montrond (Cher)
en janvier 2004
pour les Presses de la Cité
12, avenue d'Italie
75013 Paris

N° d'édition : 7147. — N° d'impression : 040101/1.
Dépôt légal : février 2004.

Imprimé en France